中國語言文字研究輯刊

二三編

許學仁 主編

第11冊

唐河方言語法研究（上）

楊正超 著

花木蘭文化事業有限公司

國家圖書館出版品預行編目資料

唐河方言語法研究（上）／楊正超 著 -- 初版 -- 新北市：花
木蘭文化事業有限公司，2022〔民 111〕

序 6+ 目 4+154 面；21×29.7 公分

（中國語言文字研究輯刊　二三編；第 11 冊）

ISBN 978-626-344-025-8（精裝）

1.CST：漢語方言　2.CST：方言學　3.CST：河南省唐河縣

802.08　　　　　　　　　　　　　　　　　111010178

中國語言文字研究輯刊
二三編　　第十一冊　　　　　　ISBN：978-626-344-025-8

唐河方言語法研究（上）

作　　　者　楊正超
主　　　編　許學仁
總 編 輯　杜潔祥
副總編輯　楊嘉樂
編輯主任　許郁翎
編　　　輯　張雅淋、潘玟靜、劉子瑄　美術編輯　陳逸婷
出　　　版　花木蘭文化事業有限公司
發 行 人　高小娟
聯絡地址　235 新北市中和區中安街七二號十三樓
　　　　　　電話：02-2923-1455／傳真：02-2923-1452
網　　　址　http://www.huamulan.tw 信箱 service@huamulans.com
印　　　刷　普羅文化出版廣告事業
初　　　版　2022 年 9 月
定　　　價　二三編 28 冊（精裝）新台幣 96,000 元　　版權所有 · 請勿翻印

唐河方言語法研究（上）

楊正超　著

作者簡介

楊正超，男，1982 年生，河南省唐河縣人。2012 年博士畢業於廈門大學中文系漢語言文字學專業方言學方向，導師李如龍教授。2012 年至今就職於福建師範大學海外教育學院。

提　要

唐河縣位於河南省西南部，周圍都是同屬官話區的方言片或方言小片，漢族人口占絕對數量優勢，因此唐河方言作為中原官話南魯片的組成部分，就共時來看，內部要素比較一致，各個鄉鎮之間在語音、詞彙和語法上幾乎沒有分歧。

我們對唐河縣數個鄉鎮的語言狀況進行了全面深入的田野調查，在對第一手材料分析整理的基礎上，從共時和歷時兩個角度對唐河方言的語法及相關現象進行了深入細緻的描寫、比較和揭示。全文共分五章，概述如下：

第一章緒論，介紹了唐河縣的地理歷史和人口文化概況，分析了唐河方言的歸屬和音系概貌，回顧了河南方言和唐河方言已有的研究成果，並說明了本文的選題意義、研究目標和方法以及語料來源和行文體例。

第二章語法音變，考察了唐河方言的兒化以及合音和分音現象。在兒化方面，首先揭示了唐河方言兒化的語音形式，然後從兒化所作用的語法單位的層級和功能類別入手深入分析了兒化的語法功能；在合音和分音現象方面，首先剖析了各種功能類別語法單位的合音現象，然後窮盡羅列了唐河方言的分音詞，並對由分音詞演變而來的「圪」綴的形態句法功能進行了討論。

第三章重疊和附加，分別從重疊和附加兩種語法手段入手，探討了它們各自在構詞和構形上的特徵，並對後綴「哩勁兒」及相關現象進行了歷時考證。

第四章虛詞，針對唐河方言的副詞、介詞、連詞和助詞分別進行了分類考察。由於動詞謂語句（包括被動式、處置式和比較句等）在句式上唐河方言跟普通話並無多少差異，本文不再單列章節，而是結合相關介詞予以簡要說明。本章最後從唐河方言入手探討了漢語中的否定標記「沒有」和「沒得」的來源與演變。

第五章疑問和否定，分別考察了疑問和否定兩個範疇，首先根據表義和形式特徵對疑問範疇進行了分類描寫，然後從表達手段入手對否定範疇進行了揭示。

結語部分針對本文主要內容進行了回顧，並對遺留問題做了說明。

序

李如龍

　　正超的博士論文答辯通過快要十年了，忙於各種繁雜的工作，他又是一個逢事認真負責、對待業務細緻入微的人，和手頭工作關係不大的研究成果就一直擱在一旁。好在他在攻讀博士學位的那些年用足了工夫，寫出了高質量的論文，答辯的時候就得到一致的好評，現在看來，也還沒有一點過時的感覺，我推薦出版這個成果，相信是可以得到行內同仁的歡迎的。

　　中國人讀書作文，歷來只是注重「字句、段落、篇章」，講究一點也就是「修辭」而已了。說話嘛，用心聆聽、仔細應對就是了。學習西方的語言學方法分析漢語的「語法」，只有百把年的歷史，而且單是古文和白話的浩如煙海的文獻，就會讓你摸不到頭，想理出個頭緒，更是要眼花繚亂。拿西方的語法理論來套，就像一條被子要蓋一家六口人，非得藏頭露腳的，若有人提出一種說法，難免就要引起種種爭論。至於漢語方言的語法研究，一無文獻記錄，二無現成的長篇錄音，往往使人望洋興歎，難怪有些專家未經仔細調查就宣稱「漢語方言語法差別不大」。方言學家調查方言，忙著記音、找字來寫，分析音類分合和音值的變異就夠忙乎了，再記錄些特殊的詞語，編個字典、詞典，好像該做的事就做完了。所以方言語法的研究遲遲沒有起步。尤其是官話方言，聽了好懂，不像南方方言那樣聽不懂、有許多還不知道用什麼字來寫，確實語法上的差別也

大些，關注方言語法的研究就更少了。

這次出版前，我又重讀了一遍正超的博士論文，覺得此書確是一本有價值的、有學術含量的好書。主要有如下幾個優點：

第一，經過細密的考察，羅列了大量能夠說明語法現象的鮮活語料。本書所研究的是屬於中原官話西南角的河南省唐河方言，因為歷史上也有「大槐樹」的山西移民入住，有一些明顯和晉語相同的語法特點；又與湖北的西南官話連界，發生了語言接觸，有些語法現象則與西南官話相近，因而在中原官話中就具有自己的一些特色。但是，唐河方言以往的調查研究並不多，有些頗具特色的語言事實並不為人所知。研究這樣的方言小片，對於瞭解一些少見的語法特徵，和不同方言間的接觸關係都有重要的意義。調查語音和詞彙只要逐字逐詞去問，調查語法則要有大量的例句才能說明問題。據不完全的統計，本書所列舉的語法例句大約有 1600 句。關於體現語法意義的方言詞語就更多了。對於一種幾乎完全沒有文獻記錄語料的方言來說，前人又未曾有過細心的研究，要搜集足夠的例句來反映語法系統的全貌，沒有對語法系統的熟練理解，沒有深入生活、仔細觀察和詢問，是不容易做到的。正超上大學後就離開家鄉，但是因為讀研，走上了語言學的道路，多年間醉心於考察自己的母語，廣泛地向不同年齡、不同職業的人士做調查，才能把家鄉話掌握的如此熟練。研究方言，第一要義就是李榮先生一再倡導的學會「羅列事實」。沒有詳實的語料，只靠「理論」的推排，難免陷入空談；有了語言事實做依據，研究就有了可靠的基礎。哪怕結論還不是很牢靠，要檢驗和修正也有了依據。

第二，把語法放在語音、詞彙和語法構成的完整的系統中研究。這好像是個無人不知的常理，但是要做得好並不容易。研究方言語法，完全不關照各種語音現象，重要的「語法詞」不標音，也不追尋詞源、考察用字，胡亂地寫俗字、同音字、訓讀字，這種現象至今還常有所見。輕聲、兒化、變調、合音等等語音現象離開語詞的語句的語義、語法的組合，如何表現出來？作為漢語語法的主要表達手段的虛詞，大量都是從實詞虛化而來，意義的虛化勢必造成語音的弱化，輕聲、兒化、變調、合音、分音，就都是這種弱化的手段。本書開闢了「語法音變」的專章來討論兒化、合音和分音等現象，是很有見地的。兒化韻作為第二章的重點內容，不但詳細地描寫了各種兒化韻的具體音值的差別，說明了各種兒化語綴的詞彙意義和語法上的成詞作用，還說明了兒化現象

在語義上有「表小指愛」的小稱義，還有改變詞性（如「尖兒、蓋兒、個兒」）的語法作用，以及體現口語語體色彩（「假婆娘兒、拍話兒、家道兒」），綜合性地表達了語義、語法以及語用、語體等方面的意義和作用。不僅如此，還用了大量的例句說明了唐河話的兒化語綴不但可以附加於語素和詞，還可以置於幾個詞組成的短語的末尾，成為短語的「兒綴」（如「恁高兒、多長兒、二米寬兒、沒多大兒」）。這就把以往簡單化的對「兒尾」的理解擴大成全方位的和字、詞、語、句都有組合關係，和語音、語義、語法、語用、語體都相關聯的現象。確實，南方人初到北方接觸北方話，最強烈的感覺不就是「卷著舌頭說了一長串的話」嗎？這樣的分析，不但能如實地從理論上說明語言確是一個複雜而龐大的語音語義語用語體相關聯的系統，也能如實地反映一般人在社會生活中體會到的語感。語言學的研究能夠如此溝通理論認識和實踐感知，這不就是我們應該追求的目標嗎？

第三，認真進行縱橫兩向的比較，為唐河方言做了定位，也從中探討了一些語法演變的過程。羅列方言客觀存在的事實只是方言調查的初步要求，在弄清基本事實之後，必須進行縱橫兩向的比較，才是研究的開始。橫的是和普通話及周邊方言做比較，縱的是和不同時期的古漢語做比較。本書在羅列了唐河方言語法的基本事實之後，對於一些重要的語法特徵都能做些和普通話及古漢語的比較，有些專題的研究還做得很出色。例如第四章的「虛詞」開闢了「否定」標記「沒有、沒得」的來源和演變的比較研究。對於「沒、沒有、沒得」這幾個近代以來的漢語常用詞，歷來已經有過許多討論，從上古漢語的「無」到中古漢語的「沒、沒有」就有語義引申說、音變說、合音說，無非是語音的演變和語義的延伸兩種原因；後來出現的「沒得」則顯然是從「沒+得」語義壓縮虛化而來的。作者以唐河方言的用例做出了「由動詞向未然義否定副詞演變」的推斷，認為是結構凝固之後，又從否定 NP 擴大到否定 VP。這個分析是嚴密、可信的，也很見功力。據他的調查，「沒得」用作「沒有」的說法，不但見於中原、江淮和西南官話，還見於吳、湘、贛、粵諸方言，然而，《現代漢語詞典》至今還沒有把「沒得」認定為規範詞收進去，為什麼編者這樣處理，這樣的處理有沒有道理，本可以再做一番探討的，卻沒有繼續說下去。

在比較研究方面，本書關於「圪」前綴的分析也很精彩。這個前綴顯然與晉方言的用法是同源的，對於這個和晉方言相同的語法特徵，作者也拿它和河

南、山西的晉方言做了比較，除了儘量窮盡地列舉用例之外，還指出和晉語的不同之處：沒有像晉語那樣成為能產的構詞語綴，卻可以承擔表達一定語法意義的構形功能（如「圪動圪動、圪骨隆骨咕隆、圪晃晃圪晃晃」）；其重疊式除了可以表示「持續、反覆」之外，有時還可以在對答時表示勸阻或否定對方的意願（如「圪嘗圪嘗、圪去圪去、圪想圪想」）。可見作者對於語言生活的考察是很細緻的。

第四，能盡力搜羅、分析前人有關本課題的研究成果，在已有成就的基點上把研究向前推進。有些學者研究未曾發掘過的方言時，只是努力做一番描寫，便匆匆地做出自己的分析。讀他們的著作就常有看著他「開天闢地」的感覺。楊正超雖然是研究一種尚無重要研究成果的方言，不論是對方言事實的描寫或分析，他都努力搜尋前人對於相關事實的描寫和對問題的分析，掌握已有的研究成果，吸收前人的智慧，而後做出自己的結論。這是一個嚴肅的研究工作者應有的姿態。漢語方言語法的研究雖然起步較晚，有關的基礎研究卻早有許多先行者努力做過有效的探索。並非只要你研究的是新的方言點或者研究新的課題，你就必能達到前沿的水平。應該說，只有能站到巨人的肩上的學者才能為嶄新的研究課題的研究做出新的貢獻。本書所列舉的參考文獻多達 345項，其作者有國內外一流的研究家，如呂叔湘、丁聲樹、董作賓、朱德熙、李榮，國外的趙元任、太田辰夫、香阪順一等，有關學科的專家如蔣紹愚、江藍生、吳福祥，中原官話和晉語的專家侯精一、賀巍、喬全生、施其生、辛永芬等等。時下有些論著，雖然開列的書目更多，有時只是用來為自己壯壯聲勢，其實並沒有用到其中的觀點和方法，這就是學風的問題了。

第五，能注意發掘漢語語法的特徵之所在並如實地加以不拒繁瑣的分析。這是我最欣賞的實事求是的精神。我們研究的是許多方面都與眾不同的漢語，關於漢語的獨特之處，有些方面比較容易理解，研究古代漢語的先輩也已經造出許多術語和分析方法。例如，語音方面，把音節分析為聲母、韻母和聲調，不採取元音、輔音的分析法，韻母再分韻頭、韻腹和韻尾，聲調則分別調類和調值，聲韻調又都區分音類和音值進行古今南北的比較。詞彙學方面，著重於分析研究占著絕大多數的合成詞的構成方式及其與句法結構的同和異，認真研究字（語素）義和詞義的複雜關係，還有十分重視比詞大的「語」（詞組）的分析研究。在這些方面我們的研究都能切合漢語的特徵，構建自己的術語和結構

系統，形成自己的理論。但是對於處在語言深層的語法，我們對獨樹一幟的漢語語法的透視能力就差些，總在跟著西方語法理論走，套不上就修修補補，老是說不清楚。世界上的語言是有共性的，西方的語法理論並非都不能用，主語、謂語，並列、偏正、動賓等結構關係等不就都能做好分析嗎？只是我們還沒有深入地探索漢語語法結構的根本特徵，並根據這些特徵對於各種語法範疇的不同表現進行必要的界定和描述，有的要做出必要的限定和分類。我們已經認識到漢語的語義和語法關係十分複雜，也知道名動形三大實詞之間常有交混，界限並不清楚，但是我們就沒有從這些現象概括出漢語的特徵來加以解釋。本書在分析唐河方言的語法時已經注意到許多「跨類」的現象，例如「兒綴」可以作為語素、詞和短語三層結構成分的附加成分，可以同時表示語義上的「表小指愛」，語用上的口語色彩。還有關於「哩」的分析，說它可以用作副詞性標記（如「滿圈兒哩跑」）、形容詞性標記（如「天陰陰兒哩」）、名詞性標記（如「塑料兒哩」）、補語標記（如「寫哩太潦草」）等，還可以用作助詞（如「門開著哩、要走哩、你喊誰哩、說哩笑哩」），總共有 7 種不同的用法，從來源說，可能和「的、地、得、了、呢」都有關係，由於語義的虛化和語音的弱化，各種用法都混為同音的輕聲後綴。在不同的結構裏，語音的混同和語義的虛化，把它綜合為同一成分，只是靠著語境的不同來區別不同的意義。這就說明了，語義的虛化和語音的弱化都可以把不同語法成分混化，最後靠的是語境裏詞語結合的意義來決定它的語法意義。如此，能否得出一個推論：漢語的一些虛成分由於弱化為輕聲，語音已經無法區別意義，只能仰仗詞語組合的語境意義來鑒別了。這不也就是「語義語法」的一種表現（語義制約語法）嗎？事實上，漢語裏許多「跨類、兼類」的現象都可以從「語義語法」上找到出路。例如最常見的「建設、工作、革命、比賽」之類的名詞和動詞的兼類，如果解釋為意義的動態和靜態可以區別詞性（動態的是動詞，靜態的是名詞），是不是也可以找到一條很好的出路呢？看來，調查方言，研究語言，在羅列事實之後，應該分析其結構，當結構關係不能說明問題時，還得尋求解釋這種事實的其他辦法。調查方言，描寫方言，再加上解釋種種與眾不同的方言現象，方言的研究就可以登上更高的峰頂了。

解釋獨特的方言現象是件不容易的事，有的可以從語言內部去找依據，有的要到社會生活找原因，還有的可能要從語言發展的歷史過程去考察。例如本

書提到的，唐河方言沒有「嗎」問句，這也是漢語方言中十分少有的語法現象，很值得深究。會不會是在幾種表示疑問的句型出現之後，在不同的地方發生競爭，造成了不同的效果，有的格式站住腳後，把住關口，擋住了其他的道道？這就要進一步和周邊方言進行仔細的比較和考察了。

希望楊正超在研究方言的道路上再接再厲，百尺竿頭更進一步！

2021 年 9 月 7 日

河南省唐河縣政區簡圖

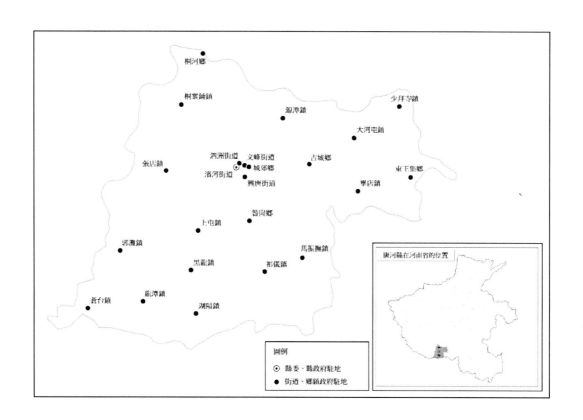

目

次

第一章 緒 論

第一節 唐河縣概況 [註1]

1. 地理歷史概況

　　唐河縣位於河南省西南南陽盆地東部，東鄰桐柏縣、泌陽縣，西接新野縣、南陽市宛城區，北與社旗縣毗連，南同湖北省棗陽市接壤。地處東經 112°28′～113°16′，北緯 32°21′～32°55′，東西長 74.25 千米，南北寬 62.85 千米，總土地面積 2512.4 平方千米。

　　唐河縣在古地理大地構造單元上，位於秦嶺褶皺帶，屬淮陽地盾和南（陽）襄（陽）凹陷的一部分。其地貌由桐柏山脈向西延伸的低山丘陵和南陽盆地東部的湖積平原、沖積河谷帶狀平原及洪積坡積緩傾斜平原所構成。其中湖積平原和沖積河谷帶狀平原占全縣面積的 52.2%；洪積坡積緩傾斜平原占全縣總面積的 32.5%；低山丘陵占全縣總面積的 15.3%。全縣地勢東高西低、東北高西南低，海拔高度為 72.8～756 米。唐河及其主要支流三家河、泌陽河、毗河、清水河、蓼陽河、礓石河、桐河、綿延河、澗河呈扇形由北向南會白河注入漢水，全長 230.24 千米，屬長江流域唐白河水系。

〔註1〕本節內容主要參考唐河縣地方史志編纂委員會編寫的 1993 年版《唐河縣志》和 2010 年版《唐河縣志 1986～2000》。

　　唐河縣歷史悠久，境內有多處仰韶、屈家嶺文化遺存。夏、商時代為《尚書‧禹貢》所記豫州之域，周為申、謝、唐、蓼國地。春秋、戰國屬楚。秦置湖陽縣，屬南陽郡。西漢、東漢和三國時為湖陽縣（邑），屬南陽郡。晉為棘陽縣地，屬義陽郡。南北朝時北魏於縣境置鍾離、襄城、陳陽、石馬諸縣，分別屬南襄州、西淮安郡和襄城郡，今城關鎮為當時的襄城縣治，以後歷為州治、縣治。隋朝時境內為上馬、湖陽二縣地，屬舂陵郡。唐為泌陽縣、湖陽縣，先後屬唐州、泌州。五代十國時，縣屬泌州。宋代屬唐州。金沿宋制。元代廢湖陽縣入泌陽縣，仍屬唐州。明洪武二年降唐州為唐縣，屬南陽府。清沿明制。民國 2 年改唐縣為沘源縣，民國 12 年改沘源縣為唐河縣，屬汝陽道，後屬河南省第六行政督察區。民國 36 年至 37 年境內設唐河（北）、唐南、唐西三縣。民國 38 年 3 月「三唐」並為唐河縣，屬河南省南陽地區。新中國成立後，唐河縣（縣政府駐今城關）仍屬南陽地區，1994 年 7 月 1 日，撤南陽地區，設南陽市，唐河縣屬南陽市。

2. 人口文化概況

　　據縣志所述，封建社會裏，天災、人禍、瘟疫連年不斷，人民生活貧困，人口增長緩慢。明洪武、永樂年間，雖從山西洪洞等地移民至此，人丁得以充實，但時至洪武二十四年（公元 1391 年）和永樂十五年（公元 1417 年），人口僅分別為 5161 人和 5942 人。直到正德十六年（公元 1521 年），全縣人口才增至 26149 人。明末，人口為 61450 人。清初，官圖錄級，虛報開墾地畝，加派田賦，加之連年旱澇，軍興旁午，民力不支，相率而逃，人口減少。順治十五年（公元 1658 年），全縣人口減至 11369 人。康熙和乾隆年間，實行「滋生人丁不加賦」和「招撫逃亡」的辦法，人口有所增加。到乾隆五十一年（公元 1786 年），全縣人口已躍至 229434 人。民國時期，軍閥混戰，自然災害頻繁，人口增長緩慢，民國 27 年（公元 1938 年），599176 人。抗日戰爭爆發後，人口減少，民國 37 年（公元 1948 年），唐河（北）、唐南、唐西三縣共有 503568 人。建國後，國民經濟恢復，人民群眾的生產生活條件有了一定改善，加之鼓勵生育，人口出生率增長，死亡率下降。1953 年第一次人口普查，總人口 787509 人。由於自然災害等原因，1964 年第二次人口普查，總人口減至 724150 人。隨著國民經濟好轉，人口補償性生育較快；20 世紀 70 年代計劃生育的實施，

使人口增長得到控制。1982 年第三次人口普查，總人口 1050269 人。2000 年，總人口 1245539 人。

截至 2000 年，縣內有漢、回、滿、蒙等 25 個民族成份。其中漢族歷史悠久，人口達 1141355 人，占總人口的 99.10%。各少數民族總人口占全縣總人口的 0.90%；回、滿、蒙三個民族是元、明、清、民國時期以來相繼從外地遷來，其他民族成份都是 20 世紀 50、60 年代以來因工作或婚姻等關係遷入。

唐河縣文化源遠流長。城郊寨茨崗和湖陽影坑等地出土的石器、陶器據考證屬於五六千年前的新石器時期文化，具有黃河流域仰韶文化與江漢平原屈家嶺文化相互交融的明顯特徵。所轄湖陽鎮在縣南四十公里，東北依蓼山，是世界廖氏文化發祥地；《漢書·地理志·上二·南陽郡》：「湖陽，故蓼國也。」其後人以國為姓，稱廖氏；目前蓼姓散居全球各地，曾回湖陽尋根謁祖，重修蓼王廟。秦置二十四縣，湖陽為其一，東漢劉秀稱帝後，將其姊劉潢封邑於湖陽，為湖陽公主，現有東漢名冢湖陽公主墓。唐河縣境內出土的西漢、東漢時期的漢畫像石種類多樣，畫像栩栩如生，反映了當時較高的藝術水平。湖陽鎮的龍泉寺又名「東大寺」，始建於晉代，後經歷代擴建，規模宏大，是豫南一帶規模最大的千年古剎，周圍九座山脈呈九瓣蓮花分布，龍泉寺位居正中，形似「蓮花捧佛」。唐河縣城內有建於宋紹聖二年（公元 1095 年）的泗洲塔和菩提寺（菩提寺已不復存在，舊址現為寶塔賓館），泗洲塔時現「古塔凌煙」的奇景，與「蓮花捧佛」「竹林晚翠」「鬼井寒泉」「紫玉龍淵」「泌橋飛雪」「黃池映月」「石柱摩天」交相輝映，被譽為「唐河八大景」〔註2〕。城內的文筆峰塔始建於明末清初，當時為培植唐河文風，弘揚聖賢學風，由當地文人雅士發起興建。位於唐南古鎮黑龍鎮的普化寺始建於元末，幾度毀壞重建，是豫西南最大的佛教活動場所和宗教文化旅遊聖地之一。始建於清雍正九年的陝西會館位於唐河縣城北 20 公里源潭鎮，亦稱關帝廟，為陝西客商集資修建。此外還有縣城內文廟大成殿、桐河鄉的棘陽關遺址、上屯鎮的馬武城遺址、湖陽鎮的白馬堰以及 20 世紀 80 年代在唐河城東修建的張星江烈士陵園等。這些文物勝蹟展示了唐河的文化風貌和唐河人民的創造精神。

悠久的歷史文化和豐饒的自然地理條件，使得唐河縣自古以來群賢薈萃。

〔註 2〕見《河南省唐縣志·清乾隆五十二年刊本》卷之一《地輿志》「古蹟」篇·附八景。

東漢光武帝劉秀的大將馬武、光祿大夫樊宏皆生於湖陽。唐河歷史上的文韜武略還有曲端、李堅、曹文衡、韓應琦等。近代和現代更是人才輩出，諸如革命烈士張星江、周邦采，著名哲學家馮友蘭、地質學家馮景蘭、文學家馮沅君、作家馮宗璞、詩人李季、考古學家徐旭生、園藝學家郭須靜、植物生態學家曲仲湘、飛機機械師馮鍾越以及醫學家楊慈雲等。

唐河縣悠久的歷史和勤勞的人民塑造了精彩紛呈的民間藝術樣式。戲劇有漢劇（也稱「二黃」）、曲劇（原稱「高臺曲兒」）、豫劇、越調、卷戲（又名「鑼戲」）、宛梆（原名「南陽梆子」）等；曲藝有大調曲、三弦書（也叫「腳板書」「鉸子書」）、墜子書、鼓兒詞、評書（也叫「評詞」）、蓮花落（又名「蓮花樂」）等；民歌有多用「四季」「五更」「十二月」等形式演唱的小調，載歌載舞、鑼鼓伴奏的燈歌，一人唱、多人和的號子，情調活潑、浪漫天真的兒歌，以及小商小販街頭巷尾招徠買主所唱的叫買歌等；舞蹈有獅舞、龍舞、旱船、高蹺（又名「杉木腿」）、獨杆轎、背裝、射裝（又稱「抬裝」）、雙頭人、竹馬、鶴蚌鬥、推小車、騎驢等。工藝美術有刺繡、剪紙、雕塑、編織等。

唐河縣這片沃土五六千年來所積澱的厚重燦爛的地域文化與中華文明一脈相承，又具備其自身的特點，是大自然和先祖們賜予的寶貴財富，這必然在唐河方言中烙下深刻的印記，我們理當對其進行挖掘、整理、保存、保護，並加以傳承、弘揚，推動其發展進步，促進中華文化多樣性。

第二節　方言歸屬與音系概貌

1. 方言歸屬

賀巍《河南山東皖北蘇北的官話（稿）》（1985）「根據古入聲的有無和古入聲在今方言裏的演變情況」以及「古知莊章三組字的今聲母」「古仄聲全濁聲母字逢塞音、塞擦音今是否送氣」「『根庚、今經』兩組字是否同音」等將唐河方言歸入中原官話鄭曹片；後來，賀巍《中原官話分區（稿）》（2005）根據若干語音特點，對中原官話的分片做了新的調整，把唐河方言歸入中原官話南魯片。

縱觀歷史，唐河縣地處中原，境內的仰韶文化、屈家嶺文化遺址證明唐河縣在遠古時期就是漢族先民華夏族的居所，據《史記・貨殖列傳》記載：「潁川、南陽，夏人之居也。」春秋戰國屬楚地，當時境內語言可能受到古楚語的影響。

元代以後才陸續有回回人零星遷入，至 1985 年，回族占全縣總人口的 1.1%（晚近遷入的其他少數民族僅占全縣總人口的 0.013%）。可見，近代以來唐河方言幾乎不可能受到其他民族語言影響，漢語無疑是全縣的通用語言。

元末明初，天災人禍導致唐州人口銳減，洪武二年降唐州為唐縣；洪武、永樂年間，明政府從山西洪洞等地移民至此，至今人們口頭還流傳著「問我先祖來何處，山西洪洞大槐樹」的說法。「大槐移民」在流轉中也許有人們攀附的成分，但絕非憑空捏造，有大量的歷史文獻包括正史、方志、家譜、移民資料等可資證明，還有方言這個語言的活化石來驗證。唐河方言中有不少現象與晉語有關，其中比較顯著的是表音字詞頭（如「圪」「黑」「卜」「窟」等，和分音詞是同一現象不同角度的兩種稱法）、「圪」綴（來源於分音詞）等。

從地理分布看，與唐河縣接壤，東邊的泌陽縣、北邊的社旗縣、西邊的新野縣和南陽市區也都屬中原官話南魯片；而東邊的桐柏縣東部屬中原官話信蚌片，南邊的湖北省襄陽市棗陽市則屬西南官話湖廣片鄂北小片，因此這兩個方位的鄉鎮跟相鄰方言區相互之間有一定的影響，主要體現在某些方音趨近和方言詞的相互借用上，語法上的影響較少。

唐河方言和桐柏東部方言分屬中原官話的南魯片和信蚌片，依據的是語音標準，如唐河方言區分 n、l，桐柏東部方言不區分 n、l；在詞彙語法方面則大體一致。兩縣雖同屬南陽市，但地緣上唐河縣鄰接南魯片核心區南陽市，桐柏縣鄰接信蚌片核心區信陽市，因而造成歧異。

拿李藍（2009：75）所揭示的襄樊（今襄陽）方言四聲調值跟唐河方言四聲調值相比，可以看出二者比較接近，而同與襄樊方言同屬西南官話的武漢方言和成都方言相去較遠。

表 1-1　四地方言聲調比較 [註3]

方言＼四聲	陰　平	陽　平	上　聲	去　聲
唐河	24	42	54	312
襄樊	34	52	55	212
武漢	55	213	42	35
成都	55	21	53	213

〔註 3〕武漢方言和成都方言四聲分別引自《武漢方言詞典》和《成都方言詞典》。

李藍指出：「總體上看，這種聲調類型與相鄰的河南話比較接近而與武漢等地的西南官話有相當差別。」（2009：76）「本小片（鄂北小片）是中原官話和西南官話的過渡方言。雖然入聲今全歸陽平，但陰平是中平、陽平是高降、上聲是高平，這和武漢有明顯差別，而更像河南話。」（2009：79）由於唐河方言的四聲和整個中原官話南魯片比較一致，我們覺得西南官話湖廣片鄂北小片可能受中原官話的影響要更大一些。當然，僅通過四聲異同來談論兩個方言點之間的相互影響比較片面，如果同時對兩者進行語音、詞彙、語法的全面比較，得到的結果會更精確。

唐河方言也可以說是中原官話和西南官話的過渡區，再加上中原官話信蚌片同西南官話和江淮官話相連，其間的相互影響也會滲透到唐河方言中。比如普通話中的「沒有」兼有否定動詞和否定副詞的功能，唐河方言中同源的「沒有」同樣兼有這兩種功能，但否定體詞性成分時更常用否定動詞「沒得」，這在南邊的西南官話、江淮官話甚至吳語、湘語、贛語中都有相似的表現（包括語音的對應。詳見第四章第五節內容）。

2. 音系概貌

2.1 聲母

包括零聲母，共 22 個。

p 包鼻本白	pʰ 怕盤拼旁	m 門貓美忙	f 飛風福房
t 到多燈膽	tʰ 太同唐聽	n 男內能奶	l 來理浪龍
ts 咱咋精集	tsʰ 草醋親清	s 三絲星俗	
tʂ 紙正眨煮	tʂʰ 出茶床吃	ʂ 師樹說上	ʐ 人用熱軟
tɕ 姜鋸幾卷	tɕʰ 橋起去勸	ɕ 歇靴孝興	
k 個管幹光	kʰ 開看褲困	x 河灰汗紅	
Ø 雲五魚一			

說明：

①／n／與開口呼、合口呼韻母相拼時為［n］，與齊齒呼、撮口呼韻母相拼時為［ȵ］（如：女你）。

②零聲母／Ø／與開口呼韻母相拼時，前面有舌根濁擦音［ɣ］（如：俺牛硬餓）。

· 6 ·

③古全濁塞音、塞擦音變為同部位的清塞音、塞擦音。

④古精組和見曉組在今細音前有分別，即分尖團。古精組讀 $[\text{ts ts}^h \text{ s}]$，古見曉組讀 $[\text{tɕ tɕ}^h \text{ɕ}]$。

⑤古知莊章三組今混同，都讀 $[\text{tʂ tʂ}^h \text{ʂ}]$。

2.2　韻　母

共 62 個，包括基本韻母、聲化韻母、兒化韻母，不包括合音韻母。

2.2.1　基本韻母（39 個）

ɿ 字瓷四子	i 皮裏泥洗	u 補母肚書	y 女曲足魚	ɯ 給圪黑坷
ʅ 值吃是日				
a 把拿拉沙	ia 牙家下倆	ua 瓦花瓜誇		
ɤ 擱可喝鵝				
o 播破抹撥		uo 窩鍋顆活	yo 藥腳靴確	
	iɛ 葉姐傑寫		yɛ 月缺雪掘	
ai 挨百菜腮	iai 蟹街解戒	uai 快乖懷拽		
ei 筆陪墨壘		uei 喂貴虧灰		
au 襖好到腦	iau 舀鳥撬笑			
əu 牛豆頭樓	iəu 有丟扭流			
an 安半欄三	ian 眼點年先	uan 碗亂歡關	yan 遠戀卷懸 / 鑽酸全選	
ən 摁吞根神	in 引賓臨勁	un 問頓嫩婚	yn 暈軍群薰 / 揄村迅俊	
aŋ 昂綁房胖	iaŋ 羊亮想獎	uaŋ 網光框裝		
əŋ 硬蹦哼冷	iŋ 贏平擰淨	uŋ 動桶紅用 / 翁	yŋ 龍窮兄熊 / 總從送宋	

2.2.2　聲化韻母（3 個）

l̩ 日兒而爾耳二貳	n̩ 嗯	hŋ̍ 哼

2.2.3　兒化韻母（20 個）

		ur 珠兒 軸兒		
ɜr 把兒 缸兒	iɜr 芽兒 頂兒	uɜr 娃兒 空兒		
aur 刀兒 道兒	iaur 腰兒 鳥兒			
ər 蓋兒 盤兒	iər 爺兒 尖兒	uər 歡兒 塊兒	yər 圈兒 卷兒	
ɚr 咯兒 本兒	iɚr 以兒 今兒	uɚr 味兒 棍兒	yɚr 女兒 輪兒	
ɤr 歌兒 個兒				
or 抹兒 末兒		uor 窩兒 豁兒	yor 學兒 月兒 角兒	
əur 後兒 扣兒	iəur 油兒 秀兒 媳婦兒			

說明：

①沒有普通話中的舌面前元音／ε／、央元音／ə／和捲舌元音／ɚ／，多出／ɯ／、／iai／和／yo／。

②／ɿ／只跟／ts tsʰ s／相拼，／ʅ／只跟／tʂ tʂʰ ʂ ʐ／相拼，／i／可拼［n ɣ］、／tʂ tʂʰ ʂ ʐ k kʰ x／除外的所有聲母。

③普通話中韻母／a ɣ ei／與舌根音聲母／k kʰ x／相拼的字中有幾個在唐河方言中韻母為／ɯ／，如：蛤、蝌、黑、給等，這些字不能單用，必須在音節或語素或詞的組合中才能使用。

④合音現象和地名變韻會產生超常規的韻母，如：「女娃」合音為／nya⁵⁴／（兒化韻也隨之多出一個／yɜr／「女娃兒」），「宋營兒」中「宋」變韻讀為／syaŋ²⁴／。

⑤在／ia ua／中／a／傾向於央元音／ʌ／，實際音值記作［iʌ uʌ］。

⑥／o／的唇形稍展。

⑦／yε／來自山攝合口三、四等和開口三等入聲的精、見、曉、影四組以及臻攝合口三等入聲見組的字；／yo／來自宕攝開口三等和合口三等入聲的精、見、曉、影四組和來母，果攝合口三等平聲的見、曉二組，以及江攝開口三等入聲的見、曉二組的字。／yε／和／yo／在老派中分得比較清，在新派中開始混同為／yo／；／yε／和／yo／的兒化一般情況下都是／yor／。

⑧／ai iai uai／中韻腹／a／舌位較高，韻尾／i／舌位較低，二者音程較短，介乎／ε／和／e／之間，實際音值記作［εe iεe uεe］。其中［iεe］同［iε］較為接近，但二者來源不同，［iεe］來自蟹攝開口二等（皆、佳韻）的見組和曉組的字，［iε］來自咸攝開口三、四等（葉、貼韻）的入聲字和山攝開口三、四等（薛、月、屑韻）的入聲字。

⑨／ei uei／的實際音值為［eɪ ueɪ］。

⑩／au iau／中／a／和／u／代表發音中起始位置和滑動方向，音程較短，近乎單元音／ɔ／，但起頭是展唇，向後滑動時唇稍攏圓，實際音值為［ʌo］和［iʌo］；其兒化韻的實際音值也隨之表現為［ʌor］和［iʌor］。

⑪／an ian uan yan／的實際音值為［æn iεn uεn yεn］。

⑫在新派口中，來自山攝合口一、三等、開口三等精組的［yεn］有混同為與其來源不同的［uεn］的傾向，如：鑽酸全選；來自臻攝合口一、三等、開口

三等來母和精組的〔yn〕有混同為與其來源不同的〔un〕的傾向，如：掄村迅俊；來自通攝合口一、三等精組的〔yŋ〕有混同為與其來源不同的〔uŋ〕的傾向，如：總從送宋。這應該是受普通話影響的結果。

⑬／un　yn　uŋ　yŋ／韻腹和鼻音韻尾之間有一個輕微的流音〔ᵊ〕，在零聲母音節中表現得更明顯一些。

⑭／aŋ　iaŋ　uaŋ／的實際音值為〔ʌŋ　iʌŋ　uʌŋ〕。

⑮聲化韻／l̩／除了「日頭」的「日」來自臻攝開口三等入聲質韻日母外，其他如「兒而爾耳二貳」等來自於止攝開口三等日母。

⑯聲化韻／n̩　hn̩／分別只有表示疑問、肯定性應答或示意對方繼續說話的「嗯」和表示不滿、嘲笑或鄙視的「哼」兩個語氣詞。

⑰沒有／m／韻尾，沒有鼻化韻，古入聲韻塞尾消失，變為陰聲韻，入聲調派入其他聲調。

⑱兒化韻是在原來的韻母上加上一個捲舌動作（用 r 表示），除了聲化韻之外，其他韻母都可以兒化。兒化會改變原韻母的結構，除了加捲舌動作，有的還會造成韻尾脫落或／和韻腹央化等；有時韻母不同的音節兒化後會變得相同（例見上述兒化韻舉例），有時一個相同的音節兒化後會變得不同（如「月」，人名「小月兒／yor／」，月季花的本地說法「月月兒／yər／紅」；又如「跟」，「在我跟兒／kər／」意為「在我跟前」，「跟兒跟兒／kər／起」則有比前者更近的意思）。兒化可以改變詞性、詞義和增加某種附加色彩（表小指愛等），例略。一些表示方位和時間的詞語有特殊的兒化現象，如：這兒（這裡）、那兒（那裡）、哪兒（哪裏）；前半兒（前半晌）、後半兒（後半晌）、今兒（今日）、明兒（明日）、前兒（前日）、後兒（後日）、夜兒（夜來，即昨天）、以兒（以往）（這些時間詞兒化後，要加上／·li／才能單用，這個音節是方位詞「裏」還是助詞「哩」，或者有其他來源，尚待考察）。

2.3　聲　調

共 5 個，包括陰平、陽平、上聲、去聲、輕聲。

表 1-2　唐河方言聲調

調　類	陰　平	陽　平	上　聲	去　聲	輕　聲
調值	˨˦ 24	˦˨ 42	˥˦ 54	˧˩˨ 312	˩
例字	邊天尖月	頭涼咱白	美老早几	大亮上看	哩著了吧

說明：

①古塞音、塞擦音平聲字根據古聲母清濁今分別讀同部位的清聲母的陰平和陽平。

②古上聲清、次濁聲母字今讀上聲，古上聲全濁聲母字今讀去聲。

③古去聲字今仍讀去聲。

④古入聲清、次濁聲母字今讀陰平，古入聲全濁聲母字今讀陽平。

⑤今陰平包括古平聲清聲母字，古入聲清、次濁聲母字；

今陽平包括古平聲濁聲母字、古入聲全濁聲母字；

今上聲包括古上聲清、次濁聲母字；

今去聲包括古去聲、古全濁上聲字。

⑥輕聲是四聲的弱化，詳見下文 2.4.2 輕聲部分（文中舉例輕聲音節一律在其音前標┤，此處｜代表被標注輕聲的音節）。

2.4 聯合音變

2.4.1 連讀變調

唐河方言多音節詞語末尾音節除輕聲外一律不變調；非末尾音節中讀為降調的陽平和上聲不變調，讀為升調的陰平和讀為降陞調的去聲要變調（包括在輕聲音節前）。

2.4.1.1 兩字組

除了來自古清入的陰平字有一部分在去聲（包括原本去聲而讀輕聲的）前變為 42 調（同陽平，如：鐵道［$t^hiɛ^{24-42}\ tau^{312}$］、客氣［$k^hai^{24-42}\ ·tɕ^hi$］、法院［$fa^{24-42}\ yan^{312}$］ 等）外，陰平在其他音節前一律讀 33 調，如：飛機［$fi^{24-33}\ tɕi^{24}$］、幫忙［$paŋ^{24-33}\ maŋ^{42}$］、山頂兒［$ʂan^{24-33}\ tiɚ^{54}$］、心細［$sin^{24-33}\ si^{312}$］。

兩去聲相連，後字讀本調，前字變為 13 調，如：歎氣［$t^han^{312-13}\ tɕ^hi^{312}$］、貴賤［$kuei^{312-13}\ tsian^{312}$］；後字為輕聲時，前字讀 31 調，如：教訓［$tɕiau^{312-31}\ ·çyn$］、造化［$tsau^{312-31}\ ·xua$］。去聲在其他音節前變為 31 調，如：菜單兒［$ts^hai^{312-31}\ tɚ^{24}$］、布頭兒 ［$pu^{312-31}\ t^həur^{42}$］、字典［$tsʅ^{312-31}\ tian^{54}$］。

2.4.1.2 三字組

（1）三字都是去聲的情況下，末字讀本調，前兩字具體有三種情況：

a. 若三字組合關係都緊密，或者口語裏特別常用，則前兩字讀 13 調，如：

意大利［i³¹²⁻¹³ ta³¹²⁻¹³ li³¹²］、四季豆兒［sʅ³¹²⁻¹³ tɕi³¹²⁻¹³ təur³¹²］；

b. 若前兩字組合關係較緊密，則首字讀 13 調，中字讀 31 調，如：電話線［tian³¹²⁻¹³ xua³¹²⁻³¹ sian³¹²］、紀念會［tɕi³¹²⁻¹³ nian³¹²⁻³¹ xuei³¹²］；

c. 若後兩字組合關係較緊密，則首字讀 31 調，中字讀 13 調，如：上半夜［ʂaŋ³¹²⁻³¹ pan³¹²⁻¹³ iɛ³¹²］、大壞蛋［ta³¹²⁻³¹ xuai³¹²⁻¹³ tan³¹²］。

（2）前兩字是去聲，後字是其他聲調時，後字讀本調，前二字具體有兩種情況：

a. 若前兩字組合關係較緊密，則首字讀 13 調，中字讀 31 調，如：電話機［tian³¹²⁻¹³ xua³¹²⁻³¹ tɕi²⁴］、售票員兒［ʂəu³¹²⁻¹³ pʰiau³¹²⁻³¹ yər⁴²］、照相館兒［tʂau³¹²⁻¹³ sian³¹²⁻³¹ kuər⁵⁴］；

b. 若後兩字組合關係較緊密，則前兩字都讀 31 調，如：大信封兒［ta³¹²⁻³¹ sin³¹²⁻³¹ fər²⁴］、半透明［pan³¹²⁻³¹ tʰəu³¹²⁻³¹ miŋ⁴²］、賣汽水兒［mai³¹²⁻³¹ tɕʰi³¹²⁻³¹ ʂər⁵⁴］。

（3）首字是其他聲調，後兩字是去聲時，後字讀本調；首字是陰平時讀 33 調，是陽平或上聲時讀本調，中字具體有兩種情況：

a. 若前兩字組合關係較緊密，中字讀 31 調，如：接待站［tsiɛ²⁴⁻³³ tai³¹²⁻³¹ tʂan³¹²］、文化部兒［un⁴² xua³¹²⁻³¹ pur³¹²］、簡化字兒［tɕian⁵⁴ xua³¹²⁻³¹ tsər³¹²］；

b. 若後兩字組合關係較緊密，中字讀 13 調，如：開大會［kʰai²⁴⁻³³ ta³¹²⁻¹³ xuei³¹²］、談戀愛［tʰan⁴² lyan³¹²⁻¹³ ɣai³¹²］、趕任務［kan⁵⁴ zən³¹²⁻¹³ u³¹²］。

2.4.1.3 「一、三、七、八、不」的變調

「一、三、七、八、不」本調是陰平 24 調，在去聲前時，變為 42 調，如：一樣［i²⁴⁻⁴² iaŋ³¹²］、一事兒［i²⁴⁻⁴² ʂər³¹²］，三萬［san²⁴⁻⁴² uan³¹²］、三下兒［san²⁴⁻⁴² ɕiər³¹²］，七歲［tsʰi²⁴⁻⁴² sei³¹²］、七個［tsʰi²⁴⁻⁴² kɤ³¹²］，八戒［pa²⁴⁻⁴² tɕiai³¹²］、八路［pa²⁴⁻⁴² lu³¹²］，不去［pu²⁴⁻⁴² tɕʰy³¹²］、［不幹 pu²⁴⁻⁴² kan³¹²］。

在非去聲前，變為 33 調，如：一年［i²⁴⁻³³ nian⁴²］、一兩［i²⁴⁻³³ liaŋ⁵⁴］，三天［san²⁴⁻³³ tʰian²⁴］、三回［san²⁴⁻³³ xuei⁴²］，七十［tsʰi²⁴⁻³³ ʂʅ⁴²］、七畝［tsʰi²⁴⁻³³ mu⁵⁴］，八層［pa²⁴⁻³³ tsʰən⁴²］、八本兒［pa²⁴⁻³³ pər⁵⁴］，不清［pu²⁴⁻³³ tsʰiŋ²⁴］、不管［pu²⁴⁻³³ kuan⁵⁴］。

「一、三、七、八」在單說或在複合詞語末尾時讀本調；「不」不單說，也很少置於詞語或句子末尾；「不」嵌在兩個相同的動詞或形容詞中間構成正

反問格式以及構成能性述補結構的否定式時，讀輕聲，如：中不中 [tʂuŋ²⁴⁻³³ · pu tʂuŋ²⁴]、來不來 [lai⁴² · pu lai⁴²]、美不美 [mei⁵⁴ · pu mei⁵⁴]、快不快 [kʰuai³¹²⁻³¹ · pu kʰuai³¹²]、動不動 [tuŋ³¹²⁻³¹ · pu tuŋ³¹²] 〔註4〕，去不了 [tɕʰy³¹²⁻³¹ · pu liau⁵⁴]、過不來 [kuo³¹²⁻³¹ · pu lai⁴²]。

2.4.1.4 重疊變調

（1）名詞、動詞的重疊變調

一般情況下，前字合常規變調，後字都讀輕聲，有時後字或疊字都會發生兒化，如下：

a. 名詞：

陰平字重疊現象較多，其他三個聲調重疊現象很少，且多是人名或動物名。

陰平：蛛蛛兒 [tʂu²⁴⁻³³ · tʂur]（蜘蛛）、蛐蛐兒 [tʂʰu²⁴⁻³³ · tʂʰur]、虹虹 [tiŋ²⁴⁻³³ · tiŋ]（蜻蜓）、公公 [kuŋ²⁴⁻³³ · kuŋ]、娟娟 [tɕyan²⁴⁻³³ · tɕyan]

陽平：瑩瑩 [iŋ⁴² · iŋ]、華華 [xua⁴² · xua]

上聲：偉偉 [uei⁵⁴ · uei]、敏敏 [min⁵⁴ · min]

去聲：豆豆兒 [təu³¹²⁻³¹ · təur]、亮亮 [liaŋ³¹²⁻³¹ · liaŋ]

兒童語言中，前字合常規變調，後字都讀 24 調，同陰平：弟弟 [ti³¹²⁻³¹ ti²⁴]、妹妹 [mei³¹²⁻³¹ mei²⁴]、舅舅兒 [tɕiəu³¹²⁻³¹ tɕiəur²⁴]、羯兒羯兒 [tɕiər²⁴⁻³³ tɕiər²⁴]（羊）、叭兒叭兒 [pɜr²⁴⁻³³ pɜr²⁴]（狗）、嘮嘮 [lau²⁴⁻³³ lau²⁴]（豬）、咪咪 [mi²⁴⁻³³ mi²⁴]（貓）、麥麥 [mai²⁴⁻³³ mai²⁴]（髒東西）、嚕兒嚕兒 [lur²⁴⁻³³ lu²⁴]（小便）、巴巴 [pa²⁴⁻³³ pa²⁴]（大便），後三個詞是記音，不明本字，最後兩個詞又有對應的動詞，即「把」[pa⁵⁴]，也有 AA 式重疊「把把」[pa⁵⁴ · pa]。

b. 動 詞

說說 [ʂuo²⁴⁻³³ · ʂuo]、吃吃 [tʂʰɿ²⁴⁻³³ · tʂʰɿ]

聞聞 [uən⁴² · uən]、錘錘 [tʂʰuei⁴² · tʂʰuei]

想想 [siaŋ⁵⁴ · siaŋ]、攪攪 [tɕiau⁵⁴ · tɕiau]

動動 [tuŋ³¹²⁻³¹ · tuŋ]、看看〔註5〕 [kʰan³¹²⁻³¹ · kʰan]

〔註4〕「動不動」作「動輒」義講時，不是正反問格式，音變合常規，即 [tuŋ³¹²⁻³¹ pu²⁴⁻⁴² tuŋ³¹²]。

〔註5〕「看看」可以用作發語詞，第二個字讀 24 調，即 [kʰan³¹²⁻³¹ · kʰan³¹²⁻²⁴]，表達責備語氣，例如：看看，你又給你妹妹惹哭了不是。

雙音動詞 AB 的四字格重疊式 AABB，首字和第三字按常規變調，第二字變讀輕聲，末字讀本調，如：

瀝瀝拉拉〔li³¹²⁻³¹ · li la²⁴⁻³³ la²⁴〕

摳摳掐掐〔kʰəu²⁴⁻³³ · kʰəu tɕʰia²⁴⁻³³ tɕʰia²⁴〕

拉拉扯扯〔la²⁴⁻³³ · la tʂʰʅ⁵⁴ tʂʰʅ⁵⁴〕

吵吵鬧鬧〔tʂʰau⁵⁴ · tʂʰau nau³¹²⁻³¹ nau³¹²〕

（2）形容詞的重疊變調

a. 單音形容詞重疊，第二字都要兒化；逢陰平首字變讀 33 調，第二字不變調；逢陽平、上聲疊字不變；逢去聲首字變 31 調，第二字變 24 調；末字「哩」讀輕聲〔· li〕。如：

輕輕兒哩〔tɕʰiŋ²⁴⁻³³ tɕʰiɚ²⁴ · li〕、高高兒哩〔kau²⁴⁻³³ kauɚ²⁴ · li〕

白白兒哩〔pai⁴² pɚ⁴² · li〕、甜甜兒哩〔tʰian⁴² tʰiɚ⁴² · li〕

好好兒哩〔xau⁵⁴ xauɚ⁵⁴ · li〕、滿滿兒哩〔man⁵⁴ mɚ⁵⁴ · li〕

胖胖兒哩〔pʰaŋ³¹²⁻³¹ pʰɚ³¹²⁻²⁴ · li〕、近近兒哩〔tɕin³¹²⁻³¹ tɕiɚ³¹²⁻²⁴ · li〕

b. 雙音形容詞的 AABB 和「A 裏 AB」四字格重疊，首字按常規變調，第二字變讀輕聲，第三字依陰平變讀 33 調，末字變讀陰平，如：

彆彆扭扭〔piɛ³¹²⁻³¹ · piɛ niəu⁵⁴⁻³³ niəu⁵⁴⁻²⁴〕

利利亮亮〔li³¹²⁻³¹ · li liaŋ³¹²⁻³³ liaŋ³¹²⁻²⁴〕

糊裏兒糊塗〔xu⁴² · liɚ xu³³⁻⁴² tu⁴²⁻²⁴〕

流裏流氣〔liəu⁴² · li liəu³³⁻³³ tɕʰi³¹²⁻²⁴〕

2.4.2　輕　聲

唐河方言輕聲現象比較普遍。輕聲是四聲的弱化，是一種特殊的音變。輕聲一般發生在多音詞語或句子的末字上，三字組中第二字有的也念輕聲（如：丈母娘、坐不住、四方桌兒、雪花膏）。輕聲調值不定，在四聲後有不同表現，大致如下：

陰平字＋輕聲字 →˩3 瘋子〔fəŋ²⁴⁻³³ tsʅ³〕　　看著〔kʰan²⁴⁻³³ tʂu³〕

　　　　　　　　　清楚〔tsʰiŋ²⁴⁻³³ tʂʰu³〕

陽平字＋輕聲字 →˩1 娃子〔ua⁴² tsʅ¹〕　　防著〔faŋ⁴² tʂu¹〕

　　　　　　　　　便宜〔pʰian⁴² i¹〕

上聲字＋輕聲字 →·2 臉子〔tɕiaŋ⁵⁴ tsʅ²〕　　想著〔siaŋ⁵⁴ tʂu²〕

牡丹〔mu⁵⁴ tan²〕

去聲字＋輕聲字 →·4 凳子〔təŋ³¹²⁻³¹ tsʅ⁴〕　　瓦著〔ua³¹²⁻³¹ tʂu⁴〕

算盤〔syan³¹²⁻³¹ pʰan⁴〕

重疊也會產生輕聲現象，詳見上文「重疊變調」部分的舉例。

輕聲音節多與語法地位有關，能夠區別意義和區分詞性，虛成分往往讀輕聲，除了上面的「子」和「著」，常見的還有：

家〔·tɕiɛ〕　　　　　人～、娘～、王～、小子～

人〔·zən〕　　　　　老丈～、媒～、大～、男～

了〔·lɤ〕　　　　　好～、得～、看～、來～

過〔·kuo〕　　　　　說～、去～、想～、問～

哩〔·li〕　　　　　我～、白～；忙～走、慢慢兒～吃；美～很、跑～快；人～；不兒〔pər²⁴⁻³³〕～

頭〔·tʰəu〕　　　　　石～、裏～；想～兒、吃～兒、看～兒、玩～兒

們〔·mən〕　　　　　你～、人～；誰去～、不兒哩～、走～、吃～

啊〔·a〕　　　　　　走～、坐～、寫～、背～

吧〔·pa〕　　　　　是～、洗～、拿～、幹～

裏〔·li〕　　　　　屋～、肚～、書～、河～

上〔·ʂaŋ〕　　　　　路～、天～；合～、貼～

下〔·ɕia〕　　　　　年～、底～、地～；住～、擱～

下兒〔·ɕiər〕　　　　試～、看～、來～、打～

下子〔·ɕiɛ·tsʅ〕　　　焯～、崴～、燉～、翻～

來〔·lai〕　　　　　下～、上～、進～、起～

上來〔·ʂaŋ·lai〕　　　撈～、提～、扔～、拽～

下來〔·ɕia·lai〕　　　放～、遞～、摚～、送～

去〔·tɕʰy〕　　　　　回～、過～、出～、送～

上去〔·ʂaŋ·tɕʰy〕　　裝～、坐～、擱～、收～

下去〔·ɕia·tɕʰy〕　　掉～、踹～、搬～、卸～

起〔·tɕʰi〕　　　　　邊兒～、跟兒～、頂兒～、底下〔tia⁵⁴〕～；藏〔tsʰaŋ⁴²〕～、抬～

起來〔‧tɕʰi‧lai〕　　　說～、看～、想～、站～

住〔‧tʂu〕　　　　　抓～、逮～、拿～、站～

死〔‧sɻ〕　　　　　　氣～、凍～、餓～、使～

第三節　河南方言研究概述

1. 有關河南方言的研究

本文中,「河南方言」指河南省境內的方言,包括河南省境內的中原官話和豫北的晉語〔註6〕。

瑞典漢學家高本漢在中國期間(1910～1911)〔註7〕,曾對河南開封、懷慶(今沁陽)、固始三地的方言做過細心調查和詳細研究(高本漢 1994:8、145),用作《中國音韻學研究》一書擬測古音的現代方言材料,為漢語音韻學研究和方言調查研究作出了很大貢獻。高氏可以說是最早用現代語言學方法對河南方言做過調查和研究的學者。

國內學者首先以現代語言學方法記錄和研究河南方言的,當是「甲骨四堂」之一的河南南陽人董作賓。1923～1924年間,董先生先後加入北大考古學會、風俗調查會和方言研究會。董先生是「蓄志研究方言的一人」(《為方言進一解》1924),他所作《歌謠與方音問題》(1923)、《研究嬰孩發音的提議》(1924)和《方言標音‧南陽音》(1924)等文章中,都運用現代標音方法,記錄了南陽的方音、方言資料,並對其中的一些語音和詞語現象做了注釋和分析。

見諸文獻的最早的以「河南方言」為名的調查成果,是河南通志館1935年發表於《河南教育月刊》的《河南方言調查》〔註8〕。

以上是所見建國前有關河南方言調查研究的線索。

新中國成立以後,當時的高等教育部、教育部於1956年發出《關於漢語方言普查工作的指示》,展開全國方言大普查。1957年原開封師院(今河南大學)

〔註6〕也有人認為豫南信陽一帶分布著江淮官話黃孝片的方言。

〔註7〕見馬悅然 2009。

〔註8〕王力先生曾根據明代材料作《三百年前河南寧陵方音考》(1927),是歷史音韻的考求,不涉及現代方言的調查研究。我們後來又發現了同時期的幾篇文章的存目,包括:憩之,河南方音中的 W [J],(北平)世界日報(國語週刊29),1932,(2);晴天,歧路燈與河南方言 [J],中原文化,1934,(5);杜子勁,河南俗語錄 [J],開封女師校刊,1937,(6);趙天吏,河洛方言後記,儒效月刊 [J],1946,(2)。

張啟煥、陳天福、程儀負責河南省境內的漢語方言普查任務，至 1959 年共調查了 123 個點的方言，於 1960 年寫出《河南方言概況》，後又根據各調查點的語音特徵寫成十個地區的普通話手冊各一本和《河南話與普通話詞彙語法比較》一書。

1958～1959 年出版的《方言與普通話集刊》（二、三、五、六）上發表了 10 篇（語音 6 篇，詞彙 3 篇，綜合 1 篇）有關河南方言語音、詞彙和語法的論文，主要比較河南方音與北京語音／普通話的異同，對河南方言詞語標音並對其功能和用法進行例釋。其中趙月朋的《洛陽話淺說》（1958 年 6 月）還探討了洛陽方言詞的語法特點和詞的組合，是目前所見最早涉及河南方言語法研究的文章，他稍後發表的《洛陽方言中的一些語法現象》（1958 年 7 月）則是專門研究河南方言語法現象的第一篇論文，文章描寫並分析了洛陽方言一些詞語重疊和虛詞用法等特殊語法現象。之後賀巍發表的《中和方言中的「咊」「骨」「圪」》（1959）、《中和方言的代詞》（1962）、《獲嘉方言韻母變化的功用舉例》（1965）分別考察了中和方言中的詞綴和代詞現象以及獲嘉方言中的形態音韻現象。

以上是文革前河南方言調查和研究的成果，從中可以看出，早期的工作目的是為了配合推廣普通話，側重於河南方言的語音和詞彙的調查和描寫以及與普通話（北京話）的比較，也有人開始注意語法的調查和研究。

文革後，1979 年《方言》雜誌的創刊，1981 年漢語方言學會的成立，推動了漢語方言調查研究的深入。河南省的方言調查和研究工作卻進展緩慢，但也不時有成果發表（鑒於本文是方言語法研究專題，以下主要是關於河南方言語法研究的概況）。在筆者所搜集到的 1979～1999 年 20 年間發表的文章中，與方言語法有關的論文同方言論文總數之比為 25／84，這些文章中，有僅羅列了一些語法例句的，如《濟源方言記略》（賀巍 1981）、《洛陽方言記略》（賀巍 1984）；有對該地特殊語法現象或整體語法特徵的描寫分析的，如《安陽話裏的特殊語法現象》（郭青萍 1988）、《獲嘉方言的語法特點》（賀巍 1990）、《南陽方言語法拾零》（閻德亮 1990）、《信陽方言特殊的語法現象論略》（安華林 1999）；有分析方言句型的，如《獲嘉方言的疑問句——兼論反覆問句兩種句型的關係》（賀巍 1991）；有考察某個的特殊詞語語法特點的，如《南陽方言中的 qi》（丁全 1989）、《舞鋼話的［tei~（44）]》（孟建安 1994）；有分析構詞特點的，如《獲嘉方言的表音字詞頭》（賀巍 1980）、《獲嘉方言表音字詞表》（賀

巍 1989）、《獲嘉方言形容詞的後置成分》（賀巍 1984）；有談論詞類的用法的，如談助詞的《河南商丘話裏的 tei nen》（韓昕 1988）、《禹州方言中助詞「哩」的用法》（李素娟 1998）、《關於濮陽方言中的「咧」》（翟富生 1999），談代詞的《獲嘉方言代詞》（賀巍 1988）、《陝縣方言遠指代詞的面指和背指》（張邱林 1992）；有涉及音變引起的形態句法現象的，如《獲嘉方言的輕聲》（賀巍 1987）、《獲嘉方言的連讀變調》（賀巍 1979）、《獲嘉方言的一種變韻》（賀巍 1983）、《鄭州滎陽（廣武）方言的變韻》（王森 1998）、《長葛方言的動詞變韻》（趙清治 1998）；還有考察與形容詞重迭相關的語法現象的，如《南陽方言中的形容詞重迭》（丁全 1989）、《泌陽話性質形容詞的重疊及有關的節律問題》（李宇明 1996）、《濟源方言形容詞的級》（王森 1996）。加上五、六十年代趙月朋、賀巍的 5 篇論文，以上共 30 篇（其中賀巍一人就有 14 篇）專門研究或論及河南方言語法的文章，數量不多，關注的地域也不算廣，但從研究的視角來看，涉及到形態音韻、詞類、詞法和句法等各個層面，揭示了河南方言語法的特殊之處和概貌特徵，對後來的方言調查和研究工作的啟發和指導意義自不待言。

除了上述單篇論文，該時期出版的幾部河南方言研究的專著多數涉及到方言語法。1982 年張啟煥、陳天福、程儀根據 1957～1959 年的調查材料編成《河南方音概況》，描述了河南方言的聲韻調系統，根據各點語音特徵將全省方言分為 5 個次方言區，通過古、普、方音系比較求出各次方言區音系特點，並附了 20 幅方言特點地圖。在以上材料的基礎上，加上新的調查成果，他們於 1993 年又寫成《河南方言研究》一書，與《河南方音概況》比較，該書增加了緒論（簡介河南的地理、人口、政區、方言的系屬及分布），河南語音與北京語音的比較，以及詞彙和語法例句（羅列了 1000 餘條詞語和 38 條語法例句），並對語音做了更詳細的描寫。由於時代和條件的侷限，該書側重的是記錄和描寫，未能對河南方言進行深入挖掘和理論提升，但卻是到目前為止關於河南方言調查研究的唯一的最為全面的著作。賀巍的《獲嘉方言研究》（1989）對獲嘉方言的變韻相關的語法現象和構詞特點的研究比較全面深入，具有一定的水平和影響。省、各市縣的方言志如《河南省志·方言志》（1995）、《洛陽方言志》（1987）、《鄭州方言志》（1992）、《新野方言志》（1987）等對河南省及各地方言的語音、詞彙、語法都有較深入的描寫分析，語音部分涉及到音變，詞彙部分逐條標音注釋，有的還進行語彙比較，語法部分則分析了各種詞法現象和句法現象。此外，

盧甲文等的《河南方言資料》（1984），崔燦等的《舞陽方言研究》（1988），徐
奕昌、張占獻的《南陽方言與普通話》（1993），賀巍的《洛陽方言研究》（1993）
和《洛陽方言詞典》（1996），郭振生的《鄧州方言研究》（1992），以及各市縣
地方志（如：《泌陽縣志》1994、《周口市志》1998）甚至鎮志（如《源潭鎮志》
1999），等等，這些著作側重於河南各地的語音、詞彙的全面的記錄和描寫，語
法方面多是輕描淡寫或羅列舉例。

在 20 世紀河南方言調查研究不斷深入以及各高校等科研單位不斷培養方
言研究人才的基礎上，2000～2010 年 10 年間（統計時間為 2011.2.22，不包括
省外河南話的相關論文），發表於各種期刊雜誌上的論文和各院校博碩學位論
文達 308 篇（博碩 61 篇），其中有關語法的論文有 160 篇（博碩 32 篇），雖然
論文質量參差不一，但也不乏上乘之作，如期刊文章《河南境內中原官話中的
「哩」》（郭熙 2005）、《河南葉縣話的「叫」字句》（張雪平 2005）、《河南浚縣
方言的動詞變韻》（辛永芬 2006）、《河南林州方言的「動」和「動了」》（谷向
偉 2007）、《河南陝縣方言表將然的語氣助詞「呀」構成的祈使句》（張邱林
2007）、《河南確山方言中「給」的語法化機制考察》（劉春卉 2009）、《潢川方
言中「得」的一種特殊用法》（付義琴、趙家棟 2009）、《安陽方言中表達實現
體貌的虛詞──「咾」、「啦」及其與「了」的對應關係》（王琳 2010）等；中
山大學博士辛永芬的學位論文《浚縣方言語法研究》（2006）是第一部河南方
言研究的語法專題著作，作者受呂叔湘先生《中國文法要略》「詞句論」和「表
達論」架構的啟發，「從浚縣方言的實際出發，先側重從各種語法手段入手，探
討它們所表達的語法意義，最後再以各種語法意義為綱，把賴以表達這些語法
意義的各種手段或各種語法形式進行系統性的歸納，一方面勾勒浚縣方言語法
系統的整體面貌，一方面總結浚縣方言語法系統的重要特點。」（2006：14）其
導師施其生先生評價說〔註9〕：「讀辛永芬《浚縣方言語法研究》，頗有耳目一
新的感覺：一種官話方言的語法，竟有如此豐富的特點，而這些特點，又是放
在一個頗具特色的框架中來描寫和論述的，因而顯得特別鮮明。」此外還有專
著《平頂山方言研究》（李靜 2008）和《固始方言研究》（葉祖貴 2009），分別
對平頂山方言和固始方言的語音、詞彙、語法系統進行描寫，語法方面前者比

〔註9〕見《浚縣方言語法研究》（辛永芬 2006）的序。

較簡略，後者則有比較詳細的分析。

　　根據李榮《官話方言的分區》（1985），河南省境內分布著中原官話和晉語兩種漢語方言。賀巍《中原官話分區》（稿）（2005）又將河南省境內的中原官話分成鄭開片、洛嵩片、南魯片、漯項片、商阜片、信蚌片、汾河片〔註10〕、兗荷片8個方言片。這樣，中原官話8個分片加上晉語，河南省內共有9個方言區片，下面以表格的形式列出各個區片20世紀50年代以來的論文數目（分成三個時段。斜槓／前是語法論文數目，／後是全部論文數目），以凸顯不同時期各區片方言研究成果的比較，以及其中語法論文和全部論文數目的比較。

表1-3　20世紀50年代以來的河南方言研究論文數據比較〔註11〕

區片	時段	第三時段 2000～2010	第二時段 1979～1999	第一時段 1950s～1966	三個時段總數
中原官話	鄭開片	25 / 50	2 / 11		27 / 61
	洛嵩片	7 / 31	1 / 8	2 / 3	10 / 42
	南魯片	20 / 57	7 / 19	/ 1	27 / 77
	漯項片	10 / 21	/ 2		10 / 23
	商阜片	10 / 18	1 / 2	/ 3	11 / 23
	信蚌片	43 / 59	1 / 9		44 / 68
	汾河片	7 / 9	1 / 2	/ 1	8 / 12
	兗荷片				
	總　數	122 / 245	11 / 53	2 / 8	135 / 306
晉　語		38 / 63	12 / 20	3 / 4	53 / 87
總　數		160 / 308	25 / 73	5 / 12	190 / 393

　　本表主要是對通過中國知網（http://www.cnki.net/）檢索得來的論文統計而來的（截止日期：2011.2.22）。由於並不是全國所有期刊的論文、各院校碩博論文、各種會議論文都可以檢索得到，所以本表數據並不完整，但大致可以反映20世紀50年代以來河南省境內方言研究和方言語法研究的概貌。三個時段中

〔註10〕該文誤將汾河片的「陝縣」印作「郟縣」。

〔註11〕以河南方言（主要是中原官話，也包括晉語）整體作為研究對象的數目（三個階段的情況大致是：10／32；／11；／3）沒有列入表內。另：浚縣方言，賀巍《河南山東皖北蘇北的官話（稿）》（1985）將其歸入鄭曹片，《中原官話分區》（稿）（2005）未見其歸屬，辛永芬《浚縣方言語法研究》（2006）認為其屬於中原官話，鑒於以前的分區及其東鄰內黃縣和滑縣皆歸鄭開片，也暫將其歸入鄭開片。兗荷片兩個縣目前還沒有見到論文發表。

隨著時間的遞進人們對河南方言的關注面擴大了，對各片方言（尤其是語法）的關注度也不斷增加。語言特徵（尤其語音特徵）比較明顯的晉語區及其相鄰區（豫北）一直頗受關注，處於中原官話、江淮官話和西南官話過渡區的中原官話信蚌片在語音詞彙語法特徵上也很有特點，近年來出了不少成果。

近代以來，南方方言很受西方傳教士的關注，編了很多漢英之類的詞典，而且也有不少現當代的國外境外學者對南方方言進行實地調查和研究，出了很多研究成果。也許是跟北京話比較接近的原因，河南方言似乎未引起他們的注意，目前幾乎沒有這方面的成果報導。

2. 有關唐河方言的研究

早期唐河方言的調查研究側重的是語音方面，主要是為分區服務的。如《官話區方言尖團音分合的情況》（賀巍 1958）中唐河屬於河南省分尖團的點之一，這是較早提到唐河方言現象的文章。《河南省西南部方言的語音異同》（賀巍 1985）也包括唐河方言語音的調查及同其他點的差異比較。《南陽方言概要》（徐奕昌 1982）根據語音、詞彙特徵將南陽方言分為中部、西部、東部3區，把唐河歸入中部區，並分析了南陽方言的語音詞彙特點。張啟煥等的《河南方音概況》（1983）和《河南方言研究》（1993）根據語音特點將河南方言分為5個區，包括唐河在內的南陽方言屬於第1區；第1、2、3、5區和第4區分別同《河南山東皖北蘇北的官話（稿）》（賀巍 1985）中的鄭曹片、蔡魯片、洛嵩片和信蚌片4個中原官話分片及《官話方言的分區》（李榮 1985）分出的晉語區大致相合，《河南方言研究》則又增列了詞彙條目和語法例句。此外，《河南省志·方言志》（1995）將分區進一步細化為鄭曹片、蔡魯片、洛嵩片、信潢片、陝靈片和安沁片等6片，唐河仍屬鄭曹片；該志對河南方言的語音、詞彙、語法的描寫分析也都涉及唐河方言的相關現象。《河南方言詞彙》（任均澤 1958）、《河南方言詞彙（續）》（任均澤 1959）、《河南方言詞彙》（賀巍 2002；1960 年調查材料）、《河南方言資料》（盧甲文等 1984）等收錄的詞彙項目在唐河方言中也大都可以見到。

討論南陽方言的文章一般也都涉及唐河方言，如《南陽方言概要》（徐奕昌 1982）、《南陽方言中的合讀音節》（丁全 1988）、《南陽方言中的形容詞重迭》（丁全 1989）、《南陽方言中的 qi》（丁全 1989）、《南陽方言語法拾零》（閻德亮

1990）、《南陽方言中的助詞「哩」》（王曉紅 2003）以及碩士學位論文《南陽方言助詞研究》（劉勝利 2009）等 26 篇文章，其中語法論文有 12 篇，談及虛詞、重疊等語法現象。《南陽方言與普通話》（徐奕昌、張占獻 1993）和《南陽方言》（丁全、田小楓 2001）兩書分別對南陽方言的語音、詞彙做了較全面的描寫，語法現象也略有論及。儘管南陽方言涵蓋了唐河方言，目前已發表的關於南陽方言研究的論文著作也多少能反映唐河方言的一些情況，但有些情況（特別是語法方面）並非唐河方言所具有，而唐河方言中存在的現象又未能得到全面深入地反映。

《唐河縣志》（1993）和唐河縣源潭鎮《源潭鎮志》（1999）都設有「方言」章節，體例大致相同，分別簡要描寫了唐河縣和源潭鎮的方言語音與普通話的比較和地名音變等，羅列了一些常用詞彙和句法標音舉例，記錄了一些特徵性的構詞法和句法結構，是對唐河方言現象較早的專門報導。曹東然的碩士學位論文《唐河方言副詞研究》（2008）對唐河方言副詞做了比較細緻的描寫。

上述諸種文獻文章大多是側重於描寫和分析，解釋性的和理論的深入挖掘方面有所欠缺，但對於唐河方言的歸屬以及音系、詞彙以及構詞法和句法等的調查研究都是有參考價值或語料價值的。

綜上，河南方言的研究，無論是中原官話還是晉語，早期關注的主要是語音、詞彙方面的調查記錄和分析，語法方面早期也有零星記錄，尤其是賀巍關於獲嘉方言和洛陽方言的一系列論文和著作，做了相當細緻的描寫和較為深入的分析，突出了河南方言的一些特色之處；但總體上在語法現象的成因和差異的解釋方面缺乏深入的探討。上世紀 90 年代，尤其是進入 21 世紀，人們對河南單點方言的調查面逐漸擴大，關注的語法點也進一步擴展，開始有了對單點方言語法進行系統性研究的成果，以辛永芬博士的《浚縣方言語法研究》（2006）為代表，此外還有博士學位論文如谷向偉的《林州方言虛詞研究》（2007）和陳安平的《宜陽方言虛詞研究》（2009）以及一系列碩士學位論文。這些文章從河南方言語法的單點調查入手，對其中的特殊之處進行分析和尋求可行的解釋，不乏新的發現和閃光之處。從已有的成果來看，系統性的語法研究主要集中在豫北與晉語重合或接觸的地帶，豫南地區尚缺乏這類報導。我們對唐河方言進行調查研究並以成文的出發點之一，就是為了達到河南省方言研究地域上的平衡性，以便豫南豫北方言的比較研究。

第四節　選題意義、研究目標和研究方法

1. 選題意義

（1）語言學意義。唐河方言作為漢語特別是中原官話的一個方言點，在方言地理上處於中原官話和西南官話的過渡區，曾經是古楚國的轄域，歷史上也曾經由山西遷入移民。因此研究唐河方言語法現象，不僅可以充實官話方言語法研究的內容，而且可以推進漢語方言接觸理論、語言擴散理論以及漢語歷史句法理論的完善。對漢語方言語法個性特徵的探究，也可以為語言類型學研究提供參考。

（2）為方言分區分片提供語言事實和理論支撐。目前的方言分區主要依據是語音的差異，較少參照詞彙語法的不同。研究唐河方言語法，可以為方言分區分片的精密化及唐河方言的歸屬提供語法依據。

（3）方言及地方文化的保護保存、民俗學意義。目前人們很關注中國東南部地區的瀕危語言、瀕危方言的保護保存，而官話區的方言由於跟北京話比較接近而被忽略，事實上官話方言也有很多鮮明的特徵，由於普通話的普及而逐漸被同化甚至消失。據筆者觀察，唐河縣農村十幾歲的小孩子在語音（唐河音分尖團）、實詞和虛詞以及句型的使用上已經有很明顯的普通話的特徵，也就是說他們不會說地道的唐河話了。語言是民族文化的載體，方言是地域文化的載體。方言特徵的消失會影響到地方文化和民俗的傳承，因此對唐河方言的調查記錄和研究不僅對唐河方言本身，而且對唐河文化、民俗的保護保存和傳承都有重要的意義。

（4）為制定地方語文政策和學習普通話提供參考。推廣普通話不意味著消滅方言，而保存保護方言、研究方言和推廣普通話也並不矛盾，相反，通過研究唐河方言與普通話的語音對應規律以及詞彙和語法的異同，對於想學好普通話的人來說，可以起到事半功倍的效果；地方政府在制定語文政策時也可以作為參照。事實上，由於唐河方言內部一致性很強，本地人之間可以自由無礙的通話，因此普通話尤其是語音上在唐河縣並不普及；由於近年來大眾傳媒和新鮮事物的湧現，詞彙方面受普通話影響相對來說比較大，詞彙的影響也會滲透到詞法和句法上，比如唐河方言口語本不說「告訴」和「A 告訴 B」這種格式，而說「A 給／跟 B 說」這種格式，現在縣城人和農村小孩兒都說「告訴」和「A 告訴 B」，這是普通話通過詞彙影響唐河方言句法的一個典型例子。

（5）移民史意義。史料上有明代山西洪洞向唐河移民的記載，而唐河民間也流傳著「問我先祖來何處，山西洪洞大槐樹」的說法和腳趾甲覆形的傳說。「圪」綴、分音詞和合音詞是晉語的突出特徵，唐河方言中也有不少與晉語相合的這類現象，通過這方面的比較和溯源研究，可以為唐河縣的移民史提供語言學的證據。

2. 研究目標

在全面調查唐河方言語音、詞彙、語法的基礎上，針對唐河方言構詞法和句法現象進行全面深入的分析，並聯繫語音、詞彙的相關因素，對比北京話，探討唐河方言語法的形態音韻現象和選詞對唐河方言句法結構的影響（特別關注了某些語法特徵與語音現象的相互關係），以揭示其個性特徵；運用現代語言學理論方法，以北京話、相關方言（晉語、西南官話）和漢語歷史語料為參照，考察某些語法現象的歷史成因，探討歷史上的移民（山西洪洞移民）和方言間的接觸（中原官話、西南官話和晉語等）對唐河方言語法所產生的影響。

3. 研究方法

（1）田野調查法

本文以唐河方言作為單點調查對象，取縣城（包括城關和城郊）和若干個鄉鎮作為調查點進行田野調查。也留意搜集日常生活中的談話，隨聽隨記；由於作者本人從小在家鄉長大，直到考上大學，有近二十年的耳濡目染，雖然近十年在外求學，但方言母語還保持比較地道純正的狀態，因此也有效地運用了內省法。

（2）系統論的方法

任何語言都有自身的系統，方言也是。系統性地考察唐河方言的構詞法和句法特徵，也涉及到語法系統同語音系統和詞彙系統相互關係的參照。同時也從形式和意義的結合入手，通過語法形式的詳細描寫分析來揭示其所蘊含的語法意義，根據語法意義的類聚（語法範疇）對語法形式進行歸類。

（3）「十字架」理論〔註12〕

即從方言出發進行古今南北的比較研究。運用描寫語言學的方法揭示方言

〔註12〕該理論由李如龍先生概括提出並在研究中一貫堅持、在講課中多所倡導，可參見辛世彪、劉曉梅、李如龍教授訪談錄，北大中文論壇 http://www.pkucn.com/viewthread. php?authorid=44612&page=1&tid=141838，2005.4.23；《漢語詞彙學論集·自序——我的詞彙研究之路》（李如龍 2011）。

現象的共時特徵和變異，再根據歷史句法學（語法化、詞彙化理論等）和文獻語料等追溯這些特徵和變異的來源及其歷時演變過程。同時運用比較語言學的方法，考察唐河方言語法內部成分和結構的同和異；比較唐河方言與北京話的異同，以及與其他方言區片（如中原官話其他方言片、其他官話和晉語等）的異同；也涉及與漢語史上某些語法現象的比較。並以歸納和演繹相結合的思路，根據唐河方言語法現象歸納其共時結構特徵和歷時演變規律，通過語言事實和演變規律預測其發展方向。

（4）其他當代語言學的方法

①語言類型學的方法

在描寫分析唐河方言個性特徵的同時，也注意發掘其與其他方言和語言的共性特徵。

②認知語言學的方法

在解釋某些語法現象時，嘗試運用認知語言學的方法來解決問題。

③數理統計學的方法

對某些情況進行數理統計，以表格和數據的形式呈現出來，使之直觀化、科學化。

第五節　語料來源和體例說明

1. 語料來源

唐河方言是筆者的母語方言，語料主要是根據相關詞彙語法調查表，通過田野調查和自省得來。筆者曾三次回家鄉對唐河方言進行集中調查。第一次是2009 年 7、8 月份，主要根據《方言調查字表》（社科院語言所 1981）和《方言普查詞表》〔註 13〕對唐河方言的語音、詞彙作全面的調查，同時也記下了比較顯著的語法現象；第二次是 2010 年 7、8 月份，主要根據《漢語方言語法調查手冊》（黃伯榮等 2001）和《漢語方言及方言調查‧漢語方言詞彙語法調查表》（詹伯慧、李如龍、黃家教、許寶華等 1991）對唐河方言的語法系統做全面調查，同時對之前在語音和詞彙上不明了的地方進行了核查；第三次是 2011 年

〔註13〕該詞表由李如龍先生編寫，後來編入《中國語言資源有聲數據庫調查手冊‧漢語方言》（2010）。

4、5月份，針對通過對之前兩次調查材料的整理歸類之後所發現存在的不足和新的問題，再一次對相關的語音、詞彙和語法項目進行核查，並側重於發掘新的語法材料。

此外，筆者還在日常生活中留意記錄和搜集了各種具有唐河方言特徵的語言現象，包括散佈在網絡上的有關唐河方言的帖子和各種線索。一些不確定的地方在回家鄉時逐一實地核查或者通過電話、網絡通訊工具予以核對。

2. 體例說明

（1）本文標音主要採用國際音標，外加方括號［　　］（個別情況根據需要標注漢語拼音，此時不加方括號。在上文唐河方言音系部分需要區別音素間的差異而要比較音位異同時則對音位外加雙斜槓／／）；送氣音在輔音的右上方標注［^{h}］，如［tsʰ］、［kʰ］、［tɕʰ］等；非輕聲音節的調值用五度制的數字標注在音節的右上方，如「黑［xɯ²⁴］、長［tʂʰaŋ⁴²］、獎［tsiaŋ⁵⁴］、硬［ɣəŋ³¹²］」；輕聲不標調值，而是在音節前標注圓點·，如「起［·tɕʰi］、哩［·li］、著［·tʂɤ］、們［·mən］」等。

（2）方言語料儘量寫本字，本字未明的用同音字或近音字代替，無同音字或近音字的用□代替，這兩種情況都會在後面標注國際音標，並在右下角注釋，如：協火［ɕiɛ⁴²·xuo］喧嘩、叫喊、抓［tʂua⁴²］「整啥」的合音，幹什麼、□［fai⁴²］歎詞，因被燙、踩、扎到引起的疼痛而發、□［lyan⁵⁴］將大量的分散的顆粒物聚攏成堆、□［tʂʰuo²⁴］清理散落的灰塵等。

（3）合音詞語用下劃線__標示，如：人家［zai⁴²／iai⁴²］、女娃［nya⁵⁴］、給你［kei⁵⁴］、起來［tɕʰiɛ⁵⁴］，等等；若合音有同音或近音單字可替代的，則在行文中用同音字或近音字替代，如：什麼［ʂa³¹²］（啥）、可惡［kʰəu⁵⁴］（□）、整啥［tʂua⁴²］（抓）、知道［tʂau⁴²］（著），等等。

（4）前加星號*表明該詞語或句子不合語法。兩種或多種情況都存在的用單斜槓／表示。用括號（）注明的一般是可說可不說的成分，其他用法則隨文注明。

（5）不易理解的詞或語句一般隨文在詞或語句的右下角注釋，基本不作整句翻譯。▲發音合作人信息見下頁表1-4

表 1-4　發音合作人信息（按音序排列）

姓　名	性　別	年　齡	文化程度	鄉　鎮	職　業
白長芝	女	58 歲	初中	昝崗	務農
白中魁	女	30 歲	本科	城關	人事主管
郭國和	男	30 歲	博士生	大河屯	學生
李霞	女	29 歲	碩士	張店	編輯、翻譯
李征	男	29 歲	碩士	桐寨鋪	醫生
李淑敏	女	58 歲	高中	上屯	縣直幼兒園教師
劉華克	男	30 歲	大專	王集	旅遊行業
王明麗	女	32 歲	中專	郭灘	醫生
王志偉	男	29 歲	本科	祁儀	書法教師
楊國占	男	58 歲	中專	郭灘	醫生
楊振成	男	63 歲	初中	郭灘	退伍軍人、務農
楊正航	男	33 歲	中專	郭灘	醫生
魚清蓮	女	68 歲	初中	城郊	縣政府辦退休幹部
張全順	男	78 歲	高中	城關	縣文化局退休幹部
張書培	女	29 歲	本科	城郊	工程預算
張秀榮	女	67 歲	高中	城郊	縣科協退休幹部
趙孟林	女	59 歲	小學	郭灘	務農
朱廣平	女	26 歲	碩士生	王集	學生

第二章　語法音變

　　語音是語言的外在表現形式，各個層級的語法單位，從語素、詞、短語到句子，都是音義結合體，它們共時的組合、運用以及歷時的演變，一般都會涉及到音義的變化。李如龍先生（2007：86）指出：「越來越多的事實證明了，連字成詞，連詞成語，連語成句，每一個層次的組合都無不與音節的綴連方式、與語音的音響效果緊密相關。」他提出（2007：68）：「漢語方言的語音系統是多層級的結構系統。」這個多層級系統包括四個層面，即：音位系統、音節系統、連音變讀系統和語調結構系統。其中前兩個層面是純語音性質的，不涉及意義的變化；後兩個層面既有純語音性質的，又有關涉語義、句法和語用的。

　　本章主要探討唐河方言中與語義、句法和語用相關的連音變讀系統，包括兒化以及合音和分音現象。侷限於調查和分析的難度，本文暫不涉及相關的語調結構系統。

第一節　兒　化

　　唐河方言中的兒化現象同普通話和大多數官話方言一樣，是在基本韻的韻母上加一個捲舌的動作，形成兒化韻，構成基本韻與兒化韻的系統對應。就音感來看，這種兒化聽起來像是增加了一個捲舌韻尾，事實上這個捲舌特徵是加在整個韻母上的，它不能獨立發音，不同於某些漢語方言兒化韻尾［n］或［ŋ］（如吳語）等。這種兒化的捲舌特徵，從語音性質上說，有人稱之為「上加成

素」（李立成 1994：114，王媛媛 2009：39），跟聲調、長短音、輕重音以及停頓、語調、語素等相似。在具體的表現形式和語法功能上，唐河方言的兒化又有自身的特點。

1. 兒化的語音形式

在唐河方言中，「兒」可以獨立成詞，意思是「兒子」，也可以和其他語素或詞組合成詞或短語，如「兒媳婦兒、兔兒、大兒、小兒」等。這種「兒」同其他止攝開口日母字一樣，讀自成音節的聲化韻 [l̩]，這些字本身不能再兒化。

唐河方言中沒有「兒」綴詞，「兒」已經完全化合到前面的音節中去了，成為前一音節韻母的韻尾（語音特徵）。唐河方言除了 3 個聲化韻 [l̩]、[n̩]、[hŋ̍] 和基本韻 [iai]，其他 38 個基本韻都可以兒化，形成 21 個兒化韻。兒化韻與基本韻的對應關係如下（箭頭前為兒化韻，後為基本韻）：

ɚr ⟨= a；aŋ；əŋ	iɚr ⟨= ia；iaŋ；iŋ	uɚr ⟨= ua；uaŋ；uəŋ	yɚr ⟨= yəŋ；ya [註1]
aur ⟨= au	iaur ⟨= iau		
ər ⟨= ɤ；ai；an	iər ⟨= iɛ；ian	uər ⟨= uai；uan	yər ⟨= yan
ər ⟨= ʅ；ʮ；ɯ；ei；ən	iər ⟨= i；in	uər ⟨= uei；uən	yər ⟨= y；yən
ɤr ⟨= ɤ			
or ⟨= o		uor ⟨= uo	yor ⟨= yɛ；yo
ur ⟨= u			
əur ⟨= əu	iəur ⟨= iəu		

可見，兒化作為一種特殊的合音現象，在與前一音節化合的同時，對前一音節的韻母也產生了影響，起到了類化的作用，使原本不同的韻母，變成了相同的兒化韻，還伴隨著增音、脫落、央化等現象，如兒化後都會加上一個捲舌的音色，原來有鼻音韻尾的鼻音韻尾脫落，高元音和低元音向央元音靠攏，有的複合元音單元音化，等等。

兒化韻與基本韻的對應類型有一對多、一對一，也有多對一。前兩種類型見上述對應關係；多對一的類型如：ər；ɤr ⟨= ɤ（不同的字。如「車兒；歌兒」）、ər；ər ⟨= en（同一個字。如「跟兒」）、yər；yor ⟨= yɛ（同一個字。如「月兒」）等。

───────

〔註 1〕 [ya] 為「女娃」合音 [n̩ya] 的韻母。

　　唐河方言中自成音節的「兒」[l̩] 跟表示兒化的韻尾「兒」[r] 之間其實是同源異流的關係。根據王媛媛（2009：30、31），北方話「兒」音的發展路徑大致如下：

隋唐宋　　　　　元代早期　　　　　　　元代後期　　　明代　　現代北京話

　ȵi　———→　　ʒɿ+（———→zɿ）———→　ɻ　——→　ɚ　——→　　ɚ

　　而在某些方言中，存在「兒」讀 [lɛ]（遵義）、[li]（廈門市區）、[lə]（青島、利津、諸城）等現象，王媛媛（2009：31）對這些音的產生機制做出了解釋，認為它們「應當是『zɿ』加大摩擦成分的結果：當『兒』音『zɿ』在這些方言中的發音方法朝著與北京方言相反的方向，以加大摩擦的方式發音時，摩擦增加到一定的程度，其舌位必然與硬齶的相關部位產生接觸，這樣，產生一個既具備方言特色又方便發音的邊音就是自然的道理了。至於是舌尖中邊音還是舌尖後邊音，那完全是有各方言自身的發音特點決定。」「兒」音在這些方言中的發展路徑可以表示為：ȵi——→ʒɿ+———→zɿ——→l̩（ə）——→l̩（i）（韻母脫落）。

　　這樣，唐河方言中自成音節的「兒」[l̩] 和兒化的「兒」[r] 的發展脈絡也清晰了，它們同出一源，來自於「小兒」義的「兒」，體現了不同時代、不同發展演變的模式的「兒」在現代方言中的疊置。

　　而在有些方言如泌陽方言中，「兒」單字音讀 [l̩]，兒化韻的韻尾也讀 [l̩]；再如遵義方言中「兒」單字音讀 [lɛ]，兒化韻的韻尾是 [l̩]。這些方言中「兒」的單字音和兒化特徵音相同或相近，它們體現了「兒」音的相同演變模式的不同階段，與唐河方言中的情況不同。這反映了唐河方言中單字「兒」和兒化之間關係的特殊之處。

　　王媛媛（2009：33）根據前人的成果和自己的觀察，將漢語兒化的語音類型概括為兩類：韻尾型和融合型，其中韻尾型又分為鼻音韻尾小類、邊音韻尾小類、平舌元音韻尾小類和捲舌元音韻尾小類。根據唐河方言兒化語音上的具體表現，可將其歸為韻尾型中的捲舌元音韻尾小類，與北京話同屬一個類型。

　　兒化可以作用於語素、詞和短語，就單音節來說，兒化特徵自然是體現在這單音節上，而在多音節的語素、詞和短語上，兒化往往體現在最後一個音節上，但也有體現在第一音節和中間的音節上的，如：出兒出兒 [tʂʰu²⁴⁻³³·tʂʰur]

（蟋蟀）、<u>落花兒生</u>〔luɜr²⁴⁻³³ ʂəŋ²⁴〕（花生）、包包兒菜、頂兒起（頂部）、爺兒們（父親與子女們）等。

此外，唐河方言中一些表示方位和時間的詞語還有特殊的兒化現象，如：這兒（這裡）、那兒（那裡）、哪兒（哪裏）；前半兒（前半日，即上午）、後半兒（後半日，即下午），今兒（今日）、明兒（明日）、前兒（前日）、後兒（後日）、夜兒（夜裏，即昨天）、以兒（以日，即以往）〔註2〕。這兩類兒化現象跟趙元任（1979：118）提到的相關現象屬於同一個類型。

2. 兒化的語法功能

關於「兒」音的語言性質，歷來都有爭議。我們認為，「兒」音的種種表現既是歷時現象，有其自身演變的過程，在不同的發展階段體現出不同的特點；同時也是共時現象，在不同方言間存在著差異；共時差異是歷時演變的投影和疊置。

歷時地看，兒化是「兒」由最初的表示小兒義的獨立運用的詞，經過逐步的功能的泛化和語義的虛化，同時語音形式也趨於簡化而發生弱化、脫落、合音等一系列變化，經歷「兒」綴階段，進而化合到前一音節韻母中去的合音現象。在語法化的鏈條中，伴隨著意義的虛化，語音也會往往發生相應的弱化，漢語兒化的產生也是一種語法化過程的體現。

從語言功能和語音形式上看，兒化特徵是一種虛成分。唐河方言的兒化就是這樣一種語音上與前一音節化合的具有捲舌特徵的韻尾、語義上徹底虛化的虛成分，在語音和語法上都不具備獨立性，通過作用於其他語言成分表達一定的功能。

2.1　就兒化所作用的語法單位看其組合功能，唐河方言的兒化有以下幾種情況：

2.1.1　作用於語素，具有成詞或變詞作用。分兩種情況：一種是原本是詞，兒化後降格為語素，與兒化一起構成新詞，或表達與原來不同的意思，如：名詞「花」指的是棉花（可見唐河方言「花」跟普通話相比是詞義縮小），「花兒」指的是植物所開之花；名詞「麵」指的是小麥麵，「麵兒」指的是粉末；名詞「媽」

〔註2〕這些時間詞兒化後，要加上〔·li〕才能單用，這個音節是方位詞「裏」還是助詞「哩」，或者有其他來源，尚待考察。

指母親，兒化後「媽兒」指的是乳房，等等。或改變詞性，例如：單音性質形容詞重疊構成狀態形容詞往往在第二音節發生兒化也屬於這種情況，如：高高兒哩、甜甜兒哩、溫溫兒哩、慢慢兒、好好兒等。形容詞「黃、白」，兒化之後「黃兒、白兒」是名詞，指的是蛋黃和蛋清；形容詞「尖」指物體末端尖銳細小，兒化之後「尖兒」指的是物體銳利或細小的末端；動詞「蓋、畫」等指的是動作，兒化後「蓋兒、畫兒」等則是名詞，指的是事物；「個」是量詞，兒化後「個兒」則是名詞，指身高。這後三種例子體現了兒化的名詞標記的作用。

　　另一種情況是有些詞必須是兒化形式，去掉兒化之後則不能獨立，成為黏著性成分，通俗地講，就是聽起來不地道，或者本地人聽不懂，以至於其來源難以追溯，如：「不兒」[pər²⁴]（當然，「可不是們」的省略合音並兒化），「樣肯兒」[iaŋ³¹²⁻³¹ kər⁵⁴]（正好，本字未明），「當把兒」[tuaŋ²⁴⁻³³·pər]（特意，本字未明），「後面兒」[xəu³¹²⁻³¹ miər²⁴]（村莊的後面，表達「背後」意思說「後頭」或「屁股後兒」[pʰia³¹²⁻¹³ xəur³¹²]，不說「後面」），「剛剛兒」[tɕiaŋ²⁴⁻³³·tɕiɛr]（副詞，剛才，副詞「剛」[tɕiaŋ²⁴]的重疊兒化形式）。

　　2.1.2　作用於詞，不改變詞性和基本的詞彙意義，而是帶來一種表小指愛的小稱意義，如：碗／碗兒、車（汽車）／車兒（自行車）、布袋／布袋兒、泡／泡兒等。這種表小稱的兒化跟基式或子尾形式構成某種語義上的對立。

　　或增加親近、喜愛的感情色彩，如：人物稱謂詞（老婆兒、老頭兒、弟兒們、嬸兒、嫂兒、人名＋兒），小動物的名詞（金魚兒、燕鱉虎兒、積蟟兒、喜鵲兒、卜鴿兒、蝴蝶兒等）。

　　或增加輕鬆隨意、自然地道的口語色彩，例如：繩兒（繩子）、瓶兒（瓶子）、蒜薹兒、鍋貼兒、坡兒[pʰor²⁴]（椅子）、假婆娘兒（穿著言行像女人的男人）、麥穗兒、味兒、毽兒（毽子）、家道兒（家裏庭院中的廁所）、拍話兒（聊天）、玩兒、歡兒（玩得盡興）等，這些詞一出口便是兒化，一般沒有對應的基式。

　　2.1.3　作用於短語，有時構成一個新詞，體現出一種成詞作用，如「不大」[pu²⁴⁻³³ ta³¹²]是形容詞短語，兒化後「不大兒」[pu²⁴⁻³³ tər³¹²]凝固成為一個頻度副詞，表示「不常」的意思；「一個」[i²⁴⁻³³·kɤ]是數量短語，兒化後「一個兒」[i²⁴⁻³³ kɤr²⁴]詞化為名詞，表示一個人、獨自的意思；「八成」[pa²⁴⁻³³ tʂən⁴²]是數詞短語，指的是「百分之八十」，兒化後「八成兒」[pa²⁴⁻³³ tʂɚr⁴²]則是一個副詞，表示「多半兒，大概」的意思；「小蟲」[siau⁵⁴ tʂʰuŋ⁴²]是一個

名詞短語，指小的蟲子，兒化後「小蟲兒」[siau⁵⁴ tʂʰuɜr⁴²] 是一個名詞，特指麻雀；「一路」[i²⁴⁻³³ lu³¹²] 是數量詞，兒化後「一路兒」[i²⁴⁻³³ lur²⁴] 是副詞，意思是一起。

有時增添某種語法意義，如數量短語和表示程度量或數量等量範疇的形容詞短語的兒化往往表現出小稱義，例如：一把／一把兒、兩三天／兩三天兒、恁些／恁些兒、鎮大／鎮大兒、十斤重／十斤重兒、多遠／多遠兒、沒多重／沒多重兒、不多／不多兒等，詳見下文內容（數量短語的兒化以及一些名詞的兒化還跟基式的子尾形式構成語義上的對立，將在下文探討）。

有時為某些語言成分的成立提供一種輔助手段（襯音），例如某些量詞通過重疊表示「每一」時需要兒化：回回兒、天天兒、個個兒等和表示最邊緣的方位短語及其重疊形式：邊起兒／邊兒邊兒起、頂兒起／頂兒頂兒起、跟兒起／跟兒跟兒起、頭兒起／頭兒頭兒起等，如果不兒化在口語中就不能入句，這與上文所說的性質形容詞重疊構成狀態形容詞需要兒化的情況是一樣的。

可見，唐河方言的兒化具有成詞、變詞、襯音以及表達某些語法意義等功能。在表義上，主要體現為小稱意義和名詞性標記，以及親近喜愛的感情色彩和輕鬆隨意的口語色彩等附加意義。這些功能都是伴隨著「兒」由可以獨立成詞的自由語素到詞綴（後置性定位黏著語素）再到化合到前一音節韻母的虛成分的過程中逐步演變虛化而來的，這一過程體現了語法化的單向循環原則：自由的詞→黏附於詞幹的詞綴→與詞幹融合的詞綴（→自由的詞）（沈家煊 1994：20）。

2.2　就功能類別來看，唐河方言的兒化可以作用於名詞、數量短語（也稱數量詞）、形容詞性詞語、動詞、副詞、擬聲詞等。這些類別的用例上文已有提到，其中兒化形式的形容詞、動詞、副詞、擬聲詞等中的兒化主要起到成詞襯音或增添口語色彩的作用，沒有特別突出的語法意義。兒化形式的名詞、數量短語和形容詞短語等有比較顯著的表義特徵，主要表達小稱義，詳見下文。

關於漢語方言小稱義的表現形式，辛永芬（2006：36）指出主要有附加語綴、重疊和音變三種，唐河方言的小稱的表達跟辛文報導的浚縣方言一樣，也是借助於兒化這種音變手段實現的。

2.3　名詞和數量短語的兒化形式具有小稱義或親近喜愛的感情色彩，而其基式或子尾形式往往表達一種中性語義，或者表達相反的語義特徵即量範疇的

正向表達或疏遠厭惡的感情色彩。名詞如：

「娃兒」和「娃子」都表示對晚輩男性的稱呼，用「娃兒」表示親近喜愛，用「娃子」則帶有一種排斥不滿的情緒，例如：

（1）娃兒，你來給我幫個忙吧。

（2）你娃子可真中，一百塊錢都叫你糟蹋了。

「圪痂兒」和「圪痂子」，二者都指傷口兒血液凝結的痂或汁液凝結而成的膜兒，但前者量小（面積小），後者量大（面積大）且帶有不滿或厭惡的感情色彩，例如：

（3）你手上哩窟窿傷口剛 $[\text{tɕiaŋ}^{24\text{-}33}]$ 凝 $[\text{tɕʰiŋ}^{312\text{-}31}]$ 個圪痂兒，刷碗哩活兒你就 $[\text{təu}^{312\text{-}31}]$ 白別幹了。

（4）這鍋幾天沒刷了？凝了一層圪痂子，真噁心人。

這一類的名詞還有：刀兒／刀、桌兒／桌子、筐兒／筐子、坷叉兒／坷叉子（詈語，稱女孩兒）、麥茬兒／麥茬子、架兒／架子、芽兒／芽子、蓋兒／蓋子、葉兒／葉子、嫂兒／嫂子、沿兒／沿子、彎兒／彎子，等等。

有的名詞兒化形式同子尾形式的基本義不同，例如：鼻兒（小孔）／鼻子（人體器官）、老頭兒（老年男性、丈夫）／老頭子（公公）、老婆兒（老年女性、妻子）／老婆子（婆婆），等等。

數量短語兒化形式與非兒化形式（基式或子尾形式）的語義對立，如：一把兒／一把、一塊兒／一塊子（一塊：一塊錢）、一片兒／一片子、一起兒／一起子、一陣兒／一陣子；一下兒／一下子 $[\text{i}^{24\text{-}33}\ \text{ɕie}^{312\text{-}31}\ \cdot\text{tsi}]$、一閥兒 $[\text{fɤr}^{42}]$／一閥 $[\text{fa}^{42}]$ 子；一崩兒 $[\text{pɤr}^{24}]$／一崩子、一哄兒 $[\text{xuɤr}^{24}]$／一哄子（兒化的「閥、崩、哄」是同音字，本字不明），等等。例如：

（5）你就抓那一把兒米，咋會夠四個人吃哩？（物量少）

（6）總共往鍋裏丟了十把米，約摸夠四個人吃。（基式表中性義）

（7）走兩下兒看看就中了。（動量少，表隨意）

（8）打他兩下子他就不鬧人了。（動量大，表厭惡）

（9）等一哄兒一小段時間再來，肯定能買住你要哩東西。（時量短）

（10）東西借給他一哄子很久了，他還沒還給我。（時量長）

可見其中的量詞包括物量詞、動量詞、時量詞，跟物量詞、動量詞搭配的

數詞可以大於一（如三把兒／三把、兩閥兒／兩閥子等），而與時量詞搭配的數詞只能是「一」。

還有一些數量短語兒化後改變了詞性，變成了副詞，如：一堆兒（一塊兒、一起）、一路兒（一起）、一事兒（總共）等。

施其生（1997：233、234）提到汕頭方言量詞小稱和數量詞小稱兩種情況，指出「量詞本身是表示事物的計量單位的，其小稱表示這個單位比通常的小」、「數量詞小稱是把事物的數量往小裏說」。唐河方言裏的量詞小稱和數量詞小稱在表義上與汕頭方言是相同的，但表現形式不同，汕頭方言是分別在量詞和數量詞上加小稱後綴。而在唐河方言中，表示單位比通常小往往通過量詞兒化和前加修飾語的雙重手段來表達，與相應的量詞的非兒化形式構成語義對立，這種情況僅見於物量詞，如：一小把兒／一大把、一小片兒／一大片子、一小塊兒／一大塊子等，動量詞和時量詞沒有這種用法；數量詞的小稱義則是通過兒化這一音變手段來表示，如上文所舉各例。

2.4 形容詞短語的兒化

在形容詞性詞語方面，唐河方言兒化後主要體現三種功能：一是使形容詞轉化為名詞，兒化是名詞化標記；二是在性質形容詞重疊構成狀態形容詞時起襯音的輔助作用；三是加在形容詞短語上，具有量範疇的反向表達功能，即作用於指示程度量或數量的成分與相關形容詞構成形容詞短語表示小稱意義。這三種情況在上文略有提及，這裡主要來分析一下形容詞短語兒化的情形。

形容詞短語的兒化是河南省中原官話中比較普遍的現象，已有多地方言相關現象的報導，如陝縣（張邱林 2003）、浚縣（辛永芬 2006、2007）、確山（劉春卉 2007）、宜陽（陳安平 2009）等地，這種現象在各方言中有同有異，各位論者由於考察的角度或使用的分析方法不同也造成了一些描寫形式和結論上的差異。

張邱林（2003）所說的是陝縣方言中兒化後仍是形容詞的形容詞，共有 11 個：大、高、長、粗、壯、遠、寬、厚、深、重、沉。這種兒化形式的形容詞可以前加修飾成分，在語義上附加有「程度不高」的語義色彩，功能上需要前加狀語構成偏正短語，可以單獨成句或在句中充當謂語、定語和補語；張文指出兒化形容詞經常進入四種特定的語法框架，即：數詞＋度量衡量詞＋A（包括「名詞＋A」）、有／沒＋多＋A、這（每）／那（每）＋A、不＋A。

　　劉春卉（2007）考察確山方言只論及「（有）多＋A兒」及相關格式「沒／不＋多＋A兒」以及「恁A兒」等。根據其具體論述，顯然是把「A兒」看作形容詞的兒化看的，並且指出「A兒」不能獨立為詞。

　　跟張文和劉文將形容詞短語中的兒化視為形容詞的單獨兒化不同，辛永芬（2006）則將這種兒化處理成形容詞短語的兒化，認為從語音形式上看兒化直接作用於形容詞，是一種小稱形式，「但它並不是形容詞本身的小稱，而是形容詞與其前加成分所組成的短語的小稱」，與其非兒化形式構成語義上的對立。辛文將這種形容詞短語的兒化形式用公式表示為：「［指量＋A］兒」，指出能進入這一框架的形容詞是封閉性的，主要有「大、長、短、沉、重、高、低、粗、細、厚、薄、寬、遠、深、稠、多」16個，這與張文顯著不同的是有消極形容詞（辛文表述為「負面意義的形容詞」）的加入；而形容詞短語的修飾性成分（辛文表述為「指量成分」）也受到一定的限制，主要有「鎮、鎮們、恁、恁們、不多／冇多、不、多」和數量義短語，構成的常見格式有：［程度指示代詞＋A］兒、［數量短語＋A］兒（包括「［名詞＋A］兒」，名詞成分在語義上是比況數量結構的）、［多＋A］兒、［不／冇＋A］兒、［不＋A］兒；與辛文比較，張文的「有／沒＋多＋A」在辛文中體現為「［多＋A］兒、［不／冇＋A］兒」兩種。辛文的重要意義在於揭示了中原官話中的兒化這種音變形式，不僅可以作用於詞，改變詞性或詞義等，而且還可以作用於短語，表達一定的語法意義（小稱義）（施其生稱之為「詞組的兒化『形態』」2011：45）。

　　陳安平（2009：28～33）對宜陽方言形容詞短語兒化的研究思路與辛文同出一脈，與辛文五種小稱格式不同的是，陳文通過對宜陽方言事實的分析及與浚縣方言相關現象的比較，將宜陽方言形容詞短語的兒化分為小稱格式和非小稱格式，小稱格式是：［程度指示代詞＋A］兒、［沒多＋A］兒、［不＋A］兒，陳文指出能進入小稱格式的形容詞主要有「大、長、沉、重、高、粗、厚、寬、遠、深」等10個，著這同陝縣方言的形容詞限制大體一致，也沒有消極形容詞；非小稱格式是：［多＋A］兒、［數量短語＋A］兒，陳文還從中性問句及其中性答語的角度對非小稱格式進行了分析。

　　唐河方言形容詞短語的兒化現象跟陝縣、確山、浚縣、宜陽等地方言有共同之處，也有相異之處。從常見格式看，也有「［程度指示代詞＋A］兒、［多＋A］兒、［數量短語＋A］兒（包括『［名詞＋A］兒』）、［不／沒＋多＋A］兒、

〔不＋A〕兒」五種，能進入這些格式的形容詞主要有「大、長、沉 [tṣʰən⁴²]、重、高、粗、厚、寬、遠、深 [tṣʰən²⁴]、些〔註3〕」等表示度量衡的積極意義的形容詞。

2.4.1 〔程度指示代詞＋A〕兒

能進入該格式的程度指示代詞有「鎮 [tṣən³¹²]、恁 [nən³¹²]」兩個，它們分別是近指代詞「這麼」和遠指代詞「那麼」的合音。兒化形式與非兒化形式形成語義上的對立，非兒化形式中程度指示代詞可以用衍音形式「鎮／恁們」或「鎮／恁們們」，帶一種誇張語氣，程度較強，後者比前者程度更強。例如：

（11）a. 班裏鎮些（子）人。

　　　b. 班裏才鎮些兒人。

（12）a. 那棵桑樹長恁們高。

　　　b. 那棵桑樹只 [tṣɻ⁵⁴] 長恁高兒就 [·təu] 不長了。

（13）a. 箱子鎮們們重，我一個兒搬不動。

　　　b. 箱子才鎮重兒，我一個兒就能搬動。

這類形容詞短語的非兒化形式（有基式和子尾形式兩種情況，子尾僅出現在「些」上）的語義是形容詞所表示度量衡的程度量比較大，也就是把量往大里說，並帶有指示義（語義所指向的客體往往已為說話人所知）；兒化形式則是將程度量往相反的方向、往小裏說，是小稱義，也帶有指示義，語義上等同於相應的消極形容詞短語。例（1）a 說的是教室里人很多，b 說的是教室里人很少；例（2）a 說的是那棵桑樹特別高，b 說的是那棵桑樹很矮；例（3）a 說的是箱子特別特別重，b 說的是箱子很輕。這裡的形容詞短語的兒化形式可以用其基式加表示量小的數量補語「一點兒」來替換，分別可以說成：班裏才鎮大一點兒人〔註4〕、那棵桑樹長鎮高一點兒、箱子才鎮重一點兒；這從另一種角度說明小稱兒化是作用於整個形容詞短語的，只不過兒化是形態手段，數量補語是詞彙手段。

辛永芬（2006：29、30）指出浚縣方言中負面意義（消極意義）的形容詞

〔註3〕「些」在唐河方言中有兩種用法，一是用於此格式，本身表示「多」，還可以加子尾；一是用於「那／這些人」，即「那／這類人」的意思，表示一種否定的態度；沒有普通話中那種不定量詞的用法。

〔註4〕這句話裏不用「些」而用「大」，表示數量多少而不是物體大小，用法比較特殊。

如「短、低、細、薄」等也能進入這種小稱框架，認為「負面意義的形容詞往小裏說是往負面再移動一次，實際上是對負面意義的一次強調」。但在唐河方言中，消極意義的形容詞可以用在基式「程度指示代詞＋A」中表示程度量少，例如「飯做恁少不夠吃」，而沒有浚縣方言的這種兒化形式的小稱用法，這一點跟宜陽方言（陳安平 2009：29）相同。

就語法功能來看，「[程度指示代詞＋A]兒」同其非兒化形式一樣，可以做謂語、補語、定語和主語等，往往跟一些範圍副詞如「才、就［·təu］、只［tsʅ⁵⁴］」等搭配使用，使表義更加地具體貼切。例如：

（14）繩兒才鎮長兒，不夠使。

（15）紙就剩恁厚兒了，得再買一點兒。

（16）鎮重兒哩東西你就拎不動，真沒［mu²⁴⁻³³］用！

（17）只要鎮些兒就中了，要不了［liau⁵⁴］恁些子。

2.4.2　[多＋A]兒

「多」［tuo⁴²］在這裡是程度疑問代詞。辛永芬（2006：32）指出，浚縣方言中「『[多＋A]兒』和『[多＋A]』也構成了一種語義對立。用基式『多＋A』時，只是客觀的詢問，用小稱式『[多＋A]兒』時，包含了詢問者對所問程度不高的心理預設，即詢問者預先假設所問的程度是一個小程度」。劉春卉（2007：64）指出確山方言中偏向問和中性問的對立表現在形式方面的「最典型的區別就是形容詞是否使用兒化形式」，「『（有）多A』在表示中性問時，形容詞必須使用兒化形式」，與此相反，「（有）多A」在「表示偏向問時，其中的形容詞 A 一般不能使用兒化形式，形容詞用於描述或評價該屬性特徵。或者說，如果形容詞沒有用兒化形式，『（有）多A』一定是表示偏向問，無論其中的形容詞表示的是積極意義，還是消極意義。」陳安平（2009：31）也指出，「在宜陽方言中，『[多＋A]兒』格式詢問客觀程度，是中性問」，「宜陽方言的中性問不能用［多＋A］來提問」，［多＋A］「預設是已經知道了程度很深，詢問 A 深到了什麼樣的程度。這是一種偏向問。」可見「多＋A」及其兒化形式「[多＋A]兒」在宜陽方言和確山方言中體現的是偏向問和中性問的功能對立，而與浚縣方言表示非小稱和小稱的語法意義的對立不同；如果說前兩種方言同浚縣方言在這兩種格式上存在聯繫的話，就是在形式和功能上恰好形

成一種顛倒關係，即前兩種方言用兒化形式表示中性問，用非兒化形式表示偏向問（偏向量大），浚縣方言用非兒化形式表示中性問，用兒化形式表示偏向問（偏向量小）。

在唐河方言中，「［多＋A］兒」和「多＋A」有不同的句法限制和功能表現。若 A 是上述度量衡形容詞（除了「沉」和「些」），則只可進入格式「［多＋A］兒」，兼具表達中性問和偏向問的功能。用於中性問，表示客觀地詢問量的大小，例如：

（18）A：你要多長兒哩線？

B：尺把長兒。／尺把長兒就中了。

（19）A：那本兒書有多厚兒？

B：有二指厚兒。／沒多厚兒，才二指厚兒。

（20）A：井得挖多深兒？

B：挖個人把深兒。／人把深兒就中。

（21）A：這車沙有多重兒？

B：約摸著不輕，得有兩噸重。

（22）A：你們家離城裏有多遠兒？

B：可遠了，有一百多里遠。

用於偏向問，既可以表示已經知道或假設所詢問的量較小，又可以表示已經知道或假設所詢問的量較大，而進一步詢問較為具體的量。前者如上例（18）（19）（20）A 問與 B 答後一句所搭配的語境，後者例如：

（23）A：那個大樓蓋哩高哩很。

B：有多高兒？

A：跟那雲彩恁高樣哩。

（24）A：這個坑可深了。

B：有多深兒？

A：有幾丈深吧。

（25）A：看著這河怪寬哩，你說到底有多寬兒哩？

B：我看有個二三百米寬。

若 A 是上述表示度量衡積極意義的形容詞除外的其他性質形容詞，如

「短、低、矮、淺、白、好、熱、爛、亮、好看、得勁、美氣」等，則只可進入格式「多＋A」，僅有表達偏向問的功能。例如：

（26）A：河裏水淺哩很，能蹚過去。

　　　B：有多淺？過坷膝蓋兒沒有？

　　　A：沒有，才腳脖兒深兒。

（27）A：你買哩新電棒有多亮啊？

　　　B：能給屋裏照哩跟白兒起樣哩。

（28）A：他們家裏拾掇哩得勁哩很。

　　　B：有多得勁？

　　　A：跟賓館樣哩。

詢問數量的形容詞短語「多多」[tuo⁴² tuo²⁴] 和「多少」[tuo⁴² ʂau⁵⁴] 比較特殊，兩者都表示偏向問，在意思上是相反的：前者偏向量大，後者偏向量小。表示中性問時，用後者的兒化形式「［多少］兒」[tuo⁴² ·ʂaur]，其實這個結構已經凝固化成為一個疑問代詞了，後一個音節讀輕聲。相關問題，劉春卉（2007：83）已做詳細描述，這一現象唐河方言跟確山方言比較相像，這裡不再贅述。例如：

（29）A：他們娃兒是個黑娃兒，要是叫逮住哩話，得罰可多錢。

　　　B：真哩假哩？得罰多多？（偏向問）

（30）A：缸裏面沒多少兒了，得再去打點兒。（偏向問）

　　　B：還剩多少？

（31）你們家總共有多少兒地？（中性問）

上述「短」類形容詞短語若要表達中性問的功能，則要使用正反問句（度量衡方面可以用積極意義形容詞短語兒化形式的特指問句，見上），句類的下位類型出現了差異，由特指問句變為正反問句。例如：

（32）床低不低？

（33）電燈亮不亮？

（34）他脾氣好不好？

可見，這裡論及的偏向問在形式上存在互補關係，即形容詞短語與其兒化形式互補，表現在：兒化與否跟形容詞的選詞有關，表示度量衡的積極意義的

形容詞適用於兒化格式，其他形容詞適用於非兒化格式。

「有＋多 A（兒）」加反問語氣構成反問句，用肯定的形式表示否定的意義，相當於「沒多 A（兒）」，這其實是偏向問功能的靈活運用。還可以在「有」前加疑問代詞「哪」，同樣以肯定形式表示否定意義，但語氣有所削弱。凡是上述能進入偏向問格式的形容詞都可以進入該格式，兒化與否的制約條件不變。例如：

（35）這筐兒麥（哪）有多重兒啊？我一個小拇［ma⁵⁴］手指頭都拎起來了。

（36）那樓（哪）有多個高兒啊？只不過才三層。

（37）A：河裏水淺哩很，能淌過去。

　　　B：（哪）有多淺？都到脖子跟兒了，懸哩很。

（38）A：你買哩新電棒有多亮啊？

　　　B：能給屋裏照哩跟白兒起樣哩。

　　　A：（哪）有多亮啊？跟電泡兒差不多兒們。

（39）A：他們家拾掇哩得勁哩很。

　　　B：（哪）有多得勁？我看還不如俺們家哩。

另外，「多」還有作程度副詞的用法，功能跟程度指示代詞「鎮／恁」接近，跟形容詞構成「多 A」（＝「鎮 A」或「恁 A」），意思是「特別 A」，大部分性質形容詞都可以進入這一格式，但沒有兒化形式。「多 A」可以重疊構成「多 A多 A」（＝「鎮 A 鎮 A」或「恁 A 恁 A」），意思是「特別特別 A」。例如：

（40）那兒有多大個坑啊，咋著好蓋房子哩？

（41）鎮當兒哩娃兒們多美氣啊，要啥玩具有啥玩具，要啥吃哩穿哩有啥吃哩穿哩。

（42）他們娃兒都多大了，還要鬧離婚。

（43）這衣裳多好多好哩，扔了糟濟了。

（44）她不得［pu²⁴⁻³³ tai²⁴］生病了，多難受多難受哩，你就白［pai⁴²］別再嚷批評她了。

針對疑問形式「［多＋A］兒」，既可以用肯定形式「［數量短語＋A］兒」（包括「［名詞性詞語＋A］兒」）及其非兒化形式「數量短語＋A」（包括「名

詞性詞語＋A」）來回答，也可以用否定形式「［沒／不＋多＋A］兒」來回答，例見上文相關問答例句，具體分析見下文 2.4.4 相關內容。

2.4.3　［數量短語＋A］兒

「［數量短語＋A］兒」與其非兒化形式「數量短語＋A」也構成小稱與非小稱的語義對立，在量詞和形容詞的使用上有一定限制，必須是表示度量衡意義的量詞（如尺、丈、米、裏、噸等）或臨時借用來比況度量衡的名詞（如人、指頭、巴掌、腳脖兒、碗口兒等）和表示度量衡的積極意義的形容詞；有名詞性比況成分的形容詞短語及其兒化形式可表示為「名詞性詞語＋A」和「［名詞性詞語＋A］兒」。

兒化形式既可以表示將度量衡特徵的程度往小裏說，體現小稱義，常與範圍副詞「才、就、只 [tsʅ⁵⁴]、多只 [tuo²⁴⁻³³·tsʅ]、渾只 [xun⁴²·tsʅ]」等搭配使用，也可以表示客觀描述；既可以作為疑問形式「［多＋A］兒」的肯定答語，如例（18）（19）（20），也可以單獨表述。非兒化形式表示將度量衡特徵的程度往大里說，常跟副詞「都、就、可」等搭配使用。兒化形式和非兒化形式在句中都可作謂語、補語、定語。例如：

（45）a. 村兒裏剛修了一條二米寬兒哩路。

　　　b. 那條路才二米寬兒，過不了大卡車。

　　　c. 路都修二米寬了，你還嫌窄？

（46）a. 那個坑二米深兒。

　　　b. 那個坑多只最多才挖了二米深兒，盛不了恁些水。

　　　c. 那個坑有三米深，小娃兒們攔裏頭鳧水懸哩很。

（47）a. 這張紙巴掌大兒，樣肯兒 [iaŋ³¹²⁻³¹ kʰɚr⁵⁴]_{剛好}夠使 [sʅ⁵⁴]_用。

　　　b. 這兒下兒才巴掌大兒個地宅兒_{地方}，坐不下鎮些人。

　　　c. 這棵 [kʰuo²⁴] 刺耳巴兒 [tsʰʅ³¹²⁻³¹·ᶅpɜr²⁴]_{仙人掌}種了才半年可有巴掌大了。

這三例中，a 是「［多＋A］兒」，是對對象的客觀描述；b 也是「［多＋A］兒」，在具體的語境裏表達的是將對象的度量衡特徵的程度往小裏說的意思；c 是「多＋A」，表達的是將對象的度量衡特徵的程度往大里說的意思。b 和 c 兼用了詞彙手段，即分別由副詞「才」和「都」修飾。

2.4.4 ［沒／不＋多＋A］兒

該格式中「多」也是程度副詞，功能跟程度指示代詞「鎮／恁」接近，可以構成上文提到的「多 A」及其重疊式「多 A 多 A」，區別於程度疑問代詞「多」。

在浚縣、宜陽等方言中也存在同類格式，在結構層次上，辛永芬（2006：33）和陳安平（2009：30）皆認為其中的否定副詞「先跟『多』組成一個低程度量的成分，然後再修飾 A」。而根據唐河方言的事實，我們認為「多」跟 A 構成形容詞短語「多＋A」，表達的是 A 所表示的性質的程度很深的意思；「沒／不＋多＋A」是對「多＋A」的否定。至於兒化與否，則跟形容詞的性質有關，也就是說，若 A 是表示度量衡的積極意義的性質形容詞「大、長、重、高、粗、厚、寬、遠、深」以及表示數量的消極意義的形容詞「少」時，「沒／不＋多＋A」一般是要兒化的；若 A 是別的性質形容詞（包括積極義和消極義），「沒／不＋多＋A」一般是不需要兒化的，可見這兩種情況在格式和選詞上是互補的。相應地，「［沒／不＋多＋A］兒」可以作為表示中性問的疑問形式「［多＋A］兒」的否定答語，「［沒／不＋多＋A］兒」和「不／沒＋多＋A」也都可以對性質的程度進行客觀性否定表述。例如：

（48）A：沒去過他們新家，也不著［tʂau⁴²］知道他們新樓蓋哩有多高兒？

　　　B：沒／不多高兒，跟咱們哩差不多兒。

（49）A：還得走多遠兒啊，我都使［sŋ⁵⁴］累哩走不動了。

　　　B：沒／不多遠兒了，就到了。

（50）A：你這個活兒掙了多少兒錢？

　　　B：沒多少兒，才兩三千。

以上三例中，「［沒／不＋多＋A］兒」是表示中性問的疑問形式「［多＋A］兒」的否定答語。

（51）他個兒沒／不多高兒，不過人能聰明哩很。

（52）這點兒積蟟［tsi²⁴⁻³³ liau²⁴］蟬殼兒沒／不多重兒，賣不了幾個錢兒。

（53）茶瓶哩水都放兩天了，沒／不多熱了。

（54）這個衣裳沒／不多好看，她不羌［pu²⁴⁻³³ tɕʰiaŋ²⁴］可能不會喜歡。

（55）洋蔥掌用水泡過了，沒／不多辣。

（56）今年雨水多，西瓜沒／不多甜。

以上六例中，「［沒／不＋多＋A］兒」和「不／沒＋多＋A」表達的是對性質程度的客觀性否定。

2.4.5　［不＋A］兒

在唐河方言中，以非兒化形式「不＋A」為常，不似浚縣方言和宜陽方言那樣因非兒化和兒化的形式差異而帶來表義上的不同，即使個別人口頭上會帶兒化音，也只是口語化的標記，不造成形義上的系統對立。唐河方言有一個常用的組合「不大兒」，已經凝固成一個頻度副詞，意思是「不常」。例如：

（57）他起小兒就不大兒上俺們來。

（58）一年裏這個時候兒不大兒下雨。

2.5　唐河方言形容詞短語兒化現象與其他河南中原官話的差異及其成因

我們列出了河南省中原官話中形容詞短語兒化的 5 種常見格式，針對唐河方言進行了描寫，並同陝縣、浚縣、確山、宜陽等地方言做了一些對比，發現了其中的共同點和差異。

就已見報導的中原官話的情況來看，張邱林（2003）較早論及該類現象，仍然是從詞法的角度分析相關的兒化現象，即將兒化當作詞的「形態」來對待，儘管系統性不夠強，但對陝縣方言相關形容詞的範圍、語義特徵（對其兒化形式「程度不高」的附加意義的揭示已接近「小稱」範疇）、句法制約以及 4 種常見的句法框架的探討已有相當的深度。

辛永芬（2006）根據《汕頭方言量詞和數量詞的小稱》（施其生 1997）一文中對「［數詞＋量詞］＋小稱」這種小稱標記附著在短語上的結構類型的描述，結合相關方言的報導，通過對浚縣方言兒化形式的小稱現象的深入挖掘，指出浚縣方言中兒化小稱標記是附加在整個形容詞短語上的，構成「［指量＋A］兒」的小稱格式，並指出形容詞短語的小稱兒化在河南大部分地區普遍存在，為小稱標記基於詞法層面的研究向句法層面研究的拓展提供了方言實證。

除去形式分析角度的不同，在對方言事實的列舉和意義的梳理揭示上，辛文之於浚縣方言和張文之於陝縣方言有很高的一致性，只是張文對於兒化形式和非兒化形式的對比上顯得不夠充分，在與其他方言比較時其地域特徵就不能很好的展示。而辛文所體現出來的系統性為方言間的比較提供了比較好的參照體系。

　　以 5 種常見格式作為比較的對象，就唐河方言來說，其中的修飾語是有限的幾種指量成分「鎮、鎮們、鎮們們、恁、恁們、恁們們、多」、副詞「沒、不」和數量短語（包括比況數量義的短語）等，形容詞 A 也是為數不多的幾個表示度量衡的積極意義的單音性質形容詞「大、些、長、沉、重、高、粗、厚、寬、遠、深」和表示數量的消極意義的單音性質形容詞「少」。

　　從是否表達小稱意義來看，唐河方言中形容詞短語所體現的小稱與非小稱的對立僅見於「［程度指示代詞＋A］兒」和「［數量短語＋A］兒」同它們各自的非兒化形式之間，這與其他幾種方言所見同類現象的各種表現（除了 A 的範圍和詞形上有個別差異外）基本上是一致的；「［多＋A］兒」和「［沒／不＋多＋A］兒」在 A 是表示度量衡的積極意義的性質形容詞「大、長、重、高、粗、厚、寬、遠、深」和表示數量的消極意義的性質形容詞「少」時都是存在的，不過沒有對應的非兒化形式，而所謂的這些兒化形式表達的也並不是小稱意義，更多的是附加一種口語語體意義；而對於「不＋A」和「［不＋A］兒」兩種格式，唐河方言更傾向於用非兒化形式，兒化形式極少見。

　　對於「［多＋A］兒」和「多＋A」，張邱林（2003：110）指出陝縣方言中：「問話用『有＋多＋兒化形容詞？』包含著認為程度不高的語氣。……問話如果用『有＋多＋非兒化形容詞』的形式，如『有多長？』，就是客觀的提問口氣，不含主觀心理假設。」辛永芬（2006：31）指出浚縣方言中：「數量短語＋A」的「非小稱形式表示一種客觀的描述，小稱形式是將同樣數量所代表的度量衡特徵往小裏說。」劉春卉（2007：84）指出：「河南確山方言中的『（有）多＋A』在表示中性問時，形容詞必須使用兒化形式。……與中性問相反，『（有）多＋A』在河南確山方言中表示偏向問時，其中的形容詞 A 一般不能使用兒化形式，形容詞用於描述或評價該屬性的特徵。」同時又指出（2007：86）：「對中性問句『（有）多＋A』而言，同樣沒有以 A 的形容詞義對該屬性的特徵做任何的描述或評價，而只是用於指稱所問的屬性。」陳安平認為宜陽方言中這兩種格式也不是小稱與非小稱的關係，他指出：「在宜陽方言中，『［多＋A］兒』格式詢問客觀程度，是中性問。」（2009：31）而宜陽方言的「多＋A」則是偏向問，「預設是已經知道了程度很深，詢問的是 A 深到了什麼樣的程度。」（2009：32）我們推測，宜陽方言中的「［多＋A］兒」除了中性問的用法外，應該也有偏向問的用法，就像唐河方言中的表現一樣。這樣來看，就這兩種相

對的格式來說，陝縣方言和浚縣方言表現比較一致，確山方言和宜陽方言表現比較一致，唐河方言的表現更接近後者，但又有自身的一些特點，即在同樣條件下，只有「［不＋A］兒」一種形式，既表達中性問，又表達偏向問，而表達偏向問時，既可以表達偏向程度大的一面，又可以表達偏向程度小的一面，因此其他幾種方言表達偏向程度大的一面時所用的非兒化形式在唐河方言中這種條件下是不存在的，這種功能整合到了兒化形式上了。

陳安平（2009：33）將宜陽方言中在這種情況下的格式稱為非小稱格式（我們不贊同陳文將「［數量短語＋A］兒」也歸入此類，因為根據宜陽方言跟確山方言和唐河方言在相關現象上的平行關係，我們推測陳文可能忽略了宜陽方言中該格式也應有用於偏向問的偏向程度小的小稱義）。基於上述幾種方言的對比，我們認為陳文關於宜陽方言在理論上至少也應該有 5 種形容詞短語的兒化形式的假設是有道理的。

對於「［沒／不＋多＋A］兒」和「沒／不＋多＋A」，陝縣方言、浚縣方言和宜陽方言的表現是一致的，即「沒／不＋多＋A」是對程度高的否定或指稱一個低的程度，其兒化形式「［沒／不＋多＋A］兒」則是把一個低的量再往小裏說；而在確山方言和唐河方言中，則只有「［沒／不＋多＋A］兒」這種兒化形式，可以用作對中性問「［多＋A］兒」的否定回答，沒有相應的非兒化形式。

對於「［不＋A］兒」和「不＋A」，陝縣方言、浚縣方言和宜陽方言的表現比較一致，即「不＋A」是對 A 的否定，「［不＋A］兒」是把「不＋A」再往小裏說；確山方言和唐河方言中以「不＋A」為常，「［不＋A］兒」比較少見，而且即使有，兩者在表義上也是等價的，沒有區別。

也正是基於河南中原官話形容詞短語兒化現象至少存在 5 種常用格式這一假設，在已見報導的方言語料及相關分析的支撐下，加上我們對唐河方言的考察分析以及對各方言間的比較，我們得出這個結論：從地理分布來說，按緯度自北向南（大致來說，浚縣、陝縣靠北，宜陽、確山靠中，唐河靠南），河南中原官話形容詞短語兒化形式表小稱義的功能表現出一種漸變性的傾向，也就是這 5 種格式中有 2 種（「［程度指示代詞＋A］兒」和「［數量短語＋A］兒」）還在各方言中普遍保持一致地表達小稱義，其他 3 種已出現不同程度的差異。

河南中原官話各個方言形容詞短語兒化現象在地理分布上的特徵和差異，體現了語言發展的地域不平衡性；而 5 種格式在各方言中的差異也不是平行的，

體現了語言內部發展的不平衡性。產生這些差異的原因,從語言內部來說,首先應該是形容詞短語兒化形式小稱義的磨損程度在各地有不同的表現,靠北的浚縣方言和陝縣方言的小稱兒化比較嚴整,隨著向南推進,小稱義的磨損越來越顯著(離浚縣較近的宜陽已出現一些差異,而靠南的確山方言和唐河方言的差異更加突出),隨著小稱義的磨損,兒化形式逐漸成為增加口語色彩的一種手段(在讀書音中如果沒有書面「兒」字的提示,兒化音就會被忽略不發)。其次是語言內部系統的相互制約的影響,如浚縣方言和陝縣方言中性問用「多+A」這一非兒化形式,宜陽方言、確山方言和唐河方言則用兒化形式「[多+A]兒」,除了小稱義磨損這一因素外,還應該跟各方言中兒化形式的使用範圍和頻率有關。從語言外部看,應該跟普通話的普及有關,比如唐河方言以「不+A」為常,很少用「[不+A]兒」,這與普通話的影響不無關係。

施其生(2011:43)指出:「傳統的語法觀念中,『形態』指詞內部的變化形式,不管是構詞形態,還是構形形態,總是屬於詞法的層面,但是如果不囿於印歐語的語法概念,客觀地面對漢語的事實,我們發現在漢語方言中,有一些類似印歐語形態的語言形式是屬於詞組、給詞組增加某種語法意義的。這些『形態』,和詞法層面的『形態』在功用上並無二致,如果承認漢語的詞有某些類似印歐語形態的東西,我們就不得不承認漢語的詞組也有『形態』。」河南中原官話中的形容詞短語的兒化現象是形態標記附著於短語(詞組)這一形態句法現象的具體表現,其中兒化在語音結構上是線性的,直接與短語的最後一個音節結合,在語法功能上則是跨層的,是通過作用於整個形容詞短語來體現的。

從歷時的角度來看,兒化小稱首先出現在詞法層面,然後再逐漸向句法層面拓展的。在這個過程中,兒化的小稱義也逐漸地虛化,而產生更加空靈的意義,給語言成分或增加親近、喜愛的感情色彩,或增加輕鬆隨意、自然地道的口語色彩,或成為輔助成詞或成句的起襯音作用的手段,這些情況在上文都有詳細說明,此處不再贅述。

第二節　合音現象和分音現象

1. 合音現象

合音是指兩個音或兩個音節在語流中合成一個音或一個音節的現象。前一

種情況如北京話前響復元音 ai、ei、ao、ou 在輕聲音節中可以變讀成［ɛ］、［e］、［ɔ］、［o］，例如「明白」的「白」讀輕聲，韻母 ai 可以讀成［ɛ］，「木頭」的「頭」讀輕音，韻母 ou 可以讀成［o］；後一種情況在語言裏也很常見，一般出現在少數常用詞中，例如北京話「不用」bú yòng 合成「甭」béng，蘇州話「勿要」［fɤʔiæ］合成「覅」［fiæ］，廣州話「乜嘢（什麼）」［mætjɛ］合成［mɛ：］，英語 can not［kænnɔt］（不能）合成 can't［kænt］，it is［it iz］（它是）和 it has［it hæz］（它有）都合音成 it's［its］（以上見林燾、王理嘉 1992：156）。

　　多個音節合為一個音節，有詞內合音，也有跨詞合音，前者涉及到詞法，後者涉及到結構層次。不管哪一種合音現象，人們在日常交流中口口相傳，久而久之，雖然有的已經出現了文字形式，而大多無字可寫，有的還很難覓其來源，也無從對其進行結構分析。因此，研究這些合音字詞，對於瞭解不同方言的語音特徵、探尋詞源、分析構詞法和句子成分的結構層次都有一定的意義。

　　唐河方言的合音現象比較多，而且常用，是重要的語音特徵。關於唐河方言的合音主要指的是第二種情況。唐河方言中一些常用的多音詞語會發生合音現象（其中的兩個音節合成一個音節），有的是詞內的合音，有的是跨詞或跨結構的合音（如下文 1.5 的前三個和 1.6 的前三個）；合音後一般取前字的聲母和聲調、取後字韻母的弱化形式構成新的音節，聲調有少數例外；合音會生成超常規的韻母和聲韻配合現象（即新的音節），如「女娃」［nya⁵⁴］中的韻母［ya］超出了唐河方言的韻母系統，「地下」［tia³¹²］中聲母［t］和韻母［ia］是唐河方言聲韻配合規律的例外現象；合音生成的音節少數有字可寫（即同音字或俗字，如下合讀音節後括號內的字），多數無字可寫。上節所述的兒化就是一種特殊的合音現象。

　　下面按功能排列，合讀音節的字用下劃線標示，加「—」的是不能單用的（黏著性的），要和其他語素或詞語結合使用；退後四個字符的舉例是合讀音節的常用組合，一般是可以單用、也可以同其他詞語結合使用的；舉例中有兩個標音的，前面的是合音，後面的是原音節。

1.1　方位詞語；時間詞語

—<u>底下</u>［tia⁵⁴］　　　　　　　　　　　　　　　［ti⁵⁴・çia］

　　<u>底下</u>起［tia⁵⁴・tɕʰi］下邊、最下邊

　　肚<u>底下</u>［tu³¹²⁻¹³・tia］下邊、最下邊

一<u>地下</u> ［tia³¹²］　　　　　　　　　　　　　［ti³¹² / ³¹・ɕia］

　<u>地下</u>起 ［tia³¹²⁻³¹・tɕʰi］地上

一<u>裏頭</u> ［liəu⁵⁴］　　　　　　　　　　　　　［li⁵⁴・tʰəu］

<u>門外兒</u> ［mɜr⁴²］　　　　　　　　　　　　　［mən⁴² uai³¹²］ + ［r］

<u>屁股後兒</u> ［pʰia³¹²⁻¹³ xəur³¹²］身後　　　　 ［pʰi³¹²⁻³¹・kou xəur³¹²］

一<u>早晚兒</u> ［・tɜr］　　　　　　　　　　　　［tsau⁵⁴ uan⁵⁴］ + ［r］

　多<u>早晚兒</u> ［tuo⁴²・tɜr］何時

　鎮<u>早晚兒</u> ［tʂən³¹²⁻³¹・tɜr］現在，目前

　恁<u>早晚兒</u> ［nən³¹²⁻³¹・tɜr］那時

例如：

（1）鞋都改_在床<u>底下</u>。

（2）桌子上有一堆書，<u>底下</u>起 / 肚<u>底下</u>那本兒就是我哩。

（3）這娃兒吃多胖，背著可使人，叫他擱<u>地下</u>自己走。

（4）<u>地下</u>起哪兒都是灰，你趕緊給它焯焯 ［tʂʰuo²⁴⁻³³・tʂʰuo］掃掃。

（5）你們往<u>裏頭</u>〔註5〕擠擠，還能多坐倆人。

（6）娃兒們都改<u>門外兒</u>玩，你招呼_{照看}下兒，白叫他們擱業 ［kɤ⁵⁴ iɛ²⁴］
　　　_{打架}。

（7）他媽改前頭走著，<u>屁股後兒</u>跟著仁閨女。

（8）你是多<u>早晚兒</u>來哩？

（9）鎮<u>早晚兒</u>年輕人們都出門打工去了，老年人在家裏看門兒。

（10）恁<u>早晚兒</u>我在睡瞌兒，不著他上哪兒了。

　　方位詞「肚<u>底下</u>」的「肚」本是身體部位名詞。「肚」古有二音，一是遇
攝合口上聲姥韻，意為「人或動物的胃」，一是遇攝合口一等上聲姥韻，意為
「人或動物的腹部」，前者在唐河方言中讀上聲 ［tu⁵⁴］，後者在唐河方言中讀去
聲 ［tu³¹²］。練春招（2009：498）基於陳瑤《官話方言方位詞比較研究》（2001）
對「肚」的兩個義項的分析，通過對閩語一些點的方言「肚」的用法的考察，
認為「肚」表示方位是由腹部引申而來的可能性大。「腹部」義的「肚」在唐
河方言中讀去聲，由於「<u>底下</u>」讀輕聲，其調值與去聲接近，而唐河方言的連

〔註5〕「裏頭」合音後還可加「頭」尾。

讀變調規律中兩個去聲相連，第一個變讀 13 調。這也印證了表示方位的「肚」來自於「腹部」義的「肚」。「肚」作為語素構成方位詞，在很多漢語方言中都已見報導，如西南官話武漢話、湘語長沙方言和雙峰方言、贛語高安方言等都用「肚裏」表示「裏面」，吳語浙江泰順方言用「肚上、肚下、肚底、肚外」分別表示「上、下、裏、外」等位置義，吳語浙江景寧方言用「肚央、肚央心」表「中」義，客家話石城龍崗方言用「肚下」表示「底下」（見練春招 2009：488、499）。

「一早晚兒」這個合音字在本地人的語感裏已經辨識不出它的來源，更找不出合適的字來書寫。呂叔湘先生（1985：357）指出：「『早晚』是詢問時間的詞，意思是『什麼時候？』，最早見於晉代文獻，一直用到宋代。從元代起，就不說『早晚』而說『多早晚』。更後，『早晚』變成一個合音字，從前寫『喒』或『咱』（後者如《金瓶梅詞話》），現代多寫作『偺』。」呂文還分析了其詢問、反詰、虛指和任指、虛指兼連結、任指等功能。唐河方言中的「多早晚兒」同樣具備這些功能。例如：

（11）你們多早晚兒開學？（詢問）

（12）我多早晚兒說我要來了？還不是你纏磨著非叫我來我才來哩。（反詰）

（13）你改外頭好好兒幹，不腔多早晚兒就治掙住錢了。（虛指）

（14）你多早晚兒有了再還給我。（虛指兼連結）

（15）你多早晚兒來，我多早晚兒走。（任指）

另外，唐河方言中還存在著作為副詞用的「早晚」，和任指的「多早晚兒」一樣，都表示「無論何時」的意思。例如：

（16）看你哩時間了，早晚／多早晚兒來都中。

就唐河方言來說，第二個音節聲母為什麼讀 [t]，有兩個可能的線索。一是協同音變，在「早晚」進入「多早晚」格式後才發生合音（呂叔湘 1985：357），合音之後後一音節「早晚」聲母受前一音節「多」的聲母的同化，因為古來「多」為舌尖中不送氣塞音 [t]，「早」為舌尖前不送氣塞擦音 [ts]，所以同化之後「早晚」的聲母也變作 [t]；二是塞擦音與塞音的互變（旁轉），從發音部位來看，[t] 和 [ts] 較為接近，都是舌尖前音，共時語流中，在合音、兒化和省力等因素的共同作用下，後一音節中的 [ts] 變作 [t]；不少地方的官話中「在」讀為 [tai] 與此類似。

　　呂先生（1985：362）還指出：「在用『早晚』作疑問詞的時期，疑問的意思就含蓄在這兩個對待的形容詞本身上。到了『多早晚』的形式出來之後，疑問的意思轉移在『多』字（＝多少）上，『早晚』就凝固為一個多少跟『時候』同義的詞，這才產生『這早晚』這個詞。」呂文還分述了「這早晚」的三個意義：中性的，等於「這會兒」；言其晚，等於「這麼晚」，一般跟副詞「才」或「還」搭配使用；言其早，等於「這麼早」，一般跟副詞「就」搭配使用。唐河方言中存在一個同義異形的成分「鎮早晚兒」。唐河方言中「這麼」的合音用同音字「鎮」記錄，主要有兩個用法，一是表示程度，二是構成「鎮早晚兒」表示時間，意為「現在、目前」，功能和意義跟普通話一樣。例如：

（17）天冷了，鎮早晚兒沒得賣冰棒哩了。（中性，這會兒）

（18）都黑麻眼兒很晚了，鎮早晚兒你出去幹啥哩？（言其晚，與「都」搭配）

（19）你們鎮早晚兒可放學了？還沒到點兒哩。（言其早，與「可／就」搭配）

　　可見，唐河方言的「鎮早晚兒」跟呂文所說的「這早晚」應該是同源的，但言其早／晚的表義功能分別由副詞「都、可／就」承擔。

　　有一個與「鎮早晚兒」相對的固定組合「恁早晚兒」（「恁」即「那麼」的合音，亦有二義，表示程度或時間），但是只有中性義，即那時候（僅指過去的時間），如例（10）。表達言其晚的意義有另外一個組合「恁口［·taŋ］晚子」（似與「恁早晚兒」有同源關係，待考），可以替換例（18）中的「鎮早晚兒」。

1.2　名　詞

落花兒生　［luɜr²⁴⁻³³ ʂəŋ²⁴］　　　　　　　　　［luo²⁴⁻³³ xuɜr²⁴⁻³³ ʂəŋ²⁴］

女娃—　［nya⁵⁴］　　　　　　　　　　　　　［ny⁵⁴ ua⁴²］

　　女娃子　［nya⁵⁴ · tsʅ］

　　女娃兒　［nyɜr⁴²］

—媳婦—　［siəu⁴²］　　　　　　　　　　　　［si⁴² · fu］

—媳婦兒　［siəur⁴²］

　　媳婦子　［siəu⁴² · tsʅ］

例如：

（20）河裏水漲到堤跟兒了，落花兒生都淹了。

（21）女娃子們都喜歡打扮。

（22）那個<u>女娃兒</u>瘋勢哩很，跟個小夥子樣哩_{一樣}。

（23）他們兒<u>媳婦兒</u>真孝順，都沒叫他們哄過娃兒。

（24）莊兒上有個哥今兒哩結婚，今黑［tɕi²⁴⁻³³xɯ²⁴］_{今晚}咱們一路兒

　　　［i²⁴⁻³³lur²⁴］_{一起}去亂鬧新<u>媳婦子</u>吧。

「<u>女娃</u>—」［nya⁵⁴］產生了新的韻母［ya］是唐河方言韻母系統沒有的；「<u>女娃子</u>」可以表示性別身份、女孩兒的小名（「小妮兒」也有相同用法）以及長輩對晚輩女性的稱呼（面稱）。例如：

（25）你一個<u>女娃子</u>家［·tɕiɛ］咋恁猴霸_{形容上躥下跳}哩？！趕明兒哩長大了

　　　找不住婆家嫁不出去。（_{表示性別身份}）

（26）<u>女娃子</u>哩？快走了快走了找不著［tʂuo⁴²］她了。（_{女孩兒的小名}）

（27）<u>女娃子</u>，吃飯了！（_{長輩對晚輩女性的面稱}）

1.3　副詞性詞語

<u>不要</u>（白）［pai⁴²］／（埋）［mai⁴²］　　　［pu²⁴⁻⁴² iau³¹²］

<u>不兒</u>［pər²⁴］　　　　　　　　　　　　　［pu²⁴ ʂʅ³¹²］＋［r］

　　<u>不兒</u>哩［pər²⁴⁻³³·li］_{肯定，當然}

例如：

（28）天冷了，<u>不要</u>（白）掌涼水洗澡了，洗洗肯_{容易茶風感冒}。

（29）<u>不要</u>（埋）慌著_{先別著急}，等我吃了飯了咱們一路兒去。

（30）你請［tɕʰin³¹²⁻³¹］只管在那兒鬧就是了，你爸氣急了<u>不兒</u>。

（31）小明<u>不兒</u>哩比你考哩好，他平時比你用功多了。

通常認為普通話裏表禁止或勸阻義的「別」是「不要」的合音，唐河方言中有對應的詞是「<u>不要</u>」［pai⁴²］，我們在舉例時用同音字記作「白」。「白慌［pai⁴² xuaŋ²⁴］」是一個極其常用的組合，但更自然常見的讀法是［mai⁴² xuaŋ²⁴］，記作「埋慌」，我們推測是因為「<u>不要</u>」［pai⁴²］的雙唇塞音聲母［p］受到了後一個音節「慌」的後鼻音韻尾［ŋ］的逆同化而變成了雙唇鼻音［m］。

「<u>不兒</u>」的來源比較特殊。唐河方言中有一個同義短語「可不是_{當然，肯定}」，我們推測「<u>不兒</u>」是由這個短語經過合音、兒化和省略而來的，二者表義相同，但功能有異。「可不是」是一個固定短語，一般可以獨立使用，也可以與語氣助詞「們」結合使用，以反詰和否定兩種口氣共現表達肯定的意義，「們」起加強

語氣的作用；「可不是」經過「不是」的合音、兒化變為「可<u>不兒</u>」〔kʰɤ⁵⁴ pər²⁴〕，後者可以加襯音助詞「哩」構成「可<u>不兒</u>哩」，意義不變，或在此基礎上再加語氣助詞「們」構成「可<u>不兒</u>哩們」以加強語氣；「可<u>不兒</u>哩」在後期的發展中可以脫離「可」省略為「<u>不兒</u>哩」，表達與原來相同的意義，但功能發生了變化，它不僅可以獨立使用，可以加「們」以加強語氣，而且還可以作狀語，直接修飾謂語中心，這種情況下也可以去掉「哩」。例如：

（32）A：漲水了！

　　　　B：可不是（們）！都齊河岸兒了。

（33）A：聽說王老師語文教哩最好了。

　　　　B：那可<u>不兒</u>，他帶過哩學生不少很多都考上名牌兒了。

（34）可<u>不兒</u>哩（們），無緣無故罰錢誰都不願意。

（35）我要是不喝他斟哩酒，他<u>不兒</u>（哩）覺得我不給他面子。

「可不是（們）」「可<u>不兒</u>（哩）」「可<u>不兒</u>哩們」「<u>不兒</u>（哩）」「<u>不兒</u>哩們」這幾種組合共存於唐河方言中，我們認為它們之間的異同應當是歷時演變在方言中的共時疊置。從這一串同義詞語可以看出，居首的重音音節「可」可省略，末尾的音綴「哩、們」允許追加，這是唐河方言輕聲、音綴發達的特徵表現。

另外還有一個音為〔pər²⁴〕的詞，我們也記作「<u>不兒</u>」，可前加副詞「可」以加強語氣，一般用在句子的後一部分，表示假設，義為因做出不合常理的事情而可能會造成某種不好的結果。這種現象因為形式的簡縮而給人一種語義未了的感覺，言外之意是勸阻對方停止正在做的可能帶來損害的動作或行為，有時帶有恐嚇的意味，如例（30）；有時則表達委婉的勸誡，例如：

（36）天冷哩著急，你咋穿恁薄哩？凍住了<u>不兒</u>。

（37）你白再站到河邊兒邊兒起，掉下去了（可）<u>不兒</u>。

這個「<u>不兒</u>」與表示「肯定、當然」的「<u>不兒</u>」應當是同源的，都是「不是」的合音兒化形式，前者來自於後者在具體語境裏的語用推理。

1.4　指代性詞語

<u>怎麼</u>（咋）〔tsa⁵⁴〕	〔tsən⁵⁴·mo〕
<u>什麼</u>（啥）〔ʂa³¹²〕	〔ʂən³¹²⁻³¹·mo〕
<u>一個樣兒</u>〔·kɤr〕	〔·kɤ iaŋ³¹²〕+〔r〕

這<u>個樣兒</u>〔tʂɤ³¹²⁻³¹・kɜr〕

那<u>個樣兒</u>〔nɤ³¹²⁻³¹・kɜr〕

這<u>麼</u>（鎮）〔tʂən³¹²〕　　　　　　　　　〔tʂɤ³¹²⁻³¹・mo〕

那<u>麼</u>（恁）〔nən³¹²〕　　　　　　　　　〔nɤ³¹²⁻³¹・mo〕

<u>人家</u>〔zai⁴²〕或〔iai⁴²〕　　　　　　　　〔zən⁴²・tɕiɛ〕

例如：

（38）你咋了？臉色恁差勁兒哩？

（39）那是啥？

（40）你看，這號兒門是這<u>個樣兒</u>開哩。

（41）你那<u>個樣兒</u>坐著，時間長了會腰疼。

（42）天鎮陰，看這<u>個樣兒</u>要下雨了。

（43）路恁遠，<u>地下</u>走會中？

（44）<u>人家</u>不想去們！

　　唐河方言中的「咋」跟普通話「怎麼」的功能基本相同，可以作狀語、謂語或定語，詢問方式、情理、原因、目的，表達反詰和感歎以及虛指和任指等意義。例如：

（45）這門是咋開哩？（詢問方式）

（46）這娃兒才四五歲，咋會一個兒就吃兩碗飯？那可是一個老大人哩飯　　　量。（詢問情理）

（47）你是想挨打是咋？（詢問情理）

（48）人家都去了，你咋不去哩？（詢問原因）

（49）東西都分給你了，你咋又來要哩？（詢問目的）

（50）兒女們都恁孝順，她當媽哩咋會不美氣哩？（反詰）

（51）飯做哩多，分他們吃點兒咋了？（反詰）

（52）咋沒人去？我去！（反詰）

（53）你咋吃鎮重哩！我都抱不動了。（感歎）

（54）他咋跑恁遠哩！都看不見他了。（感歎）

（55）不著咋了，這幾天左眼光跳。（虛指）

（56）剛坐到桌子上，菜還沒咋吃哩。（虛指）

（57）桃還沒長熟，不咋好吃。（虛指）

（58）兩家兒不對勁兒關係不好，娃兒們不咋上他們去。（虛指）

（59）那個<u>女娃子</u>長哩不咋樣兒，就是傲上要強哩很。（虛指）

（60）你咋說我都不去。（任指）

（61）這事兒你看著辦，該咋著就咋著。（任指）

「咋」作定語只出現在一個格式中，即「咋回事」，可以獨立成句、在句中作謂語等；其簡縮形式「咋回」可以在句中作謂語，也可以加「了」獨立成句。都用來詢問原因，可以用「咋了」替換，這些表現跟普通話的「怎麼」比較一致。例如：

（62）你是咋回事／咋回了／咋了？光遲到！

（63）A：我腳疼。

　　　B：咋回事／咋回了／咋了？

　　　A：崴住了。

此外，「咋」還可以構成「咋著」「咋樣兒」等常見固定組合。「咋著」有兩讀，表義各不同，讀［tsa⁵⁴·tʂɤ］時，可以在句中作謂語、狀語等，表示詢問方式、原因或情理，可以後加「了」；也可以單獨成句，表達質問口氣，可以後加「下兒」，加強語氣（此時也可單獨用「咋」，跟普通話的「怎麼著」同義）。讀［tsa⁵⁴tʂɤ²⁴］時，表示無計可施的著急心情，一般單獨成句。例如：

（64）他跑哩太快了，我咋著才能攆上他？（方式）

（65）出日頭下雨，這天是咋著了？（原因）

（66）你咋著了？要是不得勁就去歇著吧。（情理）

（67）咋著（下兒）？想打架不是？（質問）

（68）咋（著）？給你恁些子你還嫌少？惱了一點兒也不給你。（質問）

（69）書都叫雨淋濕了，這可咋著哩？（無計可施）

（70）我也沒法兒了。你說咋著哩？（無計可施）

「咋著」［tsa⁵⁴·tʂɤ］還可以構成「咋著……才中／好」，表達一種願望。例如：

（71）跟他商量半天了都還沒商量好，不知道咋著才中。

（72）雨下哩太大了，淋淋肯感冒，咋著避避雨才好？

「咋樣兒」一般作謂語，用來詢問意見，不具備普通話「怎麼樣」做狀語的功能。例如：

（73）你幫我給舊書賣了，錢咱倆對半兒分，你說咋樣兒？

（74）咋樣兒？你一個兒能給這布袋麥□［nau⁵⁴］扛到樓上不能？

呂叔湘（1985：127）指出：「官話區的一大部分方言和吳語區的大多數方言裏，和『什麼』相當的疑問指代詞是ṣa或sa，以前北方寫『煞』或『儕』，四川寫『口殺』，現在一般都寫『啥』。這可能是『什麼』的合音。」唐河方言中的「啥」讀［ṣa³¹²］，一般可以做主語、賓語、定語以及單獨成句，可以表達疑問，用來詢問事物、處所、時間、樣式、原因、目的等，也可以表達反詰和感歎，以及用作虛指和任指等。例如：

（75）你荷包兒［xɯ²⁴⁻³³ pʰaur²⁴］哩裝哩啥？（詢問事物）

（76）A：我想買⋯⋯

　　　 B：想買啥？（追問）

（77）我忘了，他叫王啥呀？（部分替代）

（78）你著得他住哩是啥地宅兒不著？（詢問處所）

（79）咱們啥時候兒上北京？（詢問時間）

（80）你買那手機是啥號兒哩？（詢問樣式）

（81）國慶節都放七天假，為啥不出去走走？（詢問原因）

（82）你來這兒做［tsəu³¹²⁻³¹］啥哩？（詢問目的）

（83）你知道啥？！白多嘴！（反詰）

（84）啥！？你哩錢包叫摸偷走了？（感歎）

（85）我都急哩跟啥樣哩，他還在那兒磨蹭。（虛指）

（86）他不挑食兒，啥都吃。（任指）

「啥」可以詢問處所，但更常用「哪兒（下兒）」；也可詢問時間，但更常用「多早晚兒」。

「啥」可以前加量詞「個、點兒」等，表示虛指。例如：

（87）娃兒流憨水了，你找個啥擦擦。

（88）你不兒哩餓了吧，我給你做點兒啥吃哩。

「啥」用作任指時構成一些慣用語，如「不著啥兒」「不著任啥兒」「沒任啥

兒」。「不著啥兒」和「不著任啥兒」指的是「不懂事兒」，可以後加補語「很」表示程度深，前者還可以前加「鎮／恁」表示程度深，後者不可；「沒任啥兒」意思是「什麼都沒有」，還可以說成「任啥兒……都沒得」，這時「任啥兒」可以單用，也可以作定語修飾帶「哩」字的名詞性成分。例如：

（89）你咋恁不著啥兒哩，人家都在讓著你哩，你還不服氣兒。

（90）這娃兒不著（任）啥兒哩很！客[kʰai²⁴]客人來了還不趕緊倒水？！

（91）坑裏沒任啥兒，你在那兒撈啥哩？

（92）家裏任啥兒（吃哩）都沒得，餓死我了。

「啥」放在動詞或形容詞後構成「V＋啥／a＋啥」格式，或者在此基礎上將動詞或形容詞拷貝在「啥」之後構成「V＋啥＋V／a＋啥＋a」格式，以反詰問的形式表示對動作行為的禁止（等於說「別V」）或對性狀的否定（等於說「不a／沒a」）。動詞或形容詞的肯定形式表達否定意義，否定形式表達肯定意義。例如：

（93）搶啥（搶）？！白搶了，都有份兒。

（94）哭啥（哭）！都鎮大人了，不嫌沒腔害羞哩慌？

（95）貴啥（貴），這在商場裏都得出兩倍哩價錢。

（96）中啥（中）！還沒商量好哩你就答應？

（97）A：你走，我不走。

　　　B：不走啥（不走），都說哩好好兒哩一路兒走們，趕快！

（98）不快鋒利啥（不快），你手碰下兒就給你裂[lai⁵⁴]割個口子。

「啥」用於反詰問還可以前置作定語，構成一些慣用語，如「啥法兒／門兒」（即「沒法兒／門兒」）、「啥人」（對人品的否定）、「啥出氣」（即「沒什麼了不起的」）等。例如：

（99）說他了他不聽，你有啥法兒／門兒。

（100）啥人啊，對你好你還不承情哩。

（101）有啥出氣哩，我出門兒治著錢了咱也蓋三層樓。

「啥」還可以帶子尾構成「啥子」，可以作主語、賓語等，一般指代比較具體的事物，可以用「啥」替換。例如：

（102）他叫啥子／啥？

（103）啥子／啥好吃你買啥子／啥。

普通話的指示代詞「這／那麼」的功能在唐河方言中分別由「這<u>個樣兒</u>／那<u>個樣兒</u>」「鎮／恁」和「這號兒／那號兒」承擔，它們與普通話的「這／那麼」在組合功能上並非完全對應。

「這<u>個樣兒</u>／那<u>個樣兒</u>」中「<u>個樣兒</u>」是量詞「個」與被修飾成分「樣兒」的跨層次合音，是黏著性成分；整個結構已經詞化，主要作主語、狀語，也可單用，指示或稱代動作行為的結果或方式（回指、前指）。例如：

（104）這<u>個樣兒</u>你看中不中？

（105）這<u>個樣兒</u>走才像模特兒。

（106）電腦不是那<u>個樣兒</u>開哩。

（107）這<u>個樣兒</u>，你回去等信兒吧，一有結果我就給你說。

（108）那<u>個樣兒</u>吧，你問問王老師，看他咋說。

呂叔湘（1985：267）指出：「『這麼』、『那麼』是後起的形式，早期近代漢語裏用得最多的是『恁』」，「『恁』顯然是一個『那』系的字受『麼』的影響而帶上-m尾」。同時又指出：「『恁』字雖然是『那』的一系，可是它兼有『這麼』和『那麼』之用；在通行『恁』字的時代沒有和它對立的另一個詞。」（1985：270）因此「『恁』是中性的」（1985：271）。這是近代漢語的情況。在唐河方言中，「恁」應該是近代漢語的直接繼承，而且有了一個相對應的用字「鎮」，它們的功能無論是跟近代漢語中的「恁」還是跟普通話中的「那／這麼」相比，範圍較為縮小，僅用來修飾形容詞或一些心理動詞，指示性狀或動作行為的程度（有時需伴以手勢），多帶有感歎口氣。例如：

（109）你吃鎮些多飯，撐哩慌不撐哩慌？

（110）你站恁高！招呼著白掉下來啊。

（111）地山溝兒有一乍^{以拇指、食指伸張量物的長度}鎮寬兒。

（112）我一下兒能跳從這兒到那兒恁遠。

（113）天兒鎮好，給被子拿出來曬曬。

（114）人家恁想你，你也不打個電話回來。

（115）你哥鎮喜歡你，啥好吃哩都給你留著。

在包括唐河方言在內的很多中原官話中，「鎮／恁」可以用在表小稱的兒化

形容詞短語及其非兒化形式中，表達相反相對的意義，很有特點，我們已在第一節作了描寫分析，這裡不再贅述。

　　近代漢語裏的指代詞「恁麼」和「那們／這們」（見呂叔湘 1985：266）中，「們」和「麼」應該是同一成分的不同書寫形式；唐河方言中「恁／鎮」也有和「們」的組合形式，這個「們」應該是存古成分，但是它發展出了新的功能，「鎮們／恁們」所指示的程度要比「鎮／恁」深，其中「們」還可以重疊，構成「鎮們們／恁們們」，是更進一步的強調。例如：

　　（116）這是誰炒哩菜呀？鎮們香！

　　（117）城裏恁們們遠，我不想去。

　　（118）鉛筆剩鎮們短一點兒了，考試不夠使。

　　（119）他恁們圪意討厭你，你還非要往他跟兒湊。

　　（120）你恁們們想我，咋不來看我哩？

　　順便說一下「這號兒／那號兒」，它們是指量短語，作用相當於普通話的「這種／那種」（唐河方言不說），表示種類，可以作定語、主語、賓語（做主、賓語常加助詞「哩」）等，指示或稱代事物。例如：

　　（121）這號兒人你沒法兒跟他說理。

　　（123）這號兒哩你喜歡不喜歡？

　　（124）我就是要買他那號兒哩。

　　唐河方言中的「家」有兩個音，一個是 $[tɕia^{24}]$，即「家庭」的「家」，是一個意義實在的名詞，組合能力比較強，可以構成大量的自由短語，以及一些常用搭配如：人家兒 $[zən^{42} \cdot tɕiɜr]$（家庭）、老家兒 $[lau^{54} \cdot tɕiɜr]$（面稱，老人家；背稱，父親或／和母親）、俺們／咱們／他們／你們家（不說「俺／咱／他／你家」）。一個是 $[\cdot tɕiɛ]$，意義空靈，是一個黏著成分，作構詞後綴構成新詞，常見的有：人家、自家、誰家、王家、小子家、女娃子家、婆家、娘家、老偉家（老偉的妻子），等等。這裡只討論「人家」，其他內容詳見第三章附加構詞部分。

　　「人家」在唐河方言中存在兩個形式，一個是雙音節形式 $[zən^{42} \cdot tɕiɛ]$，一個是合音形式 $[zai^{42}]$ 或 $[iai^{42}]$ 〔註6〕（記作「人家」）。兩種形式並存，功能

〔註6〕「人」中古屬臻攝日母字，日母字在普通話裏有 $[z]$ 和零聲母兩種演變方向，而且在東北方言中「人」也多讀為零聲母 $[i]$ 介音，在唐河方言中則只有 $[z]$ 一種讀法，合音中出現這種情況是特例。

相同，合音形式是快讀和省力的結果，較雙音節更為常用（因此下文舉例用「<u>人家</u>」）。

根據呂叔湘（1985：93），「人」「己」對待，「他」「自」對待，早期「他家」跟「自家」對待，二者同時出現，「人家」出現得比較晚，是在「他」由泛指變為特指（即第三人稱代詞）之後才替代了「他家」原來的位置，跟「自家」對待。在唐河方言中，正是「人家」跟「自家」對待這樣一種情況。呂叔湘（1985：92）分析了「人家」的三項意義，我們將其歸納為：一是指別人，即「你我」以外的其他人；二是指「你」以外的別人，包括「我」在內；三是指「我」。唐河方言中「<u>人家</u>」也同樣具備這幾項意義，可以作主語、賓語、定語；還可以加複數標記「們」；在指「我」的情況下，加「們」是複數形式表示單數意義，有加強語氣的作用。例如：

（125）老黃不想去，你就白叫<u>人家</u>了。（別人）

（126）這是他們哩衣裳，你拿走了<u>人家</u>（們）穿啥哩？（他們）

（127）<u>人家</u>（們）都改吃飯，就你一個兒改那兒玩。（「你」以外的其他人）

（128）你白弄再說我了中不中？<u>人家</u>（們）心裏難受哩著急。（我）

（129）□ [fai⁴²] 感歎語氣詞，你踩住<u>人家</u>（們）哩腳了，疼死我了。（我）

1.5　動詞性詞語

<u>做啥</u>（抓）[tʂua⁴²]	[tsəu³¹²⁻¹³ ʂa³¹²]
<u>做啥個</u>（抓個）[tʂua⁴² · kɤ]	
<u>給你</u> [kei⁵⁴]	[kɯ²⁴⁻³³ ni⁵⁴]
<u>給我</u> [kuo⁵⁴]	[kɯ²⁴⁻³³ uo⁵⁴]
<u>知道</u>（著）[tʂau⁴²]	[tʂʅ²⁴⁻³³ tau³¹²]
<u>知道得</u>（著得）[tʂau⁴² · tai]	
<u>起來</u> [tɕʰiɛ⁵⁴]	[tɕʰi⁵⁴ · lai]
<u>起來過</u> [tɕʰiɛ⁵⁴ · kuo]	
<u>起來下兒</u> [tɕʰiɛ⁵⁴ · ɕiər]	
<u>一不是</u> [pei²⁴]	[pu²⁴⁻³³ ʂʅ³¹²]
<u>這不是</u> [tʂɤ³¹²⁻³¹ pei²⁴]	
<u>那不是</u> [tʂɤ³¹²⁻³¹ pei²⁴]	

可惡（口）[kʰəu⁵⁴]   [kʰɤ⁵⁴ u³¹²]

例如：

（130）小紅改<u>做啥</u>哩？

（131）你來<u>做啥</u>？

（132）我<u>做啥</u>哩要去幹活？又不給我發工錢。

（133）我<u>做啥</u>哩不吃？都快餓死了。

（134）A：老王！

　　　　B：<u>做啥</u>（個）？／叫我<u>做啥</u>？

（135）你想<u>做啥</u> <u>做啥</u>，白煩我就中。

（136）沒任<u>做啥兒</u>（著）哩你可不幹了。

（137）<u>給你</u>，這是你哩。

（138）<u>給你</u>你哩衣裳。

（139）A：這是你哩信。

　　　　B：<u>給我</u>。

（140）<u>給我</u>根煙吸吸。

（141）<u>不著</u>明兒裏日頭咋樣兒？

（142）叫他等著我哩，誰<u>著</u>得他自家先走了。

（143）我想<u>起來</u>。

（144）快<u>起來</u>，日頭照住屁股了。

（145）<u>起來</u>（過／下兒），白擋住路。

（146）A：瓊瓊哩？

　　　　B：那<u>不是</u>，改樓梯兒上坐著哩。

（147）這<u>不是</u>你哩書了，找了半天改這兒擱著。

（148）那<u>女娃兒</u><u>可惡</u>哩很，誰都惹不起。

（149）真是個<u>可惡</u> 女娃子，招下兒_{動輒}就嘁人_{罵人}。

「抓」[tʂua⁴²]是動賓短語「做啥」的合音，也有人說是「整啥」[tʂəŋ⁵⁴ ʂa³¹²]的合音，這兩個雙音短語在唐河方言中都存在，意思基本相同，由於常用卻無字可寫，暫用近音的「抓」（本作動詞讀[tʂua²⁴]）來記錄。雖然「做啥」是動賓結構的合音，但其結構凝固，表義固定，似可以看做一個詞，一般

作謂語，表達真性問時，詢問動作行為本身或目的，如例（130）（131）；表達假性問（反詰問）時，放在動詞前面，需要後加語氣助詞「哩」，肯定句表示否定，否定句表示肯定，如例（132）（133）；可以單說，這時還可以後加「個」以延緩語氣（這個「個」的來歷不明），如例（134）；可以拷貝自身構成連鎖句，如例（135）；還可以構成俗語形式「沒任做啥兒」表示「事情還沒發生就退卻了」的意思，如例（136）。「做啥、整啥」意義較合音形式實在，不能用於反詰問，可單說但不能後加「個」。

「<u>給你</u>」和「<u>給我</u>」是動賓短語的合音，都可以單說或帶直接賓語，功能跟其非合音形式基本相同。動詞「給」普通話中（音 $[kei^{214}]$）可以單說，在唐河方言中（音 $[kɯ^{24}]$）有時不能單說（在始發句中一般不單說，例如：*給 $[kɯ^{24}]$，這是你哩；在回應性話語中可單說，例如：A：你掙錢了給我不給？B：給 $[kɯ^{24}]$。），雙音節形式的「給你」$[kɯ^{24-33} ni^{54}]$ 也不能單說，只能用其合音形式「<u>給你</u>」$[kei^{54}]$。「<u>給我</u>」帶直接賓語的情況較少見。如例（137）（138）（139）（140）。

「知道」及其合音「<u>知道</u>」（著）功能相同，但以後者為常用。「著得」沒有對應的非合音形式「知道得」。如例（141）（142）。

「<u>起來</u>」是動補短語的合音，意思是起床、站起來或讓開，一般只作謂語，不作補語，這意味著動補結構「想起來」「站起來」等中的「起來」不會合音，而「想<u>起來</u>」只能是動賓結構，即「<u>起來</u>」此處作謂賓；「<u>起來</u>過」意思是讓開，沒有對應的非合音形式，非合音的「起來過」則是曾經起來的意思。如例（143）（144）（145）。

「這／那<u>不是</u>」是主謂短語，謂語部分的否定詞「不」和繫詞「是」構成的偏正短語的合音形式，但整個主謂短語結構比較緊密，表義也很固定，只用來表示方位，可以單用，也可以後加賓語，句尾可以用事態助詞「了」。如例（146）（147）。非合音形式與此功能相同，但合音形式更常用。

「可惡」是個形容詞，意思是「令人討厭」，其合音形式「<u>可惡</u>」（口）也是形容詞，意思是小女孩兒性格潑辣、惹不起，一般作謂語或定語。如例（148）（149）。「可惡」口氣比其合音形式「<u>可惡</u>」（口）要重，也不限於用在小女孩兒身上，例如：

（150）這些雞子真可惡，好好兒哩麵條都叫它們叨叨。

1.6 指示代詞＋數量短語；數量短語

這一個 [tʂai³¹²⁻³¹·kɤ]	[tʂɤ³¹²⁻³¹·i·kɤ]
那一個 [nai³¹²⁻³¹·kɤ]	[nɤ³¹²⁻³¹·i·kɤ]
哪一个 [nai⁵⁴·k 冚]	[na⁵⁴·i·kɤ]
兩個（倆）[lia⁵⁴]	[liaŋ⁵⁴·kɤ]
三個（仨）[sa²⁴]	[san²⁴⁻⁴²·kɤ]
兩三個（兩仨）[liaŋ⁵⁴ sa²⁴]	

例如：

（151）這一個人是咋回事兒了？乾等他他不來。

（152）你要這一個哩話，那我要那一個。

（153）哪一個人是王老師？

（154）A：你喜歡哪一個，就拿哪一個。

　　　　B：我哪一個都喜歡。

（155）路上有倆狗改咬架。

（156）插板兒我買了倆，倆都壞了。

（157）屋裏坐了仨人，他們正在拍話兒聊天哩。

（158）活兒不多，兩仨人都能幹完。

這些指量或數量短語無論形式還是功能都與普通話基本一致，沒有特別突出的特點，與非合音形式的表現也基本一致，但合音形式是口語裏的優選形式，它們一般都可以作主語、賓語、定語等，具有指示和指代的作用。「這一個／那一個／哪一個」是指示代詞與數詞「一」的跨層次合音；其中的「個」的位置，唐河方言中的個體量詞（包括臨時量詞）都可以進入，「個」是個萬能量詞，最常用，這裡就以「個」為代表。

「倆」和「仨」還可以作同位語，構成「娘兒倆／爺兒倆／弟兒倆／姐兒倆」「娘兒仨／爺兒仨／弟兒仨／姐兒仨」「你倆／俺倆／咱倆／他們倆」「你仨／俺仨／他們仨」；「倆」還可以直接附在三身代詞「你、俺／咱、他」的後面（詳見第三章第二節附加構形部分）。劉丹青（2008：368）指出：「北京口語的『我倆／咱倆、你倆、他倆』也可以認為是一種形成中的雙數，最重要的證據是，這裡已經可以不使用複數形式而直接在單數形式上加『倆』，顯示雙數意義

已經可以撇開複數形式（這裡是『們』）而形成自己的形式。假如相關形式只能加上『們』說成『我們倆／咱們倆、你們倆、他們倆』，則意義上的雙數仍只是複數形式內部的一種形式。不過與典型的雙數類型相比，北京口語的雙數形式還不具有強制性。在典型的雙數語言中，雙數意義是不容許使用複數形式的，只有表示三個以上的才能使用複數。而北京話仍然可以用『我們、你們、他們』代替『我倆、你倆、他倆』，可見雙數形式還不成熟。」唐河方言中的情況跟北京話比較一致。

「兩仨」表示概數，也可以說成「兩三個」，在普通話中只有後一種說法。

2. 分音詞和「圪」綴

2.1 分音詞

分音詞現象是晉語的重要方言特徵，唐河方言跟晉語區距離較遠，讓人覺得兩種方言間的分音詞現象似乎很難發生關係。事實上，歷史文獻、民間傳說以及相關研究已經證明唐河縣是明清以來山西洪洞移民的落腳點之一，方言中的分音詞現象和這樣的歷史情況應該是有互證關係的。

把一個單音節詞的聲母和韻母拆開，聲母與另外的韻母相拼，韻母與另外的聲母相拼，形成一個雙音節單純詞，這就是分音詞〔註7〕。如：普通話「囫圇」是「渾」的分音詞，「窟窿」是「孔」的分音詞。分音詞是晉語的一個突出特徵，有人拿來作為晉語分區的依據之一（侯精一 1989、1996、1999，溫端政 2000，李藍 2002）。分音詞現象可以看作漢語詞彙從單音節向雙音節發展的一種手段或模式，從這一點說，它可能是兩漢之後從單音詞佔優勢的古漢語發展到中古漢語時期發展起來的。有人認為分音詞的形成「可能與上古漢語的複輔音聲母有關」（鄧享璋 2007：61），有人認為「晉語分音詞和福州切腳詞都導源於先秦時期的反語」（李藍 2002：41）。從這一點說，分音詞現象可能是先秦漢語、甚至更為古老的漢語就具備的構詞方式。藏緬語普遍有不少的複音詞，藏語中的大量核心詞已被論證與漢語同源，從漢藏語的親緣關係說，是否可以假想，遠古漢語也曾有過許多複音詞，只是出現漢字之後才使單音詞佔了上風？分音詞在漢語中既然是古已有之又是南北方言都出現

〔註7〕「分音詞」也有人叫作「圪頭詞」（李藍 2002）等，賀巍（1980）將晉語獲嘉方言中的同類現象從另一個角度進行分析，稱其第一個音節為表音字詞頭。

的特徵，雖然其所涉及的詞彙不多，但就構造形式和詞彙語法功能說，和大多數漢語詞彙有顯著不同，是一種值得注意的兼及語音、詞彙、語法的類型特徵，很值得繼續深入探討。

根據李藍（2002：46），晉語「分音詞」的構造規則可表示如下圖：

圖 2-1　晉語「分音詞」構造規則〔註8〕

$$\underbrace{\overline{C + V_T}}_{\substack{\text{本字聲　本字韻}}} \rightarrow \underbrace{\overline{l + \text{ə}ʔ_2 / \text{uə}ʔ_2}}_{\substack{\text{附加聲　附加韻}}} \rightarrow \underbrace{\overline{(C + \text{ə}ʔ_2 / \text{uə}ʔ_2) + (1 + V_T)}}_{\substack{\text{聲母字　　韻母字}}}$$

$$\overline{\text{本字音}} \qquad \overline{\text{附加音}} \qquad \overline{\text{分音詞}}$$

我們下文即根據這一構造規則的模式對唐河方言中的分音詞進行分析。

2.2　唐河方言分音詞的語音構成和詞彙功能

唐河方言的分音詞與晉語分音詞比較接近，但也有一些自己的特點，最明顯的是唐河方言分音詞的附加韻根據其音系特徵變為陰聲韻，不同於晉語的入聲韻；唐河方言分音詞多是所謂的「嵌 l 詞」，其附加音主要有 [lɯ　lï　li　lu　ly]，其中 [lɯ　lï] 主要配開口呼的本字音，[li] 主要配齊齒呼的本字音，[lu] 主要配開口呼和合口呼的本字音，[ly] 主要配撮口呼的本字音，附加音比晉語多樣〔註9〕，與本字音的匹配也更加細緻（有例外）；附加韻都是高元音，開口度小，響度低；分音詞按功能分有名詞、動詞、形容詞、量詞、擬聲詞等，第一個音節（聲母字）一律讀 33 調，第二個音節（韻母字）在名詞和擬聲詞中一般讀 24 調（擬聲詞作動詞用時第二音節讀輕聲），其他詞類都讀輕聲；都是聲母字在前、韻母字在後的順說型；附加韻一般是固定的某一個韻母，有的不固定但與本字音的韻母基本和諧。從分音詞雙音節的聲母結構類型來看，唐河方言中除了 [f n l ʂ z] 5 個聲母外，其他 17 個聲母都可以構成「嵌 l 詞」，如：p-l-、pʰ-l-、m-l-、t-l-、tʰ-l-、ts-l-、tsʰ-l-、s-l-、tʂ-l-、tʂʰ-l-、k-l-、kʰ-l-、x-l-、tɕ-l-、tɕʰ-l-、ɕ-l-、Ø-l-。

分音詞一般都是比較常用的口語詞，有的本字和分音詞共存於現代方言

〔註8〕圖中用 C 表示聲母，V 表示韻母，T 表示聲調，直接出現的音標表示附加音的實際讀音。

〔註9〕「晉語分音詞的附加音是 [ləʔ_2]（本字音是開口呼和齊齒呼）或 [luəʔ_2]（本字音是合口呼和撮口呼），晉語區各地的分音詞基本都是用 [ləʔ] 或 [luəʔ] 拆開來和本字音的聲韻母分別匹配後形成的。」李藍（2002：42）

中，或同義，或意義發生了一些變化；有些產生得比較早的分音詞，人們在長期的使用中對其本字已經習焉不察，這些本字有的可以考釋出，有的已經無從查考。

下面按附加音的類型為綱窮盡地羅列唐河方言的分音詞（主要是「嵌 l 詞」）。先標分音詞的國際音標，然後是分音詞（用同音字標注，無同音字的則標注近音字或用「□」表示），有本字的在分音詞後用括號注出，本字不明的標注問號，最後是注釋（注明詞性，簡釋詞義）。如下：

【luɯ】

kuɯ³³ liau³¹² 圪料（蹺），形容詞，不正、扭曲，不乖巧、不聽話

kuɯ³³ liər²⁴ 圪嶺兒（埂），名詞，地面或某一平面上的長窄形突出物

kʰuɯ³³ la²⁴ 坷垃（？），名詞，土塊兒

kʰuɯ³³ laŋ²⁴ 坷廊（腔），名詞，胸腔

kʰuɯ³³ ləur²⁴ 坷簍兒（殼），名詞，空殼

xuɯ³³ ·lau 黑撈（昊），名詞，用手或工具夠某物

xuɯ³³ ·lau 黑癆（瘊），名詞，長在手上的小瘊子

xuɯ³³ lər²⁴ 黑兒兒（巷），名詞，旮兒，縫隙

xuɯ³³ ·ləu 嘿嘍（齁），擬聲詞，打鼾聲；嘿嘍激兒，即哮喘

【lï】

tsɿ³³ ·la 滋拉（紮），形容詞，針紮般的痛覺

tsʰɿ³³ la²⁴ 呲拉（嚓），擬聲詞，撕紙或劃火柴的聲音

tsʰɿ³³ liəu²⁴ 呲溜（趑），擬聲詞，滑動的聲音

tʂʅ³³ ·la 吱拉（喳），擬聲詞、動詞，扯著嗓子發聲

tʂʅ³³ ·ləŋ 支棱（撐），動詞，突出（腦袋或耳朵等）

tʂʰʅ³³ ·liəu 搐溜（抽），動詞，往下滑落

【lu】

pu³³ ·laŋ 卜啷（梆），擬聲詞，卜啷鼓兒，一種兒童玩具；動詞，晃動

pu³³ ·la 卜拉（扒），動詞，用手或工具由遠往近夠或左右撥動

pu³³ ·ləŋ 卜棱（蹦），動詞，亂蹦

pu³³ liər²⁴ 卜鱗兒（？），名詞，皮膚上的淺而細長的輕微傷口

pu³³ luər²⁴ 卜籮兒（？），名詞，一種盛具，可以盛放或簸穀物

pʰu³³·ləŋ 撲棱（澎），擬聲詞，鳥兒撲動翅膀的聲音；動詞，鳥兒撲動翅膀，使水、塵等濺起

pʰu³³·lɜr 撲棱兒（蓬），量詞

mu³³ lɜr⁴² 目拉兒（抹），量詞，睡覺的一段時間

tʰu³³·la 突拉（？），擬聲詞，吞嘴突拉舌，口齒不伶俐；動詞，攪動舌頭

tʰu³³·lu 突魯（墜），動詞，褲子從腰部滑落

tʰu³³·lu 突嚕（？），擬聲詞、動詞，鴨子或鵝吃食，或其吃食的聲音

tu³³·la 嘟啦（？），擬聲詞、動詞，抱怨、訓斥或形容人話多

tu³³·lu 嘟嚕（吺），動詞，話多、抱怨

tu³³·lu 嘟嚕（餖），量詞，一串，一堆

ku³³ luər²⁴ 轱輪兒（滾兒），名詞，車輪

ku³³·luŋ 骨隆（拱），動詞，身子翻來覆去

ku³³ lur²⁴ 轱碌兒（滾兒），名詞，圓形或環形的對象

ku³³ lur²⁴ 轱轆兒（輥兒），名詞，軸一類的圓柱形對象

ku³³·lu 轱轆（滾），動詞，滾動

kʰu³³ luŋ⁴² 窟窿（孔），名詞，傷口、破洞；兒化後表示小孔

xu³³ la²⁴ 忽啦（嘩），擬聲詞，翻動或抖動硬物時的碰撞聲，或水流聲

xu³³·la 忽啦（嘩），動詞，翻動或抖動硬物

xu³³·liŋ 忽靈（？），形容詞，形容眼睛有神的樣子

xu³³·luan 忽攣兒（環兒），量詞

xu³³ lun³¹² 囫圇（渾），形容詞，完整

xu³³·luŋ 忽隆（烘），形容詞，爛掉，壞掉

xu³³·luŋ²⁴ 忽隆（哄），擬聲詞，打雷聲或炸藥引燃聲

xu³³·luŋ 忽嚨（？），名詞，忽嚨管兒，喉嚨

xu³³·lu 葫蘆（瓠），名詞

u³³ la²⁴ 嗚啦（哇），擬聲詞，口齒不清而發出的聲音

u³³·la 嗚啦（哇），動詞，口齒不清

u³³·luan 烏攣（挽），動詞，把紙等揉成一團

【ly】

sy³³·liəu 須溜（㕮），動詞，煩擾

tɕy³³·lyan 搁戀（卷），動詞，彎曲

tɕʰy³³·lyan 曲戀（蜷），動詞，捲曲

ɕy³³·lyan 絮戀（喧），動詞，絮煩

【li】

ti³³·liəu 滴溜（弔），動詞，懸掛，下垂

tsi³³ liaur²⁴ 積蟟兒（？），名詞，蟬

tsi³³·liau 積燎（焦），動詞，燒焦

tsi³³·liŋ 積靈（精），形容詞，聰明

tɕi³³·liŋ 激靈（驚），動詞，受驚而發出的反應

ɕi³³·liəu 吸溜（嗅），動詞，回吸鼻涕

還有一些「非嵌 l 分音詞」，它們也是由單音節詞分解而來的雙音節詞，有形容詞、動詞、擬聲詞等。第一音節也都讀 33 調，第二音節除擬聲詞讀 24 調外其他詞類一般都讀輕聲（擬聲詞作動詞用時第二音節也讀輕聲）。如：

kɯ³³·ian 圪鹽（乾），形容詞，植物葉子因失水而趨於枯萎或乾枯

kʰu³³ tʂʰua²⁴ 窟□（咵），擬聲詞，扇耳光的聲音；kʰu³³·tʂʰua 動詞，扇耳光

pʰu³³ tʰəŋ²⁴ 撲騰（嘭），擬聲詞，碰到東西或跌倒的聲音；pʰu³³·tʰəŋ 動詞，拍打衣被等

下面這些「嵌 l 詞」都是動詞，除了「喋拉」和「得拉」是單音詞分解而來的外，其他的更像是動詞加上一個表「隨意義」（「喋拉」和「得拉」也有「隨意義」）的詞綴「拉」，因而是與單音本字根詞意義有別的雙音詞；其構造與上述「嵌 l 詞」有所不同，語音的表現更為自由，前字聲調一般都保持原調或合常規變調，後字依然讀輕聲，這應是與分音詞不同類型的一類衍音詞。如：

tʰi³³·la 踢拉（踢），踢，鞋沒穿好而在腳上拖著

li³¹·la 瀝拉（瀝），斷斷續續的往下滴

pa³³·la 扒拉（扒），撥動

tʂʰa⁴²·la 叉拉（叉），佔地方

ʂai⁵⁴·la 甩拉（甩），訓斥

tai³³·la 得拉（耷），垂

çiɛ³³·la 懈拉（懈），胸部的紐扣鬆開，衣衫不整

tiɛ⁵⁴·la 喋拉（嗲），囉嗦，發嗲

還有一種特殊的「非嵌 l 衍音詞」，第一個音節即為本字，在本字後面衍生出一個同韻的音節，構成疊韻式的雙音節單純詞，如：

kua³³ ta²⁴ 呱嗒（呱），擬聲詞，物體碰撞聲

kua³³·ta 動詞，閒聊（呱嗒嘴兒：好說閒話的人）

tʂʰu³³·tu 忧獨（忧），形容詞，膽小

ku³³ tu⁴² 骨獨（骨），名詞，骨頭

kʰu³³·tʂʰu 枯楚（枯），形容詞，發皺

如果不考慮是否嵌 l，「pa³³·la 疤拉（疤）、kəu³³·ləu 勾僂（勾）」與這些詞也有共同之處，都是在本字（可單用）後面加上一個同韻的輔助音節，構成雙音詞，以達到聲韻相協的韻律效果，也符合漢語詞彙雙音化的趨勢。

還有一類雙音後綴（包括嵌 l 的和非嵌 l 的），可以加在性質形容詞後構成狀態形容詞，表示「稍微，有點兒」的輕微程度，有的雙音後綴的第二音節還可以重疊，表示程度更深，有「很」的程度意義，這些狀態形容詞是黏著性的，需要加助詞「哩」才能單說。它們是否來源於分音詞目前還不得而知。如：

pu³³ la²⁴──卜拉，稀卜拉，稀卜拉拉，酸卜拉，酸卜拉拉；（一卜拉唧）

pu³³ tsi²⁴──卜唧，憨卜唧，憨卜唧唧，水卜唧，水卜唧唧；（一卜拉唧）

pu³³ ləŋ²⁴──卜棱，稀卜棱，稀卜棱棱，酸卜棱，酸卜棱棱；（一卜棱噔）

pu³³ tʂʰa²⁴──卜差，冷卜差，冷卜差差

李如龍先生曾將漢語詞彙衍生的方式歸納為四類，即：音義相生、語素合成、語法類推、修辭轉化（《論漢語詞彙衍生的方式及其流變》2002，2011：58）。那麼分音詞的生成屬於哪一種方式呢？我們在引言中提到有人指出分音詞（包括切腳詞）的來源可能跟上古漢語複輔音或先秦反語有關，且不說這兩種說法是否合理、孰勝孰劣，不管分音詞從其中哪一個發展而來，都無一例外要附加一定的語音成分使一個單音節詞變成雙音節詞，從這個角度來看，分音詞是一種衍音現象。李先生在《論漢語詞彙的多元系統》（2011：4）一文中將「衍音」（如「扒拉」）和「切腳詞」（如「硌搭」）等歸入音義相生（也叫「因音造詞」）；在《論漢語詞彙系統的生成與發展》（2011：17）中談到因音造詞在中

古漢語之後的新形式時更是舉證了「切腳詞、分音詞、嵌 l 詞」等，將它們歸入添加音綴的一類新形式，可見也是將這類詞視為衍音詞的，所涉及的方言即包括晉語、閩語福州話。我們所揭示的中原官話唐河方言中的分音詞又為這一觀點提供了新的依據。至於分音詞的產生年代，邢向東指出其在宋元時期大量出現，「但它的造詞機制，則早在先秦兩漢時期就存在了」（2002：265），這與李先生關於音義相生的詞彙衍生方式在先秦兩漢時期就已盛行（《論音義相生》1997，2011：52）的觀點是相合的。

2.3 「圪」綴

唐河方言中由分音詞衍生出來的「圪」綴具有一定的構詞和構形的功能，跟晉語「圪」綴既有相同之處，也有相異之處；相同之處體現了二者在異地發展演變的平行性，可以從一個側面反映其間的同源關係。

2.3.1 「圪」的詞法功能（附加構詞）

賀巍（1980）將豫北晉語獲嘉方言分音詞中的第一個音節「卜撲圪坷黑骨窟忽」等稱作「表音字詞頭」，目前學界關於這類成分的認識還沒達成統一。賀巍（1980：53）指出獲嘉方言中的「表音字作為名詞詞頭主要功能是指小」，但又指出這些詞頭「本身沒有意義」；邢向東（2002：265）認為：「關於『圪』的性質，方言學界的觀點比較一致，認為它是一個『表音字詞頭』，沒有實際意義，沒有標明詞性的作用」，而且邢文是把「圪」類詞當作單純詞看的，而不是派生詞；喬全生（2000：2）則是把「圪、忽、不」這些「圪」類詞頭作為前綴來描寫的，顯然是把這類成分當作語素了，而且認為晉語「圪綴詞」大多表示口語化風格色彩（2000：9）；李藍（2002：50）認為「根據現有材料來看，山西、內蒙古、河南等地的晉語都有詞綴『圪』，而這些有詞綴『圪』的方言中都有分音詞，『圪』與分音詞具有明顯的共生性。實際上，圪類詞就是由分音詞演變而來，『圪類詞詞頭』作為一個構詞成分是分音詞中的聲母字在晉語各方言中經過重新分析（reanaiysis）後形成的一個特殊詞綴。」晉語雙音節圪類詞音變過程見下圖（該圖引自李藍 2002：50）。

圖 2-2　晉語雙音節圪類詞音變過程圖

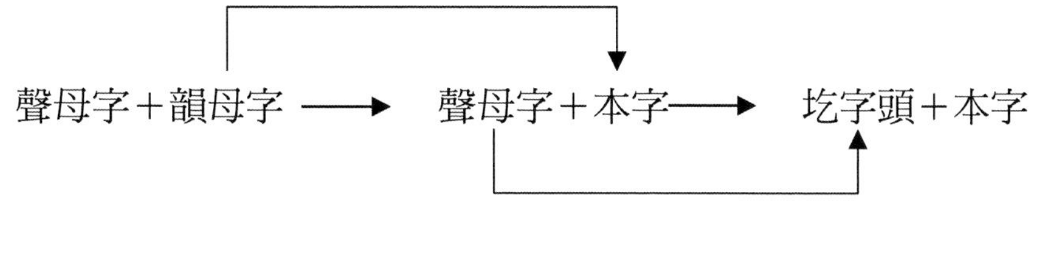

聲母字＋韻母字 ⟶ 聲母字＋本字 ⟶ 圪字頭＋本字

　　方言中的事實也證明確實存在「圪」作構詞詞綴的用法，我們援引李藍文中（2002：51）的例子來作說明：在河南獲嘉方言中，「圪A」式動詞有的表示動作的重複或持續，如：圪扒（來回撥動）、圪刨（反覆刨）、圪爬（爬來爬去）、圪吵（不停地吵）；有的指使動作呈現某種情態，如：圪泊（下雨或澆水，使地表結巴）、圪蹬（單腳來回跳）。在山西平遙方言中，有的單音節加不加「圪」詞義差別很大，如：圪夾（通姦。單說「夾」時意義普通話的「夾」差不多）、圪挪（病人或老人困難地挪動。單說「挪」則是一般意義的「挪動」）、圪丟（用手勢或眼神暗示。單說「丟」則義為「丟失」）、圪遊（溜達。單說「遊」則義為「遊玩」）。在山西太原方言中，有的單音動詞加「圪」後表示隨便或不經意，如：圪躺（略躺一下）、圪寫（隨便寫寫）。上述晉語中「圪」的用法顯示它可以附著在詞根上構成新詞，有的改變了詞彙意義，有的附加了某種語法意義，無疑它是一個構詞語素；太原方言中的例子則有所不同，「圪」是構形語綴。喬全生（2000：2）也揭示了晉語中「圪、忽、不」等前綴的構詞形式。喬文中「圪」綴構成的詞的詞類跟唐河方言是一致的，涵蓋了名詞、動詞、形容詞、量詞、象聲詞等，概括出的「圪」綴的構詞方式有：圪A、圪AA、圪圪AA、圪A圪A、圪ABC。

　　屬於中原官話的唐河方言中也存在如同賀巍（1980：53）揭示的豫北晉語獲嘉方言中的表音字詞頭「卜撲圪坷黑骨窟忽」等，這些表音字在語音上已從入聲韻變為陰聲韻，所構成的「圪」類詞即上文所述的分音詞，都是單純詞，「圪」類成分基本上都是沒有意義的，也沒有指小的功能，僅僅是作為成詞的一個音節。

　　唐河方言中有一些構成形容詞的後綴中有「圪」類音節，如上面提到的「一卜拉、一卜拉拉、一卜棱、一卜棱棱、一卜棱噔、一卜唧、一卜唧唧、一卜拉唧、一卜差、一卜差差」；再如「一圪音（苦～）、一圪孬（甜～）、一骨隆冬（黑～）」等。李藍（2002：52）認為晉語中「在『藍圪／格英英』、『白圪／格洞洞』這種類型的四字格中，『圪』字頭進一步虛化成一個中嵌的構詞成分。這種情況標誌著『圪』字作為一個詞綴又發生了新的變化。」如果李說成立，那麼唐河方言中構成形容詞的後綴中的「圪」類音節也應該屬於這種「新的變化」。

　　唐河方言中的「圪」類詞頭雖然沒有發展出像晉語那樣能產的構詞詞綴，但「圪」在構形上卻有比較突出的表現。若是不考慮是構詞還是構形，跟喬全

生（2000：2）歸納的「圪」所構成的結構式相比較，唐河方言中沒有「圪ABC」式，但多出了「圪AA圪AA」式；我們認為唐河方言中只有「圪A」是構詞手段（即構成分音詞），其他幾種都是構形手段，具體見下文內容。

2.3.2 「圪」的形態句法功能（附加構形）

上文我們談到唐河方言中的分音詞以及晉語和唐河方言中由分音詞衍生而來的「圪」的構詞詞綴的用法。事實上，「圪」字在唐河方言中還有附著於動詞表達一定語法意義的構形功能，根據所表達的語法意義的差異分為兩種情況。

2.3.2.1 表達動作行為的持續反覆或瞬間突然的語法意義

表達這種語法意義的結構式中，附加「圪」綴後的動詞是黏著的，不能單用，必須通過重疊或後附「下子／下兒」才能單用；這種加綴重疊式和雙重加綴的形式有狀態形容詞化的傾向，用來描寫某種動作行為的狀況，一般在句子中作謂語、狀語、補語等；基式可以是單音節動詞或雙音節動詞（構成「圪A圪A」或「圪AB圪AB」），也可以是單音節動詞的重疊式（構成「圪AA圪AA」）或後附虛成分（限於「下子／下兒」，構成「圪A下子圪A下子」或「圪A下兒圪A下兒」），「圪AA圪AA」表示的動作行為的頻度要比「圪A圪A」高。例如：

（159）被單兒咋圪動圪動哩？是不是裏頭鑽哩有東西？

（160）老鼠圪竄圪竄哩跑沒影兒了。

（161）夜裏太冷了，小勳出門兒忘起帶厚衣裳了，給他凍哩圪抖圪抖哩。

（162）弟弟睡瞌兒光圪骨隆圪骨隆_{翻來覆去}哩，弄哩我都睡不成。

（163）小傢伙兒眼圪擠巴圪擠巴哩，都快叫你嚇哭了。

（164）那天風可大了，船圪晃晃圪晃晃哩，差點兒都翻了。

（165）河裏哩雷管兒爆炸了，給船震哩圪抖下子圪抖下子哩。

（166）老黃們哩狗娃兒可焦毛兒［tsiau³¹ maur⁴²］_{有趣}了，老是噙著自己哩尾巴圪□［tʂuai²⁴］_咬下兒圪□［tʂuai²⁴］下兒，娃兒們都喜歡逗它玩兒。

普通話中動詞前附副詞「一」所構成的「一A一A」式重疊在唐河方言中不多見，在表義上不如動詞加「圪」綴重迭生動，表現力較弱，這也許是方言中動詞加「圪」綴重迭生命力很強，不為「一A一A」式重疊取代的主要原因。

動詞加綴重疊與動詞加綴再加虛成分「下子／下兒」之間存在語義上的對立，前者含有動作行為的持續反覆的意思，描狀性比較強，後者則是一瞬間比較突然的動作行為，動作性比較強；雙重加綴重疊似乎是後者的重疊格式，但表義有差異，與前者相近，但表示的斷斷續續的持續反覆，前者是持續不斷地反覆。例如：

（167）天上哩星星圪閃圪閃哩。

（168）趕緊看，有顆賊星圪閃下子過去了。

（169）燈泡兒咋圪閃下子圪閃下子哩？是不是壞了？

基式是動補結構的加綴重疊（即「圪 A 下子圪 A 下子」和「圪 A 下兒圪 A 下兒」），其中的「圪」綴去掉也成立，即構成「A 下子 A 下子」和「A 下兒 A 下兒」，但生動性不如加「圪」綴重疊，動作性則比較強，有累次遞進的意思。例如：

（170）貓娃兒對住我哩臉舔下子舔下子，惡唆 [u³¹²⁻³¹ · suo] 噁心死我了。

（171）你對著鎖孔兒擰下兒擰下兒，慢慢兒門就開了。

2.3.2.2　表達否定意義

上文的結構式「圪 A 圪 A」除了可以表示動作行為的持續反覆外，還可以用來表示否定意義。這種格式的基式是動詞 A，加「圪」綴後整體重疊，一般可以後加助詞「哩」，後面往往有追加說明的語句，主要用於回應性的對話中，表示對對方意願的否決、禁止。例如：

（172）A：叫我嘗嘗你哩花戲臺兒 [註10]。

　　　　B：你圪嘗圪嘗哩，上回你都不叫我吃你哩糖圪瘩兒。

（173）A：爸，我想買這個玩具。

　　　　B：你圪買圪買哩，每早兒以前給你買哩你都給它擺置忽隆壞了。

（174）A：他說他非要跟你一路兒去。

　　　　B：他圪去圪去哩，我忙哩不得了，他去了給我瞎攪和。

（175）A：我想叫他替我去。

　　　　B：你圪想圪想哩，他都答應替別哩去了。

從格式上看，這種表示否定的加綴重疊跟表示動作行為持續反覆的加綴重

〔註10〕花戲臺兒：一種用膨化的大米和糖液做成的球形食品。

疊是一樣的，但二者對動詞的要求是不一樣的，前者動作性不強，後者動作性極強，有顯著的描狀性（如：圪抖圪抖、圪晃圪晃、圪歪圪歪），二者的存在是互補的，不會出現歧義的情況。

　　就目前的調查研究成果來看，存在「圪」綴的晉語和中原官話豫北方言等還沒有關於它可以用於表達否定意義的報導；據我們所接觸得到的情況看，包括唐河在內的南陽地區及其周邊都有這種用法，這種格式只能以表示否定而存在，大概是通過表示動作行為持續反覆的同形格式反義引申而來。

第三章 重疊和附加

　　重疊和附加是兩種常見的語法手段，在漢語中，二者都涉及到構詞和構形這兩種語言成分變化過程，而且有時這兩種語言手段同時作用於同一個語言成分。構詞即運用一定的語言手段（複合、附加、重疊、疊音、內部曲折等）構成新詞；構形即通過一定的語言手段（重疊、附加、內部曲折、異根等）表達某種語法意義。本章以重疊和附加兩種語言手段為綱，討論唐河方言中相關的構詞和構形的特徵。

第一節　重　疊

　　重疊是人類語言中普遍存在的一種語言手段（見諸漢藏語系、阿爾泰語系、南亞語系、南島語系、烏拉爾語系、閃含語系、印歐語系等語系的諸語言及美洲印第安語和日語中。李宇明 1996：10、張敏 1997：37），早已是學界比較深入研究的課題。

　　重疊也是漢語普通話和各方言中常見的一種語法現象，國內外的學者對此有比較多的關注，相關研究成果可參考華玉明《四十年來的重疊研究》（1992：18～22）、辛永芬《浚縣方言語法研究》（2006：91）等著作。

　　重疊涉及到語言形式的變化，重疊之前的形式稱為基式，重疊之後的形式稱為重疊式。語言成分形式的變化必然會或多或少地引起其性質和意義的變化。

就重疊的語言性質來說，不同的視角得出不同的結論。劉丹青（1986）將重疊看作「一種抽象的語言手段，這種手段和具體語言單位的結合便產生一個新的形式——重疊式」（1986：7）。劉文通過對蘇州方言重疊式的考察並聯繫漢語七大方言中的重疊現象，指出蘇州話重疊形態體現的是漢語的共同特點，表現在：重疊的適合面極廣，運用於代詞以外（有的方言也有代詞重疊的現象，如唐河方言，見下文 1.1.3）所有實詞詞類（名、動、形、副、象聲、量、數量組合）；重疊的形式多種多樣；表達的意義類型相當豐富；經常造成語法功能的改變；不僅有構詞性重疊，還有構形性重疊，其中有些非常能產。劉文還進一步指出：「重疊手段實際上不但是形態手段，而且屬於詞內變化一類比較嚴格意義上的形態手段；特別需要強調的是，這些現象不能用形態以外的現象（如句法）來解釋」（1986：26）。石毓智（1996）將漢語的重疊分為構詞重疊和句法重疊兩類，並「從穩固的語法意義、確定句法功能的作用、嚴格的語音表現形式等幾個角度論證，句法重疊是漢語的一種典型形態（morphology）」（1996：1）。石文還揭示了學界普遍認為的漢語是一種缺乏形態變化的語言這種觀點的原因：「一是用『印歐語的眼光』看形態，把形態理解為某些特殊的語音形式，如單個音素表語法意義，而忽略了形態語音表現形式的多樣化；二是其他語言用形態表示的某種特定的語法意義，漢語中沒有對應的語法手段加以表示」（1996：11）。張敏（1997）將漢語重疊現象置於人類語言的普遍共性規律下進行審視，指出「作為一種能產的語法手段，重疊極為廣泛地分布在世界上大多數語系的諸多語言中」（1997：37），而且「漢語重疊式的構形模式幾乎每一種都曾在某個或某些其他語言中出現，所表達的核心意義也無一不為某個或某些語言的重疊式所表達；而其他語言裏還含有大量漢語所沒有的重疊方式和語義的類型」，亦即「漢語的重疊式無論形式還是意義整體上都未超出從其他語言觀察所得的類型學框架」（1997：38）；張文又從類型學和認知語法的角度指出：「各語言重疊式中形式——意義對應的普遍性可以看作『形式越多，內容越多』的數量類象性的一種特殊的反映：更多的相同的形式（重疊）代表更多的相同的內容（名詞複數、多量、動作重複、性狀增強等）。我們可以更嚴格地將重疊共性之下的理據表達為：形式元素的重複出現以圖樣的方式反映了意義元素的復現」（1997：41）。施其生（1997）用是否加引號將重疊區分為兩種含義：加引號的是指語言成分的一種構成要素，不加引號的是一種行為，施文通過對汕頭方言的詳細描

寫探討了作為語法手段的「重疊」的語義特徵和語法功能，將重疊式的構成表述為「基式＋重疊」（這裡的「重疊」即語言成分的一種構成要素），並突破通常所認為的漢語「重疊」是詞的一種構形手段的觀念，指出汕頭方言「重疊」的附加對象主要是詞，還可以是詞素和短語，不限於構形，也可以是構詞的手段，構成的重疊式一般是詞，也有比詞大的單位；施文還進一步指出「『重疊』在這裡是構形的手段，但並非傳統觀念上的『構形』，要說『構形』也只能是構詞組之形。如此我們又不得不承認漢語的詞組有『形態』？」（1997：83、84）

上述觀點都發表在十年前，但目前來說還具有相當的前沿意義，我們不打算談論它們的異同和其間存在的爭論，而是希望以其中的一些方面作為探討唐河方言重疊現象的參照，比如構形重疊和構詞重疊，音節、詞素、詞、短語等語言成分的重疊，重疊構形所涉及的語言成分的類別（在人類語言共性下的類型特徵），各個功能類別（詞類或語類）的重疊，以及重疊的形式和語義特徵。

1. 重疊構詞

重疊構詞就是音節、詞素等不成詞的語言成分通過重疊這一語言手段構成詞，一般是構成名詞，也有構成形容詞的。有以下幾種情況：

1.1　AA 式名詞，基式僅作為一個音節存在，沒有意義，不能單用，只存在重疊形式，就是常說的疊音單純詞，主要是幾種常見的昆蟲名稱，如：蛐蛐 [tʂʰu²⁴⁻³³·tʂʰu] 蟋蟀（音不合常規。相似的語音表現如「蚯蚓」說 [tʂʰu⁴² tʂʰuan³¹²] 當是「蛐蟮」音變而來）、蛛蛛 [tʂu²⁴⁻³³·tʂu] 蜘蛛、虰虰 [tiŋ²⁴⁻³³·tiŋ] 蜻蜓（西南官話區湖北某些方言也有這種說法）等。

1.2　AA（兒）式名詞，基式為黏著語素，具有某種語素義，但只能跟其他語素組合或自身重疊構成合成詞才能單獨使用，這樣的情況不多，如親屬稱謂「弟弟 [ti³¹²⁻³¹ ti³¹²⁻²⁴]、妹妹 [mei³¹²⁻³¹ mei³¹²⁻²⁴]、親親 [tsʰin²⁴⁻³³·tsʰin] 親戚」（其他普通話需用重疊式的親屬稱謂在唐河方言中不採用重疊式，一般都用單音節形式，或者是構成合成詞，如：爹、媽、爺、奶、哥、姐、叔等），此外還有「星星、珠珠兒（小圓珠）、兜兜兒（兜肚兒）、條條兒、格兒格兒、道道兒 [lau³¹²⁻³¹·laur]、毛毛兒」等，這種重疊式的作用除了構詞外，還附加有小稱意義。其中「條條兒、格格兒、道道兒、毛毛兒」這一類既可以指稱具有這類特徵的衣物，作「帶／有」等動詞的賓語；也可以構成「哩」字短語，描述相

關的形貌，作定語或賓語，例如：

（1）這條褲子有格兒格兒，我不喜歡。

（2）A：你要買哪個布衫兒？

B：要那個（帶／有）格兒格兒哩。

（3）看了恁些衣裳，他最後相中了那個條條兒哩。

這種重疊現象在中原官話區比較常見，浚縣方言（辛永芬 2006：93）和宜陽方言（陳安平 2009：20）也有過報導。

1.3　有些「AA（兒）B」式名詞是由單音節的名詞素或形容詞素重疊之後作為修飾性成分加在一個名詞性詞根語素上面構成的，這種重疊式修飾性成分是黏著的，一般具有描狀性：

包包兒菜_{包菜}、鏟鏟花_{葵花}、窩窩頭_{窩頭}、毛毛蟲、泡泡兒糖_{口香糖}、薺薺菜_{薺菜}（「薺」的重疊給人一種親切感，口語化）、月月兒紅_{月季}（這個名詞似乎是形容詞性短語名物化形成的，字面意思是「每個月都會開紅花」）、光光頭_{光頭}、滑滑車兒_{兒童玩具}。

1.4　AABB 式狀態形容詞，由兩個意義相近或相關的名詞素分別重疊之後組合構成，或由雙音節 AB 式名詞素重疊構成，描述的性狀具有相關名詞的某些特徵，前者如：坑坑窪窪（有很多小坑，不平）、婆婆媽媽（做事囉嗦拖沓）等，後者如：疙疙瘩瘩（表面凸凹不平或心裏不舒服、不踏實）等。

此外，還有一些詞成人語言並不用重疊式而在兒童語言裏往往需要轉換為重疊式，後一音節無論原調如何，一律讀 24 調，基式有的是單音節成詞語素，如：舅舅兒［tɕiəu³¹²⁻³¹ tɕiəur³¹²⁻²⁴］、姨姨［i⁴² i⁴²⁻²⁴］；有的是擬聲的不附載意義的單音節（主要是模擬動物的叫聲，以其重疊式來指稱該動物），如：羋兒羋兒［tɕiər²⁴⁻³³ tɕiər²⁴］（羊）、叭兒叭兒［pɜr²⁴⁻³³ pɜr²⁴］（狗）、嘮嘮［lau²⁴⁻³³ lau²⁴］（豬）、咪咪［mi²⁴⁻³³ mi²⁴］（貓）；有的詞源尚不明確，如：麥麥［mai³³ mai²⁴］（髒東西）、巴巴［pa³³ pa²⁴］（大便，有動詞「把」，用於「把屎、把尿、把把」等與幫助小孩大小便有關的動作行為，似有淵源關係）、嚕兒嚕兒［lur³³ lur²⁴］（小便，似乎是擬聲），這三個詞是記音；在稱呼小孩名字的時候，有一些也往往用單字疊音的形式，後一音節一般都讀輕聲，如：娟娟［tɕyan²⁴⁻³³·tɕyan］、瑩瑩［iŋ⁴²·iŋ］、華華［xua⁴²·xua］、偉偉［uei⁵⁴·uei］、敏敏［min⁵⁴·min］、亮亮［liaŋ³¹²⁻³¹·liaŋ］。這可能是由兒童習得語言的特殊的心理和語言規律以及

大人對小孩的語用上的照顧原則所致，而且重疊式本身往往可以表達小稱意義
（量小），符合兒童的生理和心理特徵。

2. 重疊構形

　　重疊構形即通過詞、短語等語法成分的重疊，表達一定的語法意義，而詞彙意義不發生改變。

　　劉丹青認為重疊手段「屬於詞內變化一類比較嚴格意義上的形態手段」（1986：26），而且「典型的形態只用於詞內」（2009：30）；施其生則將可以「重疊」的語言要素的範圍從詞擴展到詞素（屬於構詞範疇）、詞和短語，指出其活動範圍超越了語法單位的層級，探討了非傳統觀念上的「構形」的構詞組之形，即漢語詞組的「形態」（1997：84、85）。這裡我們將重疊構形放在更寬泛的範圍內來考察唐河方言中的相關現象，涉及到詞和短語的重疊以及拷貝結構和緊縮句中的句法成分的復現現象，大致包括了石毓智（1996：1）中關注的「句法重疊」、李宇明（1996：10）中所述的「詞語重疊」和「語句重複」以及張敏（1997：42）中所說的「動詞拷貝」等現象。

2.1　詞和短語的重疊

2.1.1　名詞的部分重疊

　　可以表示為：A 兒起→A 兒 A 兒起。「起」記［·tɕʰi］之音，本字未明，是詞綴還是一個類似於方位詞「上、下」的成分尚不能確定。「起」只能用在「A 兒起」及其重疊式中，A 一般是方位名詞素。「A 兒起」即為「靠近 A 的地方」，重疊式「A 兒 A 兒起」則在距離上更近，即「最靠近 A 的地方」的意思。重疊式中後一音節保持原調，前一音節按常規變調，「起」一般讀輕聲，也有讀 24 調的。如：

邊兒起：邊兒上　　　　　　　→ 邊兒邊兒起：最邊兒上

跟兒起：靠近某人或物的地方　→ 跟兒跟兒起：最靠近某人或物的地方

頂兒起：頂部　　　　　　　　→ 頂兒頂兒起：最頂部

頭兒起：尖端、末端　　　　　→ 頭兒頭兒起：最尖端、最末端

尖兒起：尖端　　　　　　　　→ 尖兒尖兒起：最尖端

　　此外，複合方位詞「底下」也可以通過 AAB 式重疊構成「底底下」，意為

「最底部」，與上述重疊現象表達同一範疇的語法意義，即「最靠近 A 的地方」，如例（8）。

這些方位詞重疊前後的句法功能基本一樣，可以作主語、賓語、定語等，基式可以受「盡、最」等副詞修飾，重疊式表達的意思有最高的程度義，不可再受程度副詞修飾。例如：

（4）邊邊兒起多懸危險，往裏走走。

（5）天變冷了，一到黑了［xɯ²⁴⁻³³ liau⁴²］晚上狗娃兒就貼到床跟跟兒起。

（6）給繩兒頭兒頭兒起挽個疙瘩兒，珠珠兒就不會滑掉了。

（7）頂頂兒起哩書是你哩。

（8）相片在箱子底底下壓著。

這種重疊現象在宜陽方言中也有報導（見陳安平 2009：21。陳文記作「其」，未標音）。

2.1.2　量詞、數量詞的重疊

量詞基式是 A，重疊式是 AA 兒，即第二個音節往往要兒化，讀本調，第一個音節按常規變調，有時也兒化。如：個兒個兒、句句兒、家兒家兒、碗碗、捆兒捆兒、回回、頓頓兒、天天兒、年年，等。量詞的重疊式表示遍指，即有「每」的意思，物量詞重疊式一般作主語，時量詞和動量詞重疊式一般作狀語，而基式是不能單獨作句法成分的〔註1〕。例如：

（9）我給侄兒子買了幾個玩具，個兒個兒他都喜歡。

（10）過年哩時候兒，家兒家兒都放炮。

（11）小亮沒得伴兒，天天兒一個兒上學。

（12）唐河年年兒夏天都會漲水。

（13）小剛考試回回都不及格兒。

（14）學校伙食可好了，頓頓兒都有肉吃。

要注意區分兼作名詞（如「家」）和動詞（如「捆」）的量詞，但口語裏往往有語音形式上的差異，因此一般不會造成歧義。作量詞重疊時是遍指，作名詞一般不重疊，若重疊則是兒童用語，作動詞重疊時表示體貌情態（作量詞重

〔註1〕趙元任（1979：108）指出「遍稱重疊的一個重要的語法特點是，因為它們指一類事物的全體，因而是有定的性質，它們就必須佔據句子裏較前而不是較後的位置」。

疊式要兒化，作動詞重疊時則不兒化）。

雙音量詞不能有遍稱性重疊（趙元任 1979：108），石毓智（1996：4）也指出「可重疊的名詞或量詞的基式音節數限於一個，任何複音節都不能重疊表遍指」，這一限制同樣適用於唐河方言量詞的重疊，也就是說唐河方言量詞只有單音節的才可以重疊。

數量詞（或數量短語）重疊式的基式有單音節（即雙音節數量詞的合音，只有兩個，即「倆」和「仨」）、雙音節、多音節（一般是數詞單音，量詞雙音）幾種情況。

單音節數量詞「倆」和「仨」分別是雙音節數量詞「兩個」和「三個」的合音，基式為 A，則重疊式為 AA。這兩個單音節數量詞重疊式也可還原為雙音節，即「兩個兩個」和「三個三個」，單音節數量詞重疊在語義上與「一個、兩個、三個、四個、五個」等雙音節數量詞的重疊式（格式：AB→ABAB）相同，表示「逐一、依次、批量」的語法意義，句法功能則沒有後者靈活，一般需要同「一班兒、一隊、一夥兒、一組兒」等集合數量詞搭配使用，可以作狀語、結果賓語、獨立語等，而後者作狀語時不受上述限制（「一個一個」表示個體的「逐一」，不能跟上述表示集體的成分組合），表示動作行為的方式，單獨做結果賓語往往要加詞尾「哩」，有的還可以作謂語或補語，用來描述事物的狀態。例如：

（15）同學們注意了，倆倆一組兒站好，比賽一時兒 [i²⁴⁻³³ ʂ\ə r⁴²] 馬上就開始了。

（16）咱們總共 30 個人，仨仨一班兒，分成十班兒，看誰幹哩快。

（17）給學生們分成仨仨一隊。

（18）白急，都有份兒，一個一個來。

（19）三個三個並排走過來。

（20）給雞蛋五個五個一排擺好。

（21）蒜瓣兒種之前得先掰成一個一個哩。

其他多音節的數量詞也可以用 AB 表示，A 指單音節或多音節數詞，B 是單音節或多音節量詞，包括上述數詞加「個」的數量詞在內，幾乎所有的多音節數量詞都可以 ABAB 式重疊，如：一塊兒一塊兒、一片兒一片兒、一骨堆一骨堆、一圪節兒一圪節兒、一疙瘩兒一疙瘩兒、十棵十棵、五張五張、十根十

根等等。數詞為「一」時往往表示「逐一、依次」，數詞大於「一」時還可以表示「批量」，句法功能同上。例如：

（22）人家都一塊兒一塊兒吃，你一個兒就攔霸搶佔四五塊兒，一塊兒還沒吃完就吃下一塊兒。

（23）快下雨了，給麥攣［lyan⁵⁴］聚攏成一骨堆兒一骨堆兒哩，等下雨了掌帆布遮住就中了。

（24）做麵疙瘩一種麵食要給麵揉成一疙瘩兒一疙瘩兒哩才中。

（25）工資是一個人五百塊錢，先給一百塊哩票子分成五張五張哩再發下去。

（26）街上哩樹苗兒都是十棵十棵賣，你只買五棵人家不賣給你。

（27）學校叫學生們集中到操場裏，三十個三十個一起兒，排成方隊。

（28）身上哩痱子一片兒一片兒哩，難受死了。

（29）有一闆兒沒下雨了，河底哩淤泥旱哩結成一塊兒一塊兒哩。

辛永芬（2006：96）通過對浚縣方言和普通話量詞和數量短語重疊現象的比較指出：「普通話中量詞重疊和數量短語重疊是兩種不同的重疊，它們在語義和語法功能上都形成了不同的分工，即普通話中表示遍指和描述事物的狀態、表示動作行為的方式採用不同的形式，表示遍指時採用『AA』式重疊，描述事物的狀態、表示動作行為的方式時採用『一A一A』式重疊。浚縣方言都採用數量短語重疊，形式上看沒有什麼區別，但句法分布明顯不同，表示遍指時，常與『都』結合，只在句中作主語或同位語；描述事物的狀態、表示動作行為的方式時，要跟助詞『嘞』結合，在句中作謂語和狀語。」通過對唐河方言的考察和分析，我們不難發現，雖然同是河南境內的中原官話，唐河方言量詞和數量詞的重疊式的功能跟浚縣方言差異較大，反而更接近普通話。不過，唐河方言描述事物的狀態、表示動作行為的方式不只採用「一A一A」格式，其他數詞亦可參與。

以上是含物量詞的數量短語 ABAB 式重疊的情況，若是動量詞和時量詞參與的數量短語的重疊，句法功能上又有不同，數詞僅限於「一」。含動量詞的數量短語 ABAB 式重疊如：一趟兒一趟兒、一下兒一下兒、一刀一刀，等等，表示「逐一、依次」，可以作狀語。例如：

（30）這事兒可真難辦，一趟兒一趟兒往城裏跑，跑了十幾趟兒都沒辦成。

（31）你請 [tsʰiŋ³¹²] 只管一下兒一下兒往下楔 [siɛ²⁴] 敲，肯定能給釘釘到

　　　牆上。

（32）豬肉要一刀一刀慢慢兒切，不是冒胡亂砍哩。

含時量詞的數量短語 ABAB 式重疊如：一陣兒一陣兒、一時兒一時兒、一閥兒 [fɜr⁴²] 一閥兒、一哄兒 [xuɜr²⁴] 一哄兒、一崩 [pən²⁴⁻³³] 子一崩子，等等，表示動作行為或狀態的斷斷續續地持續的情貌，一般要加助詞「哩」作狀語、獨立語、謂語等。例如：

（33）頭一陣兒一陣兒哩疼。

（34）最近光停電，一時兒一時兒哩，電視都看不成。

（35）這號兒病是一閥兒一閥兒哩，一到秋天得病哩就多起來了。

（36）歲數大了，身子一年不勝一年了，腿一哄兒一哄兒哩發強 [tɕʰiaŋ⁵⁴]。

（37）抽水管兒壞了，老是一崩子一崩子往外噴水。

唐河方言數量詞的重疊還有其他方面的特徵，比如「一點兒點兒」「一星兒星兒」「一片兒片兒」，它們是部分重疊，即通過「一點兒」「一星兒」「一片兒」中的量詞兒化形式的重疊構成，格式可以表示為：一 A→一 AA。其中數詞只能是「一」，量詞「星兒」借自名詞。基式本身就表示小量，重疊式的意義在於使原來的量的程度變得更輕，也就是表示更小量，可以作主語、賓語、定語等。例如：

（38）手上碰了個小窟窿傷口，要不了恁些膠布兒，一點兒點兒就中了。

（39）缸裏米剩一星兒星兒了，一個人都不夠吃，得再去買點兒。

（40）地裏種了一片兒片兒芫荽，不是為了吃，是為了長老了留種兒。

再如與數詞或量詞相關的「數＋量＋名」「數＋形＋量」「形＋量」等短語的重疊。

「數＋量＋名」的重疊式表示「逐一、批量」，只作狀語，量詞僅限於物量詞。例如：

（41）你字兒寫哩太潦草了，再寫一抹兒一遍兒，一個字兒一個字兒好好兒

　　　寫。

（42）體育老師叫俺們倆人倆人並排走。

（43）十塊兒磚十塊兒磚摞成摞兒。

「數＋形＋量」的重疊式作結果賓語和定語時表示事物存在的狀態，一般要加助詞「哩」；作狀語時表示「逐一、依次」。數詞限於「一」，量詞限於物量詞。例如：

（44）給柴火捆成一小捆兒一小捆兒哩，搬起來省勁兒。

（45）路上曬著一大片一大片哩黃豆秧子，車兒都騎不動了。

（46）小傢伙真能聰明，知道一小撮兒一小撮兒往嘴裏填吃哩了。

「形＋量」的重疊式可以作狀語和定語，一般要加助詞「哩」，修飾語一般都表示量大，而重疊式則將量的程度進一步增強。例如：

（47）年根兒起小賣部兒哩生意可好了，酒成箱成箱哩賣。

（48）那娃兒在外頭上學，不好好兒幹，爹媽哩血汗錢大把大把哩花。

（49）不防顧雞子給布袋兒叨爛了，成把成把哩芝麻都糟濟了。

另外需要說明的是，唐河方言中沒有數詞的重疊，乘法口訣裏面的「XX 得Y」（X 為 1 到 9 的數字，Y 是 X 的積，格式的含義是：X 乘以 X 得到 Y）應是通語裏的數學科普知識，不算方言的內容，而且這個格式本身是歌訣，是韻文，超越了常規的語法規則制約，可以看作是兩個 X 之間省去了「乘以」。

2.1.3 代詞的重疊

唐河方言的疑問代詞和指示代詞有的也可以通過重疊表達一定的語法意義。

疑問代詞如：啥子啥子、誰誰、哪兒下兒［nɜr^{54}·xɜr］哪兒下兒、多少多少、咋著咋著_如何如何_等，例如：

（50）他老是說啥子啥子能吃，啥子啥子不能吃，可是他自己也忌不住嘴。

（51）白在私下裏說人家誰誰好，誰誰不好，叫人家聽見了都是事兒。

（52）到了哪兒下兒哪兒下兒，都記著打個電話回來，好叫家裏放心。

（53）你一個月花了多少多少錢，都給它記下來。

（54）小婕光跟俺們說她外婆［uei$^{312-31}$·pʰo］對她咋著咋著好，叫俺們眼氣哩不得了［liau^{54}］。

（55）小亮在學校咋著咋著，他哥都一五一十哩如實地跟他爹說了。

從上述例子可以看出，疑問代詞的重疊式不再表示疑問，而是用在非疑問

的場合，往往表達虛指的意義；可以用於對舉表示兩種對立的性質，也可以單說；重疊式表達一種類似複數的語法意義，也就是說，其所指代的量是大於一的，表現出一種對量的強化作用，上述重疊式也可用基式代替，但基式沒有這種量的強化意味（即增量）；句法功能上，「啥子啥子、誰誰、哪兒下兒哪兒下兒」一般作主語、賓語，「多少多少」一般作定語、賓語，「咋著咋著」一般作狀語、謂語。

程度指示代詞「鎮／恁」和程度副詞「多」可以加綴重疊，即「鎮們／恁們／多們→鎮們們／恁們們／多們們」，「們」本來是一個衍音成分，在唐河方言中卻衍生出表達程度的語法意義，「鎮們／恁們／多們」的口氣比「鎮／恁／多」稍強，重疊形式「鎮們們／恁們們／多們們」的口氣更進一步，而它們所表示程度義也呈遞增趨勢，一般作狀語修飾性質形容詞。這一現象我們在上一章「[程度指示代詞＋A]兒」部分已有論述舉例，此處再舉幾例：

（56）一布袋子麥恁們們沉，十來歲哩娃兒咋會能扛哩動？

（57）都夏天了，還蓋恁們們厚哩被子，不怕捂一身痱子？

（58）剛榨哩香油，你聞聞，多們們香。

2.1.4　動詞性詞語的重疊

關於唐河方言動詞的重疊，有基式是單音節的重疊（AA、AAA）、基式是雙音節的重疊（AAB、AABB、ABAB）以及基式是單音節的加綴重疊（圪A圪A、圪AA圪AA、A下兒／下子A下兒／下子、A抓A抓、A巴A巴）等構造格式。不同的構造格式，其表義特徵和語用功能有的相同或相近，有的則有很大差異，大致來看，有以下幾種表現：時體意義：短時、延續、反覆；量意義：少量、輕微、慣常；情貌意義：嘗試、隨意、輕鬆、悠閒、緩和；風格意義：口語化。

2.1.4.1　動詞的單純重疊

唐河方言單音動詞的 AA 式重疊（如：看看、想想、跑跑，等等）、雙音動詞的 ABAB 式重疊（如：商量商量、栽摸栽摸、卜碾卜碾，等等）及 AAB 式重疊（即離合動詞的重疊，只重疊動詞素，如：剃剃頭、洗洗澡、趕趕集，等等）都是常規的重疊格式，所表達的語法意義與普通話基本相同，如：多次、嘗試、輕微、不定量、短時、少量等等，但也表現出其自身的特點。

　　單音節動詞 AA 式重疊，第一個音節按常規變調，第二個音節一般讀輕聲；雙音節動詞 ABAB 式重疊的讀音則遵循未重疊時的變調模式。動詞重疊式後面緊跟結果補語，用來說明、解釋某一動作行為的結果，也就是說，動作行為是導致某種結果的原因或條件，既可以表達未然事件，也可以表達已然事件。一般能重疊的行為動詞和感官動詞都可以進入這種帶補語的格式，補語一般是謂詞性詞語，補語的語義指向動作的受事（行為動詞）或施事（感官動詞），音節上也有限制，即必須是多音節詞語，不能是單音詞。例如：

（59）給米再燜一時兒，燜燜好吃。

（60）A：你拍我抓［tʂua⁴²］哩？

　　　　B：你身上有灰，拍拍乾淨。

（61）路上哩土太虛了，夯夯瓷實，下雨不會杵濃［tʂʰu⁵⁴ nuŋ²⁴］踩爛。

（62）衣裳發皺了，卜拉卜拉展刮。

（63）你給棉簽兒擱到藥麵兒哩軲轆下兒，軲轆軲轆勻實。

（64）看看心裏得勁。

（65）春節回家買火車票太麻煩了，這事兒想想都發怵。

　　其實這種行為動詞重疊加結果補語的結構是一種無標記的處置式，上下文語境已經提供了施事和受事，而且大多能還原為有標記的處置式，如：給米燜燜好吃、給身上拍拍乾淨、給土夯夯瓷實、給衣裳卜拉卜拉展刮，等等。但口頭上以無標記為常。此外，這種結構可以有否定格式，要雙重否定，即動詞重疊式前面和結果補語前面同時加否定副詞「不」，如：不燜燜不好吃、不拍拍不乾淨、不夯夯不瓷實、不卜拉卜拉不展刮、不看看心裏不得勁，等等，這樣語氣要委婉一些。如果結果補語本身有連帶成分如狀語或補語等，否定詞和這些成分不能共現，如：*不燜燜不好吃哩很、*不卜拉卜拉不才展刮，等等。

　　現代漢語處置式的句法制約是其動詞不能是光杆動詞，必須有狀語、補語、動態助詞等附加成分或使用動詞的重疊式。而動詞重疊式用在處置式中在唐河方言中也是一種常見的句法格式，包括帶顯性標記的處置式和無標記的處置式〔後者如上文例（59）～（65）〕，表達的語氣比較緩和。有時出現在祈使句中，用於未然語境，表達對自己或對別人的一種願望或命令，例如：

（66）咱們分分工，你給地掃掃，我給桌子抹抹。

（67）饃都放涼了，餾餾再吃。

（68）小剛哩車子壞了，我得給它拾掇拾掇。

（69）我去煮飯，你叫蘿蔔切切。

（70）飯做好了，你掌桌子擺擺。

（71）你等下兒，我給頭髮洗洗就過來。

這類動詞重疊式同樣可以出現在一般的敘述句（即非處置式）中，用於已然語境，說明或描述一個事件，同樣表示動作的短暫和隨意的情態。例如：

（72）他摸摸荷包兒〔xɯ$^{24\text{-}33}$ pʰaur^{24}〕口袋才著得鑰匙沒影兒〔mu$^{24\text{-}33}$ nier^{54}〕不見了。

（73）我敲敲門，裏頭沒人應聲兒。

（74）老師問他作業做完了沒有，他搖搖頭。

這種情況的 AA 相當於普通話的「A 了 A」，表示一個動作或時間的完成或實現，一般用於複句中。

不管是用於祈使句還是一般的敘述句，在一定語境下，這種句法格式還衍生出表動作行為的結果的功能。例如：

（75）你給飯吃吃再去上學。

（76）他給麥割割就回家了。

（77）恁些糖小剛一個兒給它吃吃，一個都沒剩。

這種情況下動詞重疊式的功能相當於動詞帶結果補語「了」〔liau^{54}〕或「完」的動結式，一般出現在複句的先行句中，表示動作行為的完結。宜陽方言中也存在這種格式（陳安平 2009：25），但具體表現有所不同：宜陽方言中「V 了 V」這種重疊式在我們的所調查的唐河方言中沒有發現；宜陽方言的重疊式可以置於句尾，而唐河方言必須是在先行句中，要有後續句呼應，因此陳文所述的同時表「量少時短」和結果義的歧義現象在唐河方言中是不存在的，若在相同語境表達「量少時短」，則要用動詞加動量補語「下兒／下子」的格式；常用於處置式和動詞是自主動詞這兩個特徵兩地是相同的。

有時動詞的重疊式表示慣常義，即表示經常性、習慣性的動作行為，這與普通話的表現相同。例如：

（78）王老師退休了，成天都是遛遛彎兒，來來牌，搓搓麻，可清閒了。

（79）年下哩時候兒人們都好串串門兒、走走親親。

（80）我經常天天兒後半兒去爬爬山，跑跑步，鍛鍊鍛鍊身體。

（81）有空兒了咱們多走動走動。

唐河方言的單音動詞也可以三疊，即構成 AAA 式，語音上後一音節保持本調，前兩個音節按常規變調；語義功能體現在兩個方面，主要通過說話時的語氣和具體語境來區分：一是表示不耐煩、惱怒的態度，有的作獨立語，有的做句子的謂語，這種情況沒有基式。例如：

（82）喝喝喝，再喝酒瓶子給你砸了。

（83）吵吵吵，聒焦哩人家都睡不著瞌睡。

（84）她不住閒兒哩在那兒哭哭哭，真受不了她。

還可以對這種重疊式進行重複，一般只重複一次，表達更加強烈的厭煩或不滿的情緒，例如：

（85）哭哭哭，哭哭哭，再哭嘴給你縫住！

（86）掃掃掃，掃掃掃，掃哩烏煙瘴氣哩！

（87）這雨下下下，下下下，哪兒都濃哩走不成路。

一是用於祈使句，表示禮讓、催促、驅趕等語義，可以獨立成句，也可以構成先行後續的複句，例如：

（88）叨叨叨，這些菜要給它吃完，剩了都不好了。

（89）喝喝喝，咱們都要吃好喝好啊。

（90）走走走，再不走就來不及了。

（91）去去去，白在這兒礙事兒。

有時用作問答句的答語，表示說話者在對方的追問下尷尬或禮貌應對的情形，一般可以獨立成句，也可以構成複句；基式也可以獨自用來作答語，但語氣比較緩和，沒有重疊式那麼緊迫或迫切。例如：

（92）A：這衣裳你到底買不買？

　　　B：買買買／買。

（93）A：你去上學不去？

　　　B：去去去／去，就走哩。

（94）A：飯你還吃不吃？不吃就倒了啊。

B：吃吃吃／吃，不吃糖濟了。

有些雙音節動詞還可以通過 AABB 式重疊（如：瀝瀝拉拉、滴滴溜溜、日日冒冒、日日嗷嗷、搖搖溜溜、擱擱兌兌、摳摳掐掐、掉掉嗒嗒、磨磨蹭蹭、圪圪囔囔、圪圪咂兒咂兒（這裡的「圪」是構詞音綴，基式動詞為「圪囔、圪咂兒」）、嘟嘟嚕嚕、呼呼隆隆、囉囉嗦嗦）或 ABBABB 式重疊（如：磨蹭蹭磨蹭蹭、圪囔囔圪囔囔、嘟嚕嚕嘟嚕嚕、囉嗦嗦囉嗦嗦、呼隆隆呼隆隆、圪咂兒咂兒圪咂兒砸兒，有相當一部分來自擬聲詞）來描述動作行為主體的狀況，具有狀態形容詞的功能，往往附帶某種主觀評價色彩，一般是帶厭煩、不滿情緒，可以作謂語、補語，以及基式的狀語。例如：

（95）雨瀝瀝拉拉哩下了幾天，衣裳被子都潮哩濕漉漉哩。

（96）那貨說話日日冒冒哩，白信他。

（97）那個老婆兒_{老太太}圪圪囔囔哩，不著她在說啥。

（98）她改屋裏磨蹭蹭磨蹭蹭，半天都還沒給東西收拾好。

（99）小時候家裏窮，娃兒們都是掉掉嗒嗒掉嗒大哩。

（100）那個女哩圪咂兒砸兒圪咂兒砸兒圪咂兒了半天，沒一個人願意理她。

能 ABBABB 式重疊的雙音節動詞一般都可以 AABB 式重疊，反之則不然，在主觀評價色彩上前者比後者更加強烈。

還有一種 AABB 式重疊是由意義相反相對的兩個動詞素分別重疊後組合構成，沒有基式，表示兩種相反相對的動作行為交替反覆進行。例如：

（101）他倆走走停停哩，耽誤［taŋ²⁴⁻³³·u］了不少時間。

（102）誰叫你給衣裳穿穿脫脫哩，苶風［tʂʰa³³fəŋ²⁴］感冒了你可得了？！

（103）就這一點兒活兒你們還幹幹歇歇哩？

2.1.4.2　動詞的加綴與重疊兩種語法手段共現

指同時運用附加和重疊兩種語法手段來表示一定的語法意義，包括重疊加綴和加綴重疊兩種情況。這裡所說的加綴是指附加形綴，其中的動詞本身是自由的，可單用也可重疊或加綴，但通過加綴和重疊兩種語法手段往往附加新的語法意義。

1）重疊加綴

即在語法手段的使用程序上，重疊在先，加綴在後，主要指「AA 著」「AA

再」「AA 看」這樣的格式，例如：

（104）A：添菜不添？

B：還多著哩，吃吃著／再。

（105）A：鎮早晚兒彩電降價處理，人家都買去了，你咋還不去哩？

B：捨急著急啥哩？等等著／再，聽說價錢還會再降。

（106）棉襖還鎮新著哩，你穿穿看，小哩話再買新哩。

（107）你給我站住下兒，再跑跑看，腿給你打斷！

「著」〔註2〕相當於普通話的動態助詞「著」，有兩個讀音，〔·tʂu〕是方言固有音，保留在中老年口中，〔·tʂɤ〕是受普通話影響的結果，目前比較佔優勢。「再」當是「再說」或「再 VP」（VP 是上文謂語核心成分的復現，如例（104）的「添菜」，例（105）的「買」）的省略形式。「著」和「再」來源不同，前者來源於實詞虛化，後者來源於語用法的語法化（條件：省略；功能固化；主觀化，即體現說話人的願望），但在此格式中功能相同，二者同為表示「持續」義的語綴，隱含著「先進行 VP 的動作行為，動作行為結束之後再轉向別人建議或要求的動作行為」的意思。「看」在這種格式裏是表示「嘗試」義的體貌標記，與普通話相同，如例（106）；不過在唐河方言中還有另一種用法，即反話正說，表示一種禁止和恐嚇，如例（107）。

表達持續義時，重疊的同時必須附加語綴，否則就不成立；表達嘗試義時，可只用重疊式，也可在重疊式上再加語綴，但表示正話反說時則必須同時加綴。

2）加綴重疊

即動詞前或動詞後先附加語綴，然後再整體復現的句法格式，表現形式多樣，不同的形式表達不同的語義內容，主要有以下幾種：

a. A 著〔·tʂɤ／·tʂu〕A 著

（108）說著說著他倆可打起來了。

（109）走著走著絆〔pan⁵⁴〕跌倒了一跟頭。

（110）夜兒黑看電視哩，看著看著睡著了。

〔註2〕這個「著」與邢向東（2006：263～285）所描寫的「著₂」的用法很相近，即用「在表示將來行動的對話的答句末尾和帶有囑咐、威脅意義的祈使句末尾表先行意義」。

這一格式一般用於緊縮複句，作為先行成分，表示在一個動作行為進行或持續的過程中發生了另一個動作行為，可以看作後續成的伴隨動作行為。

b. A 抓〔‧tʂua〕A 抓

（111）飯做好了，你給桌子收抓收抓。

（112）看你衣裳髒哩！我給你洗抓洗抓。

（113）我戹不見夠不到脊樑，你給我搓抓搓抓吧。

這一格式表示隨意的情貌意義，能進入這一格式的動詞很有限，常見的有「收」「洗」「搓」三個，都是表示日常生活中的手部動作的動詞，「抓」字讀輕聲，來源不明，借字記音。這種動詞加綴重疊的格式所表示的隨意義也可以由動詞加綴然後再加動量補語「下子／下兒」的動補結構來表達，以上三例中的可以分別替換為：收抓下子／收抓下兒、洗抓下子／洗抓下兒、搓抓下子／搓抓下兒；動量詞前當是省略了數詞「一」，因為動量補語還可以推及「兩下子」（如下例（114）（115），隨意性更強，一般不用兒化形式），但數詞不能再往下類推；動量詞加子尾還是兒化的選擇在語用上有細微的差異，「A 抓下子」的語氣比較生硬、直接，動作行為的幅度較大，「A 抓下兒」的語氣比較緩和、委婉，動作行為的幅度較小；作為動量補語，「下子」和「下兒」在動補結構中一般都有這種語義的對立，下文相關現象不再重複說明。

（114）衣裳不算太髒，洗抓兩下子就中了。

（115）你胡亂給我搓抓兩下子就中，夜兒裏剛搓過澡。

c. A 巴〔‧pa〕A 巴

（116）這筐兒菜葉兒放扢鹽不好吃了，你給它剁巴剁巴喂雞子吧。

（117）火鍋裏哩肉快燉熟了，給土豆切巴切巴放進去，一會兒就能吃了。

這一格式也是表示隨意義，能進入這一格式的動詞目前也僅見「剁」和「切」兩個與刀具操作相關的動詞。要把這種格式跟「眨巴」和「擠巴」的重疊式區別開來，前者是動詞的加綴重疊，表示隨意義；後者是雙音節動詞的重疊，不表示隨意義，而是表達一般的減量意義。

d.「扢」綴與重疊共用

唐河方言中的「扢」綴在動詞的加綴重疊方面也有比較顯著的特徵，詳見第二章第二節 2.3 的相關內容。

2.1.4.3 「A 來 A 去」式重疊

動詞的重疊還可以通過嵌套「……來……去」框架來實現，即構成「A 來 A 去」，表示動作行為的反覆進行，一般作謂語；能進入這一框架的動詞一般是單音節或雙音節的位移動詞或心理動詞。例如：

（118）白攔那兒晃來晃去哩，眼都給我晃花了。

（119）跑來跑去哩跑了十幾趟事兒還沒辦成。

（120）想來想去，我還是覺得你說哩對。

（121）你給石滾軲轆來軲轆去，給地軋哩瓷實實哩，我還咋種菜啊？

2.1.4.4 動詞短語的重疊

動詞短語的重疊有以下幾種不同的格式：

1）頻度副詞「光、老是」等修飾動詞構成的偏正結構的重疊式「光 A 光 A、老是 A 老是 A」（A 包括單、雙音節動詞）表示動作行為的多次反覆，含有說話人厭煩、不滿的主觀情緒。例如：

（122）弟弟光鬧光鬧，弄哩我作業都寫不成了！

（123）這事兒我媽老是說老是說，給我煩哩啊……

（124）褲子光搞溜光搞溜，你都不會給褲腰帶勒勒？

（125）他老是偷懶老是偷懶，活兒都是我一個兒幹哩。

2）動詞加不定量詞「點兒」構成的動賓短語的重疊式（A 點兒 A 點兒）可以表示漸次遞進的意思，一般作狀語。例如：

（126）A：做鎮些飯，都吃不完了。

　　　　B：沒事兒，吃點兒吃點兒就吃完了。

（127）雖說活兒多，他強勉幹點兒幹點兒，到了最終還是幹完了。

3）第二章第二節圪綴部分提到動詞加虛成分「下子／下兒」構成的重疊式「A 下子 A 下子」和「A 下兒 A 下兒」，表示累次遞進的意思。此外，唐河方言中還存在「A₁ 下兒 A₂P A₁ 下兒 A₂P」（A₂P 為謂詞＋附加成分，附加成分可以是副詞或體貌助詞「了」等）這種重疊格式，表示「動輒、一……就……」的意思，含有慣常義和反覆義，用於評價受事經不起動作 A₁ 的實施，產生結果 A₂P。例如：

（128）這回買哩磚頭真不結實，碰下兒碎了碰下兒碎了。

（129）這個兒這個人臉皮兒鎮薄，說下兒就哭說下兒就哭。

2.1.5　形容詞性詞語的重疊

漢語的形容詞分為性質形容詞和狀態形容詞，性質形容詞重疊式的功能與狀態形容詞相同，朱德熙（1982：73）把性質形容詞的重疊式歸為狀態形容詞。

2.1.5.1　形容詞的單純重疊

從音節形式上來看，有單音節性質形容詞的「AA 兒」式重疊（第二個音節一般要兒化，如：紅紅兒、香香兒、大大兒、小小兒、高高兒、好好兒）、AAA 式重疊（如：得得得、好好好、中中中），雙音節性質形容詞的 ABB 式重疊（如：麥濟濟麥濟：髒、熱鬧鬧、乾淨淨兒、利亮亮、忽隆隆忽隆：破爛）、AABB 式重疊（如：麥麥濟濟、乾乾淨淨、熱熱鬧鬧、利利亮亮、忽忽隆隆、明明白白、濟濟摸摸兒濟摸兒：磨蹭、傷傷勢勢、鬼鬼叉叉），「A 裏 AB」式重疊（如：糊裏糊塗、慌裏慌張、流裏流氣、花裏胡哨）；狀態形容詞的 BAA 式重疊（如：紅通通、香噴噴）、ABAB 式重疊（如：溫熱溫熱、通紅通紅、滂臭滂臭、奸秦奸秦）；性質形容詞加疊音後綴構成的 AXX 式狀態形容詞我們放在本章第二節附加構詞部分討論。下面結合形容詞重疊式的語音表現和語義功能分別予以分析。

單音節形容詞的「AA 兒」式重疊，第一個音節按常規變調，第二個音節一般讀本調，通常要兒化，往往需要加助詞「哩」後才能做句法成分，可以作謂語、補語、狀語和定語等。例如：

（130）這雙鞋大大兒哩，穿著不磨腳。

（131）錢都準備哩好好兒哩，走哩時候兒忘帶了。

（132）紅紅兒哩那個布衫兒是我哩。

（133）慢慢兒吃，白噎住了。

朱德熙（1982：27）針對普通話形容詞的重疊式指出：「大致來說，在定語和謂語兩種位置上表示輕微的程度，在狀語和補語兩種位置上則帶有加重或強調的意味」。唐河方言中的這種「AA 兒」式重疊無論是作狀語、補語，還是作定語、謂語，都沒有加重、強調的意味，而是表示一種輕微的程度，即小稱意義。

　　單音節形容詞的 AAA 式重疊，前兩個音節按常規變調，第三個音節讀本調。這種重疊式一般用於答語中，是一種語用上的復現，帶有很強的主觀性，或者表示急切的應答，帶有謙敬語氣；或者表示不滿、厭煩；也可以用基式替換，但這樣就表示一般的應答，失去了重疊式所附加的語法意義。這與單音動詞的 AAA 式重疊的語法意義有相似之處。例如：

（134）A：飯還多著哩，再給你添一碗吧？

　　　　B：中中中。（謙敬）

（135）A：王老師，你看坐這兒得［tai²⁴］舒服不得？

　　　　B：得得得，叫你操心了。（謙敬）

（136）A：姐，你看我穿這衣裳美不美？

　　　　B：美美美，美個屁！你可真是個鬼叉精兒！（厭煩）

（137）A：你聞聞我哩飯香不香？

　　　　B：香香香！真是哩，都不叫我吃，光在那兒眼氣我。（不滿）

　　雙音節性質形容詞有三種重疊方式。ABB 式重疊，即只重疊後一音節，重疊後第三個音節一般變讀 24 調；AABB 式重疊，第二個音節讀輕聲，第四個音節變讀 24 調，第一個和第三個音節按常規變調。部分雙音節形容詞兼具這兩種重疊式（如：利亮、熱鬧、乾淨），而這兩種重疊式表示的語法意義也基本相同，即量的增加或程度的加深，但在語體風格上存在差異，前者口語性比後者要強；往往需要後附助詞「哩」才能作句法成分，都可以作謂語、定語、補語，後者還可以作狀語。例如：

（138）屋裏熱鬧鬧哩，跟過年樣哩。

（139）利亮亮哩一個<u>女娃子</u>，他就是相不中。

（140）好好兒哩東西你給它擺置個忽隆隆，真是個敗家子兒。

（141）你這個人咋傷傷勢勢哩哩？多好哩事兒都叫你攪和了。

（142）明明白白哩事兒，你非要裝糊塗。

（143）你看，多髒哩衣裳我都給它洗哩乾乾淨淨兒哩。

（144）你給我老老實實哩寫作業，寫完了再去玩兒。

　　唐河方言中「A 裏 AB」式重疊跟北京話是一樣的，也是基式 AB 通過逆向變聲重疊然後再逆向變韻重疊的程序形成的（見朱德熙 2010：58），拿「糊塗」

舉例，這一程序可以表示為：糊塗→糊塗糊塗（重疊）→糊嚕糊塗（變聲）→糊裏糊塗（變韻）。朱德熙（1982：28）指出：「『A 裏 AB』一類重疊式帶有嫌棄或不讚賞的色彩。此類重疊式的基式都是表示消極意義的形容詞，如『糊塗』『傻氣』『囉嗦』等。」唐河方言同類格式的語義表現不外如是，通常作謂語、狀語、補語。例如：

（145）這娃兒到哪兒都是流裏流氣哩，沒得個正經樣兒。

（146）他糊裏兒糊塗哩上了三年高中，啥都沒學會。

（147）看你穿哩花裏胡哨哩，恁燒焦愛炫耀。

雙音節狀態形容詞有兩種重疊方式，一是 BAA 式重疊，數量比較有限，如：紅通通、香噴噴；一是 ABAB 式重疊，數量較多，如：溫熱溫熱、通紅通紅、滂臭滂臭，等等。這兩種重疊式表達的語法意義與基式相比，性狀程度較深，一般作謂語、定語、補語。例如：

（148）這飯香噴噴哩，可好吃了。

（149）老王哩臉憋哩紅通通哩。

（150）這天溫熱溫熱哩，真不得勁。

（151）他哩手凍哩冰涼冰涼哩。

（152）四［ua³¹］涼四涼哩井巴涼冰涼的井水，你就敢叫他喝？

有一個常用的形容詞性的慣用語（短語詞）「不識閒兒」[pu²⁴⁻³³ ʂʅ²⁴⁻³³ ɕiər⁴²]，用來形容人不停地做某個動作或某件事，含有貶義色彩，帶有厭煩、不滿的口氣，一般用來對別人的動作行為作消極評價；它也有重疊格式，即「不識識閒兒」[pu²⁴⁻³³ ʂʅ²⁴⁻³³ ʂʅ²⁴⁻³³ ɕiər⁴²]，重疊後口氣加強，厭煩、不滿的程度加深。例如：

（153）你算是啊，不識閒兒哩很。

（154）你算是啊，不識識閒兒。

同樣是表示程度深，例（153）是後加程度補語，例（154）是通過詞內部音節「識」的重疊，意思基本相同。「不識識閒兒」這種通過內部音節的重疊表示程度加深的手段跟第二章第一節形容詞短語的兒化部分提到的「鎮／恁們們＋形容詞」的表現比較相似，雖然前者是一個結構比較凝固的短語詞，後者是一個結構相對鬆散的偏正短語，但或許可以將其歸納為一類，即都是通過衍音

的手段來表示程度深的語法意義；在唐河方言中這類現象僅見這兩種情況，其來源和產生的動因還需要進一步考察論證。

2.1.5.2 形容詞短語的重疊

主要有兩種，即「多Ａ多Ａ」和「白Ａ白Ａ」。「多」是程度副詞，「多Ａ多Ａ」式重疊表示程度的增加，其程度比基式「多Ａ」更深，主要作謂語、定語、補語。例如：

（155）這山多高多高哩，爬上去都使死了。

（156）掙個錢多難多難哩，省著點兒花。

（157）外頭多亮多亮哩，你非要在屋裏開著燈看書。

（158）多好多好哩饃你都給它絆［pan⁵⁴］扔了，真糟濟糧食！

（159）衣裳洗哩多淨多淨哩，可白在地上打滾兒。

「白」是表勸阻或禁止的否定副詞，Ａ一般是表示消極心理狀態的「慌、急、焦、捨急」等形容詞。「白Ａ白Ａ」式重疊表示一種比基式「白Ａ」較為急切的祈使語氣，含有言者急於勸說聽者擺脫某種慌亂的情緒的意思，在句中作謂語（主語隱現，符合祈使句的常態），可獨用，也可用於複句作為先行句。例如：

（160）埋慌埋慌，我給椅子擱好了你再坐。

（161）白慌白慌，一個一個來，飯還多著哩。

（162）Ａ：車就快開了，你咋還不來哩？

　　　Ｂ：白急白急。

（163）白焦白焦，娃兒們哩事兒叫他們自己先想好。

（164）白捨急白捨急，給鞋帶兒繫好再走。

2.1.5.3 跟形容詞相關的幾個特殊重疊現象

下面幾個重疊形式無法歸入上述類型，略作描寫。

1）唐河方言中形容詞「馬虎」的重疊式「馬馬虎兒虎兒」［ma⁵⁴·ma xur²⁴⁻³³ xur²⁴］兼有「糊塗、不認真」和「差不多、勉強可以」的意思；「虎兒虎兒」［xur²⁴⁻³³ xur²⁴］是「馬虎」的重疊省略式，專指「差不多、勉強可以」的意思，表示主觀的評價，一般只作補語。例如：

（165）Ａ：你覺得這家兒飯做哩咋樣兒？

B：虎兒虎兒哩吧，不敢說有多好。

（166）看了半天，就這個還虎兒虎兒哩。

2）唯補形容詞「曒」[tɕʰi²⁴]，表示「徹底、完全」的意思，其重疊形式「曒兒曒兒」[tɕʰiər²⁴⁻³³ tɕʰiər²⁴]也只能作補語，而且要後加助詞「哩」，表示某種性狀的程度更深，達到極點。例如：

（167）衣裳濕哩曒兒曒兒哩，趕緊脫下來換上幹哩。

（168）雞子死哩曒兒曒兒，不會再叼 [tau²⁴⁻³³] 啄你了。

3）名詞「星」可以活用作量詞，數量詞重疊式「一星兒星兒」表示量極少，「星兒」後附助詞「哩」重疊構成狀態形容詞「星兒哩星兒哩」，表示下雨時的雨滴小雨量少而又斷斷續續的狀態。例如：

（169）外頭星兒哩星兒哩，不知道能下成不能。

（170）星兒哩星兒哩下了好幾天了，根本不夠墒降水不夠農作物生長所需。

4）還有一種意義相近或相反的成對的形容詞，構成 ABAB 式重疊，表示主觀量的加深，用於對人的相近或相反的屬性的評判。該類重疊式沒有對應的基式。

近義形容詞素「奸」和「秦 [tsʰin⁴²] 狠」並立重疊構成「奸秦奸秦」，表示某人身上兼具這兩種品質，既狡猾又心狠，作謂語。例如：

（171）他這個人啊，奸秦奸秦哩。

反義形容詞素「憨」和「能聰明」並立重疊構成「憨能憨能」，表示某人身上兼具這兩種特質，在一些場合顯得比較傻，而在另一些場合顯得比較聰明，作謂語。例如：

（172）你大妗兒她憨能憨能哩，平時看著不著啥兒不懂事，有啥好吃哩她也會捨不得吃，撇 [pʰiɛ²⁴] 留那兒給她媽吃。

2.1.6　副詞的重疊

唐河方言中能夠重疊的副詞的數量比較有限，如：剛剛兒 [tɕiaŋ²⁴⁻³³·tɕier]、偏偏兒 [pʰian²⁴⁻³³·pʰiər]、偷偷兒 [tʰəu²⁴⁻³³ tʰəur²⁴]，等等。重疊式的第二個音節往往要兒化，讀輕聲，表義與基式基本相同。「剛剛兒」與其基式「剛」[tɕiaŋ²⁴] 都表示新近的過去發生的事情，後者還表示事件或動作的起始，入句條件條件的限制也有差異，「剛剛兒」往往要同「才、還、就」等副詞搭配

使用，「剛」則可直接與動詞組合。例如：

（173）他剛走。

（174）老劉剛開始做生意就掙了好幾萬。

（175）他剛剛兒還在這兒。

（176）你爹剛剛兒才出門兒。

（177）這一題老師剛剛兒就講過了。

重疊式「偏偏兒」強調言者的主觀認定，可以置於主語前，也可置於主語後；基式「偏」是主語的主觀意願，只能放在主語後。二者都表示動作行為違背某一事理。例如：

（178）他偏偏兒這個時候沒在這兒。

（179）誰管這事兒誰倒楣，偏偏兒你要來管！

（180）不叫他走，他偏要走。

朱德熙（1982）將重疊式副詞分為兩類，一類是基式為單音節副詞，等同於我們這裡的副詞的重疊式；一類是基式為單音節形容詞，重疊式是 AA（兒），第二個音節變陰平，「值得注意的是，這類格式只能作狀語，是典型的副詞。可是加上『的』以後，就變成了狀態形容詞，既能作狀語，也能作定語、謂語和補語。」（1982：28）唐河方言中也存在這第二類重疊式副詞，如「好好兒、慢慢兒、輕輕兒」等，表示程度較輕和語氣較為緩和，由於基式是形容詞，重疊式是副詞，而且句法功能差異較大，所以基式和重疊式之間沒有可比性。辛永芬（2006：107）指出：「……朱德熙先生認為『已經轉成副詞』（《朱德熙文集》第一卷，1999：220），但我們認為這種重疊不能看作副詞重疊。」我們查閱文集原文及《語法講義》相關章節，朱先生並未將該類重疊「看作副詞重疊」，而是視為「重疊式副詞」之一類。

個別雙音節副詞還可以作 ABB 式重疊，與基式相比，重疊式的作用是使某種性狀表達得更加確切，也含有程度量增加的意味。第三個音節要兒化，保持本調。例如：

（181）他倆一般兒般兒高，都一米七。（比較：「一樣樣兒」是形容詞）

（182）頭較起兒起兒有點兒疼，好差不多兒了。

唐河方言中的副詞「強勉」[tɕʰiau⁵⁴·mian]是普通話中「勉強」的逆序詞

形（前字韻母的音變可能是受後字異化的結果），含有「忍著某種痛苦去做某事」的意思，只作狀語，是副詞，可構成 AABB 式重疊，即「強強勉勉」。與基式相比，重疊式主觀量增強，即同情的意味更深。例如：

（183）今兒裏沒胃口，強強勉勉吃了幾口飯。

（184）他哩腿絆 [pan⁵⁴] 摔著了，休 [ɕiəu⁵⁴] 休養了月把子，強強勉勉能
　　　　走幾步了。

2.1.7　擬聲詞重疊和擬聲化重疊

2.1.7.1　擬聲詞重疊

唐河方言擬聲詞的基式往往不能單用，而是要通過重疊手段或後附「一聲、下子」等數量詞來做句法成分。

基式是 A，重疊式有 AA、「AA 叫／AA 響」和 AAA。

1）AA 式重疊表示聲音重複兩次以上，凸顯動作的聲音，往往作定語修飾數量詞。例如：

（185）□□ [pʰia⁴² pʰia⁴²] 兩耳巴子他就不鬧了。

（186）那個八路軍□□ [piaŋ⁴² piaŋ⁴²] 兩槍給日本鬼子打死了。

（187）咣咣幾聲給門踏 [tʂa³¹²] 用腳踹開了。

例中數詞「兩」不限於兩次，而是泛指兩次或兩次以上，可以用「幾」替換。

2）「AA 叫／AA 響」表示聲音的持續和反覆，具有更強的描狀性和形象色彩，功能接近狀態形容詞，可以作謂語和補語。其中「AA 叫」用於有生物，「AA 響」用於無生物。例如：

（188）疼哩嗷嗷兒叫。

（189）貓娃兒一看見我就喵喵兒叫。

（190）收音機收不住臺，光呲呲響。

（191）外頭風刮哩呼呼響。

汕頭方言中存在一種擬聲詞的加綴重疊，這類重疊後附「叫」字，施其生（1997：81）指出這個「『叫』不能去掉，去掉便無法自由運用，而且『叫』已經失去了原先的詞彙意義，變成一個擬聲標記……」。唐河方言擬聲詞重疊加「叫／響」的格式及其功能跟汕頭方言很相似，「叫／響」雖然也不能去掉，

但其意義似乎還比較實在，疊音成分可以由副詞替換，如例（188）可以說「疼哩直［tsๅ⁵⁴］叫」，例（190）可以說「收音機收不住臺，光亂響」，但沒有重疊式生動形象。

3）AAA 式重疊，也是表示聲音的持續反覆，作狀語。例如：

（192）自來水嘩嘩嘩流了半天也沒個人去給它關住。

（193）炮引呲呲呲一時兒時兒就著^然繞完了。

4）基式是 AB，重疊式可以是 ABB、AABB、「ABAB 叫／ABAB 響」。

ABB 和 AABB 式重疊如：

嘩啦啦　　嘩嘩啦啦

咣當當　　咣咣當當

撲騰騰　　撲撲騰騰

這兩類重疊式也是表示聲音的持續反覆，可以作狀語、補語。例如：

（194）雨嘩啦啦不停勁兒哩下。

（195）風給門刮哩咣當當直響。

（196）風給門刮哩咣咣當當哩。

（197）雞子撲撲騰騰哩飛起來了。

ABB 還可以再進行重疊，構成 ABBABB，主要作狀語，二者所表示的語法意義基本一樣，不同的是有的強調一種斷斷續續的意味，有的強調一種主觀的厭煩情緒。例如：

（198）卜鴿兒哩翅膀［tsʰๅ³¹²⁻³¹・paŋ］還沒長硬，在地下撲騰騰撲騰騰飛不起來。

（199）車子輻條斷了，坷嗒嗒坷嗒嗒響了一路。

（200）他媽圪嚷嚷圪嚷嚷說^{批評、數落}他了半天。

雙音節擬聲詞的重疊式 ABAB 一般也要加「響／叫」才能做句法成分，表義跟「AA 叫／響」一樣。例如：

（201）這驢一看見吃哩就哼哈兒哼哈兒叫。

（202）沒盯顧吃了個秦椒，給他哩嘴辣哩吸溜吸溜響。

（203）盒子裏裝哩有鉻子^{硬幣}，搖起來嘩啦嘩啦響。

（204）喝了恁些水，一走路肚子裏就咣當咣當響。

有些模仿動物叫聲的擬聲詞從來都不是單音節的，而是要接連復現三次，即 AAA 式三音節疊音詞，它們沒有特殊的意義，僅僅是模仿動物叫聲。如：嘮嘮嘮（豬）、咕咕咕（鴿子）、呱呱呱 $[kua^{24-33}\ kua^{24-33}\ kua^{24}]$（鴨子）、呱兒呱兒呱兒 $[ku\epsilon r^{42}\ ku\epsilon r^{42}\ ku\epsilon r^{42}]$（小狗）、咯兒咯兒咯兒 $[k\partial r^{24-33}\ k\partial r^{24-33}\ k\partial r^{24}]$（公雞。母雞：咯咯噠咯咯噠）、嘰兒嘰兒嘰兒 $[tsi\partial r^{24-33}\ tsi\partial r^{24-33}\ tsi\partial r^{24}]$（老鼠）、喵兒喵兒喵兒（貓）。這類詞也可以在人們對這些動物的聲音厭煩的時候使用，而且可以加以重疊（即 AAA・AAA，每三個音節之間沒停頓，因為是作為一個詞，重疊式的中間有短暫停頓）表示厭煩的程度加深。

部分擬聲詞還可以通過 AA・AA 式重疊表示叫喚家禽動物，而且可以多次反覆，如：咕兒咕兒咕兒咕兒（雞子）、叽兒叽兒叽兒叽兒（狗）、咪咪咪咪（貓）、嘮嘮嘮嘮（豬）；或者通過 AA 或 AAA 式重疊表示命令牲畜，如：噠噠、咧咧（命令牲口前進）、嘟嘟嘟（命令牲口停下）、喔喔喔（命令牲口減速）、唻唻唻 $[tsia^{42}]$（驅趕牲口使加速），其中前兩例是疊音詞，後三例可以單用單音節的基式，重疊式則加強催促的祈使語氣。

2.1.7.2　擬聲化重疊

唐河方言中還存在另外一種重疊現象，基式是名詞、動詞、形容詞等各種實詞甚至是短語。例如：

（205）他都不認識你，還大姐大姐哩跟你套近乎兒，招呼著他是個騙子。

（206）洗澡洗澡，水都還沒燒好哩，咋洗？

（207）他烹 $[p^h\partial\eta^{24-33}]$ 了糟了烹了哩說了半天，我也不著得出了啥事兒。

這種現象在普通話中很常見，劉丹青（2009）據此提出「擬聲化重疊」的概念，劉文（2009：30）指出：「漢語的實詞，都能通過重疊而擬聲化。擬聲化是一種形態化操作，也是一種深度的去範疇化，它讓不同的實詞都失去原有的詞類屬性，發揮擬聲詞的功能。擬聲化的語義效應主要是凸顯能指——尤其是其語音，而抑制所指，即原有的詞彙意義和詞類意義。擬聲化不是一種狹義的句法現象，因為重疊的兩個部分之間不存在句法關係。它更接近構形形態，不是構詞形態，它具有無限的類推性和很強的臨時性，在詞庫中毫無位置。另一方面，它也存在一些偏離典型形態的屬性。一是有時中間可以停頓，二是偶而

可以用於短語，而典型的形態只用於詞內。」劉文關於「擬聲化重疊」的論述相當全面，這裡我們只是提供唐河方言存在這一現象的語言事實。關於所謂典型形態的問題，我們建議根據漢語的語言事實，採取比較寬容的態度，可以考慮將「詞組形態」合法化，畢竟詞的「形態」這一概念來源於印歐語系的事實，未必能涵蓋所有人類語言。

2.2　拷貝結構〔註3〕

張敏（1997：42）引用 Tai, James H.-Y.（*Iconicity: motivations in Chinese Grammar, 1993*）所論及的漢語動詞拷貝現象的動因時說：「漢語裏著名的『動詞拷貝』現象涉及動詞的復現，它同樣是由重疊類象性所促動的。……動詞拷貝的條件是由語義決定的，動詞形式的復現和重疊一樣，蘊含了意義層面上動作的復現或延續，故不表復現或延續動作的動詞（如『發現、跳河』）不能出現在上述句型裏。」該觀點雖然沒有直說動詞拷貝是重疊現象，但卻指出其動因上的一致性，我們不妨從廣義的角度也將拷貝現象納入重疊的範疇，異中求同。

拷貝現象所涉及的語言成分不限於動詞，名詞、代詞、形容詞等都可以拷貝；拷貝的成分也不限於詞，也可以是語素、短語、小句形式等。

王燦龍（2002：14）提出了「回聲拷貝結構」的概念，他指出：「回聲拷貝結構是現代漢語一種常見又較特殊的句子形式，是『回聲』和『拷貝』兩種手段共同作用的產物。所謂『回聲（echoing）』，是指語言交際中，後續話語對先述話語中的某個語言成分的『同聲回應』（在書面上表現為語言成分的重用）；所謂『拷貝（copying）』，是指將某個語言成分『複製』到同一句子中的另一個句法位置。」王文將回聲拷貝結構用公式表示為「S，A 就 A」，指出：「S 代表先述話語，『A 就 A』代表拷貝結構，前面的 A 可以看成回聲成分，後面的 A 可以看成拷貝成分。A 要麼是 S 中某個句法成分或句法成分組合，要麼與 S 有間接的語義關係。」根據王文對回聲拷貝結構的界定，其實所有的拷貝結構都涉及到回聲和拷貝兩種手段。

漢語是一種話題優先型的語言，而在拷貝結構中，回聲成分往往在句中處於話題（主話題或次話題）的位置，而拷貝成分則往往處於述題的位置，因此

〔註3〕要區別拷貝型副詞「再、又」等，這是意義上的重複；而拷貝結構則是語言成分在形式上的復現，表達一定的語法意義。

也有論者稱之為拷貝式話題結構。徐烈烔、劉丹青（1998：141）指出：「拷貝式話題跟句子中的主語、賓語甚至動詞完全同形或部分同形，同形的成分之間在語義上也是同一的。『拷貝』是一個比喻式的說法，只是說明前後兩個成分的相同，並不表示何為基礎形式何為拷貝形式，所以我們可以說話題是述題中某個成分的拷貝，也可以說述題中某個成分是話題的拷貝。」

　　我們且不囿於王文「S，A 就 A」這一回聲拷貝結構的既定框架，也不論上述兩種觀點孰優孰劣，而是運用這些理論的相關視角來從更大的範圍來考察唐河方言中的拷貝結構，以揭示它們的特徵。根據拷貝成分之間有無連接成分及連接成分的異同可以分為以下幾類：

2.2.1　無連接成分

　　無連接成分，是說回聲成分和拷貝成分之間沒有其他音節隔開，其實二者之間是有停頓的。有下面幾種：

2.2.1.1　說 AA 哩很

　　A 是性質形容詞或心理動詞，「說」在這裡是話題標記，該格式在上下文中含有對比的意味，突出某種變化。例如：

（208）往年這個時候兒光下雨，今年說旱旱哩很，菜秧兒都旱圪墶枯萎了。

（209）她這人性兒直，說好好哩很，說惱惱哩很。

（210）兩口倆在一堆兒跟仇人樣哩，幾天沒見，說想想哩很，天天催著叫回家。

（211）你呀你呀，啥東西都是，說喜歡喜歡哩很，黑了睡曉兒都要放到床頭兒，玩夠了就不當任啥兒了。

2.2.1.2　一 AAC

　　A 是動詞，C 是結果補語或表示時間過程的時量補語，格式表示的意思是：由於動作的實施或持續隨即帶來某種結果，回聲成分和拷貝成分之間是因果關係；加結果補語帶有出乎意料的意味，加時量補語極言時間持續之久，上下文語境會給出或隱含因之而來的某種結果。例如：

（212）他一走走了好幾年都還沒回來，一直也沒個信兒。

（213）輕易不吃火鍋，一吃吃個闌尾炎。

（214）都以為他學習不好考不上大學，誰知道他一考考上了。

（215）這段時間老是熬夜，一熬熬到一兩點，都快撐不住了。

2.2.1.3　AOAC

A 是動詞，O 是動詞的賓語，C 是結果補語或表示時間過程的時量補語，該格式表示的意思是：由於動作的實施或持續產生某種結果，加結果補語表示回聲成分和拷貝成分之間是因果關係，加時量補語極言時間持續之久。

（216）他哩病是吃中藥吃好哩。

（217）他寫字兒寫哩可快了。

（218）她切肉切住手了。

（219）他夜裏看書看到兩三點。

（220）等你等了半天也不見個人影兒。

2.2.1.4　乾 AA 不 C

A 是動詞，「不 C」是能性補語的否定式，「乾」是副詞，有「努力、一直」的意思，往往跟否定詞搭配使用。整個格式表示努力想去實現某個動作行為而不得的意思。例如：

（221）夜兒黑髮癔症魘住了，乾醒醒不來。

（222）嗓子啞了，想喊你站住，乾喊喊不出來。

（223）又失眠了，乾睡睡不著。

2.2.1.5　V₁AAV₂P

V₁ 是動詞，A 是疑問代「啥、誰、哪兒」等，回聲成分表任指，拷貝成分則是對回聲成分的回指，是特指用法；V₂P 是謂詞性成分；整個格式表達周遍性的意義。例如：

（224）老社會斷火哩時候，吃啥啥沒得，樹皮都啃過。

（225）這題太難了，問誰誰不會。

（226）渾身不得勁，按哪兒哪兒疼。

2.2.2　用副詞連接

這裡涉及到的副詞有「就、都、白」等。

2.2.2.1　A 就 A

A 是動詞性詞語、形容詞性詞語、名詞性詞語等。該格式是最典型也是討

論最多的拷貝結構，關於其功能，王燦龍（2002：17）指出，「是說話人的一種主觀態度和觀點，即是對先述話語所表示的事件或事件涉及的人、物的某種主觀評價和認定，我們簡稱為主觀評定」；薛宏武、胡憚（2009：30）認為：「人際功能方面，它是反映言者對行為的態度以及對人物的區別性評價」。可見對於該格式的功能，論者都注意到了其主觀性評價的作用。就唐河方言來說，我們發現「A 就 A」式拷貝結構的方言事實基本上涵括在王文所論的範圍之內。例如：

（227）A：今兒哩饃又吃完了，趕不上蒸了，炕鍋貼兒吧？

　　　　B：鍋貼就鍋貼兒，我正想吃哩。

（228）A：沒盯顧給你衣裳弄髒了。

　　　　B：髒了就髒了，反正也穿夠水了

（229）A：又停電了。

　　　　B：停了就停了，早就叫你少看點兒電視養養眼。

（230）A：藥恁苦，人家不想喝們！

　　　　B：不喝就不喝，發恁大火抓哩？

（231）A：你不聽話就不叫你去！

　　　　B：不去就不去，誰稀罕去！

2.2.2.2　VA 就 A

V 包括「想、能、該、說」等動詞，A 是動詞性詞語，副詞「就」表示「承接」；雖然是同一格式，但由於結構之首的動詞「想、能、該、說」之間意義上存在差異，各自進入格式後在表義上也存在不同：「想 A 就 A」表示的是一種願望；「能 A 就 A」表示的是一種能力；「該 A 就 A」表示的是一種事理；「說 A 就 A」中的「說」不再是一個實義的動詞，而是虛化成一個話題標記，同時增強了格式的即時性意義，凸顯了 A 的執行力。例如：

（232）想走就走，想來就來！？你以為這是你們家堂屋門啊！

（233）想買啥就買啥，錢不夠了我再給你打一點兒。

（234）東西太沉了，你能拿就拿，拿不了先放那兒。

（235）大家有啥問題，該問就問，白不好意思啊。

（236）鎮大哩事兒，他該睡瞌兒就睡瞌兒，該吃飯就吃飯，心可覺了。

（237）飯都做好了，老柴說走就走，咋說也不摸_留這兒。

（238）上城裏哩車票都買好了，他說不去就不去了？！

用前三個動詞時格式中的「就」可以省去，但即時性的意義要減弱；另一種情況就是「就」也可以換作「了」，這時格式體現的是未然語境，因此其意義也由原來的表即時性的承接轉為表假設。

「說 A 就 A」的拷貝成分 A 可以前加表示強調的「是」或表示意願或能力的「要、能」等能願動詞。例如：

（239）這娃兒脾氣強哩很，說抓［tʂua⁴²］就是抓。

（240）再坐一會兒們，咋說走就要走哩？

（241）我這段兒時間活兒多哩很，不是說走就能走。

2.2.2.3　A 就 AP

A 是動詞，AP 可以是動補結構，也可以是狀中偏正結構。該格式表示假設關係。例如：

（242）吃就給它吃乾淨，剩了糟濟了。

（243）這地要犁就給它犁完，剩那一點兒不犁下回還得費事兒。

（244）不喝就算了，喝就喝痛快點兒。

（245）鋪就給它鋪得勁，白弄一會兒還得重鋪。

（246）去就趕緊去，再晚就趕不上車了。

（247）寫就好好寫，白賣夜眼_{跑神}。

2.2.2.4　A（O）都 A 不 C

A 是動詞，O 是賓語，有時語境不需要，補語 C 在這裡跟「不」一起構成能性補語的否定式；若前無修飾成分，回聲成分前一般可加介詞「連」，表示強調，加強語氣。該格式表示讓步關係。例如：

（248）（連）燒鍋_{做飯添火}都燒不好，你可真絷實_{厲害}！

（249）餓哩（連）走（路）都走不動了。

（250）我冷不防兒絆了一跟頭，腿疼哩（連）站都站不起來。

（251）天天兒吃肉都吃不胖。

（252）見天喝藥都喝不好。

2.2.2.5 A都A過了，還……

A是動詞。一般跟「還」搭配使用，先行句中拷貝結構表示的是已然事件，後續句往往是反問句，整個格式表示讓步關係。例如：

（253）洗都洗過了，你還想退貨？

（254）我去都去過了，你咋還不知道？

（255）我吃都吃過了，你還沒見過？

2.2.2.6 不A白不A

A是動詞，副詞「白」是「徒勞、浪費」的意思。該格式表示讓步和選擇關係，有「最好選擇A」的意思。例如：

（256）不去白不去，反正不要路費。

（257）不拿白不拿，這東西擱這兒沒人要可糟濟了。

（258）這回吃飯打平夥費用均攤，不吃白不吃，還得吃夠本兒。

2.2.3 用代詞連接

2.2.3.1 A你／他A

A是動詞，賓語是第二、三人稱代詞，單複數皆可。從語義的角度來看，賓語代詞是動詞的施事；有A的肯定式和A的否定式兩種格式，含有「放任、隨便」的主觀意義。例如：

（259）A：媽，我餓了，想吃塊兒饃。

　　　 B：吃你吃，饃在櫃子裏，自己拿。

（260）A：他又去來賭去了。

　　　 B：去他去，叫派出所抓去他就美了。

（261）不要你不要，反正我是親自給你了，有啥事兒可白賴我。

（262）不吃你不吃，餓哩可是你自己。

2.2.3.2 「A啥哩A」（＝別A／不A）

A為動詞或形容詞，該格式是反問句，以肯定的形式表示否定的意義。「哩」字可以省去，帶「哩」字有增強語勢的作用，拷貝成分也可省去而說「V啥哩」；有時還可以追加「白／不V」。例如：

（263）吃啥哩吃？（不吃了，）忙哩騰不開手。

（264）協火啥哩協火？聒焦不死人很吵人！

（265）慌啥哩慌？（白慌，）得一會兒才輪到你。

（266）多啥哩多？一點兒也不多。

2.2.4 用「是」連接

2.2.4.1 A是A，可是／就是／不過……

A是形容詞性詞語或動詞，一般要和轉折連詞「可是、就是、不過」等搭配使用，拷貝成分可附加狀語、補語或助詞等，整個格式表示讓步或轉折。例如：

（267）考是考上了，可是學費咋弄哩？

（268）人好是怪好，就是個兒不高

（269）這瓜甜是甜，不過太貴了。

（270）去是去，不過得緩兩天。

（271）看是看了，就是看不懂。

2.2.4.2 A₁是A₁，A₂是A₂

A是名詞或代詞。一般是兩兩對舉，且有後續句。整個格式用於劃清界限、區分類別。例如：

（272）你是你，我是我，咱們各是各，誰也白占誰哩光兒。

（273）土豆兒是土豆兒，山藥是山藥，吃著不一樣。

2.2.5 用「哩」連接

2.2.5.1 A哩A，不A算了（倒）

A是動詞，「倒」可有可無，可以加強「無所謂」的語氣，「算了倒」相當於普通話的「拉倒」。該格式表示假設和選擇的關係，往往是在對方或別人選擇否定的態度之後言者所發出的抱怨、不滿的情緒，表示放任、不管的意思。例如：

（274）寫哩寫，不寫算了（倒）。

（275）你玩兒哩玩兒，不玩兒算了（倒）。

（276）他要哩要，不要算了，誰還巴結他哩？！

2.2.5.2 A₁哩A₁VP，A₂哩A₂VP

A是名詞，VP是否定性謂詞性短語。一般列舉兩項（理論上可以兩項以

上，但鮮有超過兩項的例子，可能是有韻律上的制約）對方不願選擇的動作行為，整個格式表示言者對言說對象這些否定性選擇的抱怨、不滿的主觀情緒。例如：

（277）肉哩肉不吃，雞蛋哩雞蛋不吃，真難伺候！

（278）手哩手不洗，臉哩臉不洗，你都不嫌窩囊？

（279）魚哩魚沒買，門神畫兒哩門神畫兒沒買，你還過年不過？

2.2.6　表達程度意義的拷貝格式

具體有以下兩種，都跟程度補語有關。

2.2.6.1　A 哩厲害 A

該式核心成分 A 是性質形容詞或心理動詞，「A 哩厲害」本是就是表示程度深的中補結構，「A 哩厲害 A」是通過 A 的回指復現來加強程度之深。如：能哩厲害能、壞哩厲害壞、疼哩厲害疼、想哩厲害想、喜歡哩厲害喜歡，等等。

2.2.6.2　A 哩很哩很

「A 哩很哩很」跟「A 哩厲害 A」在表義上基本一致，只是「很」在唐河方言中是唯補副詞，「厲害」是形容詞，因而在表示程度進一步加強的形式表現方面有所不同，後者是通過核心成分的句尾復現，前者是通過補語累加，如：能哩很哩很、壞哩很哩很、疼哩很哩很、想哩很哩很、喜歡哩很哩很，等等。「哩很」最多可以累加復現兩次，即可以說「A 哩很哩很哩很」，帶有誇張的意味。

　　王燦龍（2002：14）指出格式「S，A 就 A」「從選擇方式看，有直引式、截取式和轉換式；從選擇的內容看，充當回聲成分的是表示新信息的謂語中的成分」，「充當回聲成分的語言單位主要是詞和短語，間或也有句子和語素。」我們上文中所考察的唐河方言中的各種拷貝結構中，2.2.2.1「A 就 A」與王文所述的條件是最為符合的，其他 17 項除了 2.2.6.2 也符合這些條件（為節約篇幅，16 項中 2.2.3 除外都沒有給出先述話語，但在實際的會話中是存在類似的上下文語境的）。其中的回聲成分也不只存在單獨作話題的情況，而且也有和相關成分一起作話題的情況；拷貝成分也不只存在單獨作述題的情況，也存在和相關成分一起做述題的情況。需要指出的是，上述拷貝結構，有的是純粹的單句（如：2.2.1.2、2.2.1.3、2.2.1.4，2.2.2.1、2.2.2.4、2.2.2.6，2.2.3，2.2.6），有

的是兩個拷貝結構構成複句以表達相應的意義（如：2.2.2.5，2.2.4，2.2.5），有的是緊縮複句（如：2.2.1.1、2.2.1.5，2.2.2.2、2.2.2.3）。至於我們把這些含有成分復現的格式都看作回聲拷貝結構或拷貝式話題結構是否合理，還需要作進一步的考察和討論。

3. 小　結

本節探討了唐河方言中各種重疊現象，包括構詞和構形兩個方面而側重於構形，構形方面涉及到各個功能類別，相關的語言單位包括語素、詞、短語，甚至小句形式。文中論及的重疊構形不僅包括一般為大家所接受的重疊形式，我們還將其擴展到更為寬泛的範圍，涵蓋了「拷貝結構」等各種語言成分的復現現象。

關於重疊的功能，學界已有種種精闢的論述。李宇明（1996：17）指出：「詞語重疊的主要表義功能是『調量』，使基式所表達的物量、數量、動量、度量向加大或減小兩個維度上發生變化」；劉丹青（2009：31）認為：「與其他形態手段相比，重疊是相似性比較高的形態手段，重疊與基式相比就是形式的重複、增加，用來表示反覆、多數、集體等含義是非常符合相似性的。」張敏（1997：41）從認知和語言共性的角度指出：「各語言重疊式中形式——意義對應的普遍性可以看作『形式越多，內容越多』的數量類象性的一種特殊的反映：更多的相同的形式（重疊）代表更多的相同的內容（名詞複數、多量、動作重複、性狀增強等）。我們可以更嚴格地將重疊共性之下的理據表達為：形式元素的重複出現以圖樣的方式反映了意義元素的復現」。這些觀點都強調了重疊和量範疇之間的密切關係，但在量的大小兩個維度上，似乎還沒有達成一致；就唐河方言的重疊式來說，既有表示增量意義的，也有表示減量意義的，體現的是量在兩個維度上的變化。

將拷貝結構放入重疊範疇來考察，也是有一定道理的。徐烈炯、劉丹青（1998：146、147）指出：「總體上說，拷貝式話題結構都有某種肯定和強調的作用。有的是直接對拷貝成分的強調，有的則表現為讓步。用拷貝式話題結構表示強調和讓步，是從古到今的漢語中一直存在的語言現象。」「它是利用漢語話題優先的特點，讓同一個成分既作話題，又作述題中謂語或補語的一部分，通過該成分的重複出現而對其強調。而且，拷貝式話題往往具有對比性，因此實際上

成為話題焦點，而拷貝式述題成分前面通常有強調類語氣副詞，使該成分又成為謂語中的焦點。一個成分在同一句子中同時佔據話題和謂語的兩個焦點位置，所以得到最大程度的強調。」可見拷貝結構在形式上的復現這一特徵和語義上程度量的增加上與一般的重疊式存在著結構類型和語義特徵上的共性。

對於一般的重疊構形，傳統上也僅僅限於詞的內部，隨著對漢語方言語料的考察和挖掘的深入，關於詞組甚至小句形式的重疊形態也許會日益為學界所承認，我們對唐河方言相關現象的分析，從一定程度上也支持了這種觀點。

第二節　附　加

附加，是重疊之外的另一種語法手段，即在語言單位（語素、詞、短語、小句形式）前面、中間或後面加上定位黏著語素（語綴）。其中，引起詞義或詞性的變化，構成新詞的，是附加構詞，附加構詞語綴有「子、兒、頭」等；不改變詞義和詞性，而是用來表達某種語法意義而不專門添加詞彙意義的，是附加構形，附加構形語綴有「著、了、過」等。對於這兩類附加成分（包括前綴、後綴、中綴），呂叔湘先生（1979：19）指出「可以總的稱為『詞綴』或『語綴』」，同時又認為「『語綴』這個名稱也許比較好，因為其中有幾個不限於構詞，也可加在短語的前邊（如『第』）或後邊（如『的』）」；呂先生（1979：48）還指出漢語語綴的一個特點是「有些語綴（主要是語綴）的附著對象可以不僅是詞根或詞，還可以是短語。例如：世界戰爭不可避免者，戰鬥英雄、勞動模範們，第三百二十四號，還有劃入助詞的『了』，『過』，『的』等，還有一般語法書裏沒有明確其性質的『似的』，『的話』等。不把前綴、後綴總稱為詞綴而總稱為『語綴』，就可以概括不僅是詞的而且是短語的接頭接尾成分，連那些不安於位的助詞也不愁沒有地方收容了」。也正是基於這樣的認識，我們將附加分為附加構詞（即一般所說的構詞法）和附加構形（包括一般所說的助詞中的體貌助詞等的功能）兩類，並採用「語綴」這一術語來指稱相應的附加成分。需要說明的是，與印歐語系語言發達的詞綴系統相比，無論在構詞還是在構形方面，漢語語綴的最重要特點是有限分布，許多是分布很窄的。

1. 附加構詞

一般認為，漢語合成詞的構詞類型有三種，即複合式、重疊式和附加式。

複合式即至少兩個不同的詞根相結合的構詞方式，該構詞類型不在我們討論的範圍內。重疊式即兩個詞根相疊的構詞方式，詳見本章第一節的內容。附加式即由詞根和詞綴相結合的構詞方式，也就是本節要討論的內容。

附加構詞也稱派生構詞，這種構詞手段在英語、俄語等語言中佔優勢，對於漢語這種不具備嚴格形態變化的分析型的獨立語來說，構詞類型以複合手段為主，附加構詞所佔比例不大。唐河方言中的附加構詞手段跟普通話有共同點，也有相異點。

一般來說，構詞語綴有幾個共同的特點（張斌 2003：38）：「第一，表示一定的詞類；第二，位置固定；第三，意義虛化。」如「子、兒、頭、老、第、初」等。另外還有一些構詞語綴（前綴、後綴），具備上述第一、第二兩個特點，「它們在語義上還沒有完全虛化，有時候還可以詞根的面貌出現」（呂叔湘 1979：48），保持一定的自由度，呂叔湘先生將這類語綴稱為「類前綴、類後綴」，如「好、家、人、氣」等。下面將語綴分為前綴和後綴兩類來分析唐河方言中的相關現象，不區分語綴和類語綴，只隨文說明一下。其他方言中的「兒」綴在唐河方言中已表現為兒化現象，詳見第二章第一節兒化部分的內容。

1.1 前 綴

1.1.1 老—［lau⁵⁴］

用在名詞素前，構成名詞，表示人或動物的名稱。分為以下幾類：

1.1.1.1 對家人或親屬的稱謂：老媽（乾媽）、老爹（乾爹）、老爺（爺爺的父親）、老兒（爺爺的父母輩的老人）、老外爺（外婆的父親及其同輩人）、老外婆（外婆的母親及其同輩人）、老子（父親，往往用來自稱以拔高自己輩份辱罵別人）、老表（表兄弟、表姊妹之間的稱呼，也可泛指遠親）、老表夥兒（前面的都是指稱親屬稱謂的詞，這一個是指稱親屬關係的詞）

1.1.1.2 附加在姓或名的前面：老王、老趙、老強、老亮

1.1.1.3 表示一類人，可分為三種：

（1）一般的稱謂：老太婆、老傢伙兒、老個兒（老人）、老家兒（老人家，面稱老年人、背稱父母）、老師兒（師傅）、老婆兒（老年婦女、妻子）

（2）排行：老大、老小兒（排行最小的）、老么兒、老末（最後一名）

（3）詈語：老灌腸、老舅倌兒、老不死哩

1.1.1.4　表示動物：老鼠、老虎、老鷹、老鱉、老鴰、老雕、老蒼蠅、老黃狗、老母雞

1.1.1.5　其他：老天爺（蒼天，也可作歎詞）

1.1.2　花—［xua²⁴］

「花」作前綴，意義已經虛化，一般構成親屬稱謂詞等名詞，表示同一輩份中年紀最小或較小者。如：花奶（奶奶輩兒的年紀較輕的已婚女性）、花媽／花娘（小叔的妻子）、花孀兒（年紀較輕的孀孀）、花媳婦［siəu⁴²］子／花女兒／花女娃［nya⁵⁴］子（新娘或待過門兒的媳婦）。

1.1.3　乾—［kan²⁴］

指拜認的親屬。如：乾爹、乾媽、乾兄弟、乾姊妹（前兩例指稱稱謂，後兩例指稱關係）等。

1.1.4　表—［piau⁵⁴］

指一種親戚關係，有姑表和姨表之分。如：表哥、表弟、表姐、表妹、表嫂、表姑、表叔、表孀兒、表兄弟、表姊妹，後兩個指稱關係，其他的指稱稱謂。

這個語素也可作為詞根來用，如「老表、姑表……、姨表……」等，因此最好作類語綴看。

1.1.5　洋—［iaŋ⁵⁴］

「洋」是名詞前綴，用於外來事物的名稱，如：洋馬兒（自行車）、洋火兒（火柴）、洋城、洋胰皂兒、洋油、洋相（出洋相：令人難堪）、洋槐樹等。目前縣城基本吸收了普通話的說法，鄉村多還保留這些說法，不過也有逐漸被同化的趨勢。有一個形容詞「洋氣」，即時髦的意思。

1.1.6　大—［ta³¹²］

「大」作前綴一般用在時間詞前，指比該時間更靠前或更靠後一個單位的時間，用來表示「此前或此後第三……」的意思。如：大前兒哩、大後兒哩、大前年個。

1.1.7　二—［l̩³¹²］

「二」是目前社會及網絡上比較流行的一個熱詞，意思是人的言語、行為等傻或不入流，是個貶義詞，對生人來說是嘲弄，對熟人來說是戲謔。

「二」在唐河方言中讀作〔1̩³¹²〕，獨用時是數詞，做前綴構成帶有貶義的名詞或形容詞，所依附的成分比較複雜。如：

名詞：二屄（魯莽的人。兼作名詞和形容詞，衍生出「二屄貨、二屄巴呆」等詞語）、二杆子（莽撞的人）、二不扯（愛瞎扯的人）、二百五（傻頭傻腦的人）、二圪一子（不男不女的人）

形容詞：二屄（魯莽）、二濟（傻傻的）、二遲（不情願）

1.1.8 日—〔ʐ̩²⁴〕

「日」綴可以構成動詞和形容詞，帶有粗鄙、厭惡的色彩意義。如：

形容詞：日冒（形容說大話，也可以指稱說大話者）

動詞：日白（胡說、瞎說）、日嘁（訓斥）、日溜（肘、往上抽）

這與晉語中的「日」頭詞是同一類現象。喬全生（2000：6）將晉語「日」綴的構詞方式歸納為「日 A、日 AA、日 ABC」等，唐河方言只有其中的「日 A」式，構成的「日」頭詞比較少，沒有晉語那麼多樣。

「日」頭詞與「圪」類詞不同，邢向東（2002：531）指出：首先，日頭詞都是派生詞，沒有相應的分音詞，因此，「日」是名副其實的前綴。其次，日頭詞只有動詞、形容詞，沒有其他類。再次，日頭詞均含有表粗魯、厭惡的色彩。」這也正是唐河方言「日」頭詞的表現。

1.1.9 「圪」類詞頭

「圪」類詞頭包括「卜、撲、圪、黑、骨、窟、忽」等，它們是分音詞的第一個音節，只是表音成分，並不是構詞語素。在晉語中這類表音字詞頭有的已經發展出某種意義（如獲嘉方言的表示小稱、動作的重複或持續，山西晉語中「圪」附加在詞根上產生新的詞彙意義）。唐河方言中的「圪」類成分幾乎沒有用來作為構詞語綴構成新詞的，但「圪」發展出一定的形態句法功能，詳見第二章第二節的內容。分音詞是唐河方言詞彙中富有特徵的一類，包括動詞、名詞、形容詞、量詞、象聲詞等，前文已作過詳細描寫，這裡以「圪」類詞頭為綱，按其所構成的詞的功能類別進行羅列展示。

1.2.9.1 圪—〔kɯ²⁴〕

動詞：圪蹴（蹲）、圪就（閉眼）、圪嚷（來自擬聲詞，嚷嚷）、圪唈兒（來自擬聲詞，抱怨）、圪意（煩擾）、圪肢（撓癢）、圪婁（彎著腰）

形容詞：圪應（癢）、圪正（平整）、圪墶（不平、心裏不舒服）、圪料（不正、脾氣強）、圪鹽（蔫、枯萎）、圪鬧（味道讓人不適）

名詞：圪撈兒（旮旯兒）、圪蚤（跳蚤）、圪巴草（一種匍匐生長的帶節疤的草）、圪幫兒（袼褙）、圪嶺兒（平面上細長的凸起）、圪餷（飯湯在鍋上凝固而成的片狀物，可食）、圪痂兒（傷口血液凝結而成的痂）、圪膊（胳膊）、圪勝肢兒（腋窩）、圪墶兒（疙瘩）、圪對兒（黑蟆～，蝌蚪）

量詞：圪節兒（節）、圪墶兒（疙瘩）

象聲詞：圪嘣、圪嚓、圪噔、圪吱

1.1.9.2　坷—[kʰɯ²⁴]

形容詞：坷層（恨、毒）

名詞：坷垃、坷岔兒（碗～，破碗片）、坷叉兒（樹～：枝椏；罵女孩的詈詞，也說「坷叉子」）、坷泡兒（表皮上起的泡）、坷臺兒（小檯子）、坷膝[tsʰi⁴²]蓋兒（膝蓋）、坷廊子（胸腔）、坷婁兒（空腔）

象聲詞：坷啪、坷哧、坷嚓

1.1.9.3　黑—[xɯ²⁴]

動詞：黑撈（用手或工具夠）、黑嚊（吸鼻子的動作）、黑嘍（哮喘）

名詞：黑袍兒（荷包兒：口袋）、黑蟆（蛤蟆）、黑旯（胳～：胯下；門～兒：門後的角落）、黑嘍激兒/黑嘍包兒（患哮喘病者）、黑桃（核桃）

象聲詞：黑嚊、黑嘍

1.1.9.4　骨—[ku²⁴]

動詞：骨攏（拱、翻來覆去）、骨碌（滾動）、骨嘟（水沸騰）、骨噥（抱怨）

形容詞：骨動（不聽話、違逆）

名詞：骨轆兒（軲轆）

量詞：骨堆兒（堆）、骨轆兒、骨獨兒

象聲詞：骨嘟、骨噥、骨嚕

1.1.9.5　窟—[kʰu²⁴]

動詞：窟□[˙tʂʰua]（扇耳光）、窟蜷

形容詞：窟搐（發皺）

名詞：窟窿

量詞：窟串兒（串）

象聲詞：窟口［tʂʰua²⁴］（扇耳光的聲音）

1.1.9.6　忽—［xu²⁴］

形容詞：忽肚（糊塗）、忽靈（聰明）、忽糙（身上沾了稻草麥秸上的灰而發癢）、忽扎（汗水浸濕衣服或眼睛裏進了灰塵、患眼病等引起的不適的感覺）、忽圇（忽圇）

名詞：忽督（糊嘟，玉米粥）、忽圇個兒（完整的事物）

象聲詞：忽哧、忽嚨

1.1.9.7　卜—［pu²⁴］

動詞：卜碾、卜拉（用手或工具夠）、卜踐（魚等貼地蹦跳）

名詞：卜鱗兒（表皮或表面上細小的傷痕）、卜籮兒（一種盛具）、卜拖兒（水～：兒童玩具）、不唧兒（琉璃～：兒童玩具）、卜唧鼓兒（兒童玩具）

象聲詞：卜噠、卜噔、卜唧、卜唧

1.1.9.8　撲—［pʰu²⁴］

動詞：撲騰

量詞：撲棱兒（蓬）

象聲詞：撲哧、撲通、撲騰

1.2　後綴

1.2.1　—子［‧tsɹ］

1.2.1.1　一般情況

「子」綴一般可以附加在名詞性詞語、名詞性語素、動詞性詞語、形容詞性詞語等語言成分上構成名詞，是名詞化標記，讀輕聲［‧tsɹ］。如：

名詞性詞語／名詞性語素＋子：桌子、椅子、褲子、被子、叫花子、洋胰子

動詞性詞語語＋子：抹子（工夫、本領；一種砌牆工具）、扯白子（愛瞎扯的人）、背鍋子（駝背的人）、轉窩子（植物：直系遺傳的品種；動物：雜交的品種。兩種情況都導致育種不良）、結頦子（結巴的人）、強指甲子（勉強）、二圪一子（不男不女的人。「圪」應當是「合」的弱化音變）

形容詞語＋子：憨子、欣子［ɕin³¹²⁻³¹‧tsɹ］（憨子）、豁子（兔子）、冷子

（冰雹）、小子（男孩，跟「女娃子」相對）、聾子

量詞／數量詞＋子：條子（條狀物）、片子（X光片）、本子、半弔子（說話無邊際、太離譜或說話不分場合的人）、個子（身高）

1.2.1.2　數量詞的子綴形式與兒化形式的對立

一部分數量詞加子綴後還是數量詞，與其兒化形式之間存在意義上的對立，主要體現在量的大小上，子綴形式表示量大，兒化形式表示量小（體現兒化的小稱義）。由此可見，子綴比兒化意義要實些，兒化虛化得徹底。從歷史上說，子綴應該比兒綴資格更老。如：

一崩子	一崩兒
一閥子	一閥兒
一哄子	一哄兒
一陣子	一陣兒
一起子	一起兒
一塊子	一塊兒
一股子	一股兒
一片子	一片兒
一下子	一下兒
半札子	半札兒
一圪嗒子	一圪嗒兒

概數詞「把」[pa⁵⁴]加在某些量詞後表示接近於該量詞一個單位的量，有子綴和兒化兩種形式，兩者之間也存在意義上的對立，即子綴形式表示數量較實，兒化形式表示數量更虛。如：

年把子	年把兒
月把子	月把兒
裏把子	裏把兒
畝把子	畝把兒
	個把兒

這些對立的形式都表示接近一個單位的量，子綴極言量之大，兒化極言量之小。例如：

（1）a. 車拿去修了年把子都還沒修好。

　　　b. 他出去了年把兒可掙了一座房子哩錢。

（2）a. 從這兒到學校還有里把子哩，我馱騎自行車帶人你去吧。

　　　b. 才走了里把兒路，他就協火著使哩慌。

「個把兒」沒有對應的子綴形式。「里、年、畝」等可以構成「里把二里、年把二年、畝把二畝」的格式表示介於一、二之間的相關單位量的概數，「把」讀輕聲 [·pa]，類似一個中綴。

1.2.1.3　疑問代詞「啥子」

疑問代詞「啥」加子綴構成「啥子」，依然是疑問代詞，二者都可以作主語、賓語，但「啥」還可以作定語以及構成反問格式「啥是……」。例如：

（3）啥好吃你吃啥？／啥子好吃你吃啥子？

（4）抽屜裏擱哩是啥／啥子？

（5）家裏來客 [kʰai²⁴] 了，你去買點啥菜。

（6）啥是他懂！光在那兒擺置，壞了他可賠。

1.2.1.4　形容詞「多少子」

形容詞短語「多少」既可以表示偏向問，也可以表示感歎，表感歎時義為「很少」，相當於「多麼少」；「多少」還凝固為一個形容詞，意為「很多」，有感歎的意味，作定語，還可以加子綴構成「多少子」，基本意思和功能不變，語氣加強。普通話中表示中性問的疑問代詞「多少」在唐河方言中的對應的是兒化形式的「多少兒」（「多少」表示偏向問和「多少兒」表示中性問的內容詳見第二章第一節 2.4.3 的內容）。例如：

（7）堤 [tʰi⁴²] 上站著多少（子）人，可熱鬧了。（很多）

（8）上個大學得讀多少（子）書啊！（很多）

（9）你們哩地多少啊！咋夠養活一家子哩？！（多麼少）

（10）你一頓能吃多少兒錢？（中性問）

（11）A：我吃哩少哩很。

　　　B：有多少？（偏向問）

1.2.1.5　形容詞短語「鎮／恁／多些」的子尾形式和兒化形式的對立

「鎮些／恁些／多些」表示「那麼多、很多」的意思，含有感歎意味，加「子」

綴後基本意思和功能不變，語氣加強。都可以作定語和賓語，「鎮些（子）／恁些（子）」還可以單說。例如：

（12）你們種了鎮／恁些（子）落花兒生！

（13）你咋給他鎮／恁些（子）哩？

（14）這號兒糖我給你買了多些子在家裏擱著。

（15）A：他們家有十好幾個人。

　　　B：恁些（子）！

（16）A：你看，你書給你買了一大把鉛筆。

　　　B：鎮些（子）！

兒化形式「鎮些兒／恁些兒」則有小稱意義，是「這麼一點兒」的意思，可以作定語、主語和賓語。例如：

（17）我就剩鎮些兒錢了，不夠買車票。

（18）你一頓就吃恁些兒飯，咋會能吃胖哩？

（19）我吃不了恁些（子），鎮些兒就夠了。

「多些」只能表示「很多」的意思，只能加子綴，不能兒化表小稱。

1.2.2　—頭 [tʰəu⁴² / ˙tʰəu]

「頭」也是漢語中一個典型的名詞化標記，可附著在名詞、動詞、形容詞等成分後構成名詞，唐河方言中的頭綴有的讀本調，有的讀輕聲，大多要兒化。如：

名詞＋頭（兒）：寡漢頭兒（鰥夫）、氣頭兒（正生氣的時候）、跟頭兒、磚頭、枕頭、窩窩頭兒、月亮頭、日 [l̩²⁴⁻³³] 頭（此前二例為天體）、外頭、裏頭、前頭、後頭、上頭、下頭、地頭兒（此前七例為方位）、舌頭、錘頭兒（拳頭）、肩 [tɕian²⁴⁻³³] 膀頭兒、手指頭、腳趾頭、媽兒頭兒（乳頭兒，此前六例為身體部位）

動詞＋頭兒（構成表示「有……價值」的抽象名詞）：巴頭兒巴望、期待、吃頭兒、玩頭兒、看頭兒、想頭兒

形容詞＋頭兒（表示具有某種屬性的人或事物）：老肯頭兒（不肯花錢之人）、老頭兒、零頭兒（餘數、餘額）、甜頭兒

1.2.3　—家（兒）[˙tɕiɜ（r）]

「家」作為構詞語綴在晉語、中原官話、西南官話中都比較常見，在唐河

方言中「家」一般用來構成名詞，也可以構成代詞。太田辰夫（1987：90）指出：「後綴『家』附於名詞之後，是表示和它共同的性質、身份、職業等等的」。唐河方言中「家」構成的名詞有五個方面的表現，如下 1.2.3.1～1.2.3.5：

1.2.3.1　附加在動詞後面，指稱有某種能力、屬性或身份的人，「家」要兒化，讀輕聲，音 ［·tɕiɜr］。如：寫家兒（文章寫得好的人）、喝家兒（酒量好或貪酒喝的人，含貶義）、吃家兒（貪吃的人，含貶義）、買家兒、賣家兒（後兩例相對）。

1.2.3.2　附加在表示親屬稱謂的語素後面，構成表示某種親屬的一家，「家」讀輕聲，不兒化，音 ［·tɕiɛ］。如：婆家、娘家、親家。

1.2.3.3　附加在指人名詞後面，指某一類人，提示或強調某種身份屬性，因具有此屬性而不應該出現某種行為，帶有訓斥、教導的口氣，一般是成人對未成年人說的，「家」讀輕聲，不兒化，音 ［·tɕiɛ］。如：小夥 ［xuo³¹²⁻³¹］ 子家（男孩子）、女娃子家／妮兒們家（女孩子）、娃兒家（孩子，與大人相對）。

這種「家」帶有一種承前啟後的連接作用，「家」綴詞雖然是名詞，卻帶有述謂性，作為複句的先行句，指明某種身份，後續句則交代這種身份不該有的行為，或若出現某種行為而會引起的後果。例如：

（20）小夥子家，辦個事兒咋扭扭捏捏哩？

（21）女娃子家剃個光頭兒，真難看。

（22）妮兒們家得好好兒學針線活兒，不哩長大了媵 ［sin⁴²］ 嫁〔註4〕不出去。

（23）娃兒家哩，可不興跟大人叨嘴頂嘴。

1.2.3.4　附加在姓氏後面，指稱該戶人家，輕聲，不兒化，音 ［·tɕiɛ］。如：王家、李家、劉家。

1.2.3.5　附加在某人的姓或名之後，被附成分需要兩個音節以上，指稱該人的妻子，輕聲，不兒化，音 ［·tɕiɛ］。如：老楊家、小剛家、狗娃兒家、明良家。

1.2.3.6　「家」［·tɕiɛ］ 構成的代詞有三個，即：自家、人家、誰家。

「自家」是反身代詞，即「自己」；「人家」既可旁指，也可自指，有合音

〔註4〕媵：《廣韻》：送女從嫁，以證切，又實證切、食陵切；《爾雅》：送也；《說文》：送也。該條由李如龍先生提供。

形式「人家」；「自家」和「人家」意義上相對待。詳見第二章第二節合音部分。

「誰家」義同「誰」，後附「家」綴有強調意味，一般不能用「誰」來替換，可以表示任指，也可以用於反問和一般疑問，可以作主語、賓語和定語。用於一般疑問時作定語，要加助詞「哩」，相當於普通話的「誰的、誰家的」。例如：

（24）誰家有錢你上誰家借去，白賴著我！（任指）

（25）誰家興允許在屋裏撐雨界，是不是想長禿子光頭，貶義哩？（反問）

（26）這是誰家哩羊？叫俺們菜秧兒都啃光了！（疑問，誰的、誰們的）

1.2.3.7　「家」還有一個量詞的用法，要兒化，讀輕聲，音［‧tɕiɜr］，構成「一家兒」，表示分配，義為「每人」。例如：

（27）樣肯兒正好有倆饃，你們倆一家兒一個。

（28）這些書你們一家兒兩本兒給它分分。

1.2.4　—貨［‧xuo］

「貨」綴可以附著在動詞性詞語、形容詞性詞語語之後構成名詞，指人品，貶義。如：

動詞性詞語＋貨：扳貨兒、傷勢貨、沒出息貨、倒雞毛貨

形容詞語＋貨：壞貨、害貨、乖貨［kuai⁵⁴］壞貨，「乖」［kuai²¹⁴］反訓，變調、好貨作反語用、憨貨、騷貨、浪貨、不要臉貨、懶貨、古董貨頑固的人、二屎貨

「貨」還有比較實義的用法，可受「這、那、哪個」修飾，構成「哪個／這／那貨」表示定指，「貨」即「人」的意思，含有輕蔑、不滿和粗俗的貶義。

「貨」綴在晉語中的構詞能力比較強，語義及功能上的表現與中原官話唐河方言基本一致，詳見賀巍（1990：117）和喬全生（2000：102）。

1.2.5　—將［‧tsiaŋ］

「將」作名詞後綴，應當是來自「將領」義的引申虛化，一般附著在動詞後面構成名詞，指有某種傾向的人，帶有嘲弄、戲謔的意味。如：吃將（愛吃之人）、哭將（愛哭之人）、噴將（愛說大話之人）、鬧將（愛哭鬧之人）。

1.2.6　—精（兒）［tsiɜr²⁴／‧tsiŋ］

「精」在唐河方言中可以單獨構成形容詞，相當於普通話中的形容詞「精明」，帶有貶義。「精」還可以單獨作名詞，意為「妖精」，用來指人不受管束

而招致的比喻性的消極評價，是黏著性的，一般作賓語。例如：

（29）不管你你還成精了哩！

「精」更常見的用法是作為後綴，附著在帶有人的某種消極特徵的動物名詞或具有消極評價意義謂詞性詞語後面構成名詞，前者「精」讀輕聲［·tsiŋ］，後者「精」要兒化，讀本調［tsiɜr²⁴］，指有某種壞品質的人。例如：鱉精（不愛說話、不愛理人的人）、豬精（懶惰的人）；戳禍精兒（愛惹事的人）、嘅人精兒（愛罵人的人）、夜叉精兒（愛打鬧的女孩子）、鬼叉精兒（愛炫耀的女孩子）。

1.2.7 —人［zən⁴²］

「X 人」形式是漢語方言中普遍存在的一種語言現象，在普通話、官話、晉語、吳語、湘語、贛語、客家話的相關論著中都有報導（朱冠明 2005、劉海章 1989、朱建頌 1995、王春玲 2011、孫立新 2004、王軍虎 1996、賀巍 1996、蘇曉青等 1996；胡雙寶 1984、喬全生 1995、陳慶延 2001、侯精一 1985；蔡國璐 1995、張惠英 1993；羅昕如 2006、鮑厚星等 1998、顏清徽 1994；熊正輝 1995、顏森 1995；項夢冰 1997、黃雪珍 1995）。關於其性質，也有不少學者作過探討，有人認為是短語結構（胡雙寶 1984「自感動詞結構」，孫立新 2004「使感結構」），有人認為是詞（陳慶延 2002「使感詞」），也有人持兩可意見（項夢冰 1997「自感性述賓結構」或「自感詞」）；就其意義來說，動詞 X（也可以是形容詞，但進入「X 人」框架則轉化為動詞）表示自感或使感，不同於使動和意動（詳見項夢冰 1997：321），「X 人」表示由於外界刺激而使身體某一部位產生不適、不愉快等消極的感受；從韻律上看，大多方言中 X 是單音節形式，有個別雙音節形式的，一般作例外處理（見胡雙寶 1984）。

唐河方言中也存在豐富的「X 人」現象，具體語義和功能表現跟其他方言基本一致，只是在韻律上 X 的單、雙音節形式都很常見，雙音節形式顯然不能作為例外處理。就其性質來說，一般可受程度指示代詞「鎮、恁」和程度副詞「多、可、太」等修飾，可以帶程度補語「很」，可以作謂語、定語和補語，功能上接近形容詞；一般不能插入其他成分，部分可以插入「死／不死」表示程度深（如「氣死人、獎死人、惡嗦不死人、圪意不死人」等，用「不死」是反語用法，以否定形式表示肯定意義，使語氣增強）；「人」在這裡不再是一個具

體的表指稱意義的名詞性語素，其意義已經泛化和虛化，跟「打人」一類的述賓結構和「壞人」一類的偏正結構中的名詞「人」判然有別，可以將其看作一個後綴；而且「人」雖然讀本調，但讀得較輕，有輕化的趨勢。這樣看來，唐河方言中的「X 人」更接近於詞，只是尚未完全詞化。

唐河方言中的「X 人」：

使人：形容勞累的感覺

氣人：令人氣憤

煩人：令人心煩

膩人：形容過於油膩

鬧人：令人感到吵鬧

曬人：形容太陽給人的灼燒感

嗆人：形容煙或味道令人不舒服；形容頂嘴而令人不舒服

噎人：形容用言語令人不舒服

薰人：形容煙或味道令人不舒服

丟人兒：令人沒有面子的

硌〔kai⁴²〕人：形容東西墊的得人不舒服

獎〔tsiaŋ⁵⁴〕人：形容小孩子鬧人

燙〔tʰaŋ²⁴〕人：形容燙得人不舒服

纏磨人：形容糾纏而讓人不快

黏纏人：同上

拿捏人：形容姿勢不對而讓人感到不舒服

擰扯人：同上

熬煎人：形容心裏為某人某事著急的感覺

焦抓人：形容令人著急的感覺

冷驚人：形容讓人吃驚的感覺

皮麻人：形容因害怕而心裏發麻的感覺

急抓人：形容令人感到著急

坷叉人：同「獎人」，形容小孩子鬧人

噓溜人：煩人

傷使人：形容捉弄人而讓人難看的感覺

坷意人：煩人

坷鬧人：形容味道讓人不舒服

欺負人：形容令人感到受欺負的感覺

沒腔人：形容害羞

聒譙人：形容聲音嘈雜而令人不適

折磨人：形容令人感到痛苦

難受人：令人難受的感覺

惡〔ɤ²⁴⁻³³〕心人：形容讓人感到噁心

惡〔u³¹²⁻³¹〕嗦人：形容令人感到厭惡

唐河方言中有一部分「X 人」還可以表示積極意義或者說褒義，這類詞不多，如：養人（形容容易給人補充營養）、喜歡人（形容令人喜歡、欣喜）、相與人（形容人際關係和諧）、佮羅〔kɤ⁴²‧luo〕人（形容善於處理人際關係）。這類現象在普通話和晉語中也有，如普通話中的「喜人、迷人、可人、宜人」等，晉語中的「惜人、寧人、養人」等（孫立新 2004：217）。

1.2.8 —娃兒〔uɜr⁴²〕

「娃」本指小孩兒，附加在動物名詞後面表示動物的年幼者或較小者，逐漸引申虛化，可以附加在指稱小孩身體部位的名詞、非動物名詞甚至無生名詞後面，表示該類事物中較小者，變成一個小稱標記，有喜愛的感情色彩，一般要兒化，讀本調〔uɜr⁴²〕。如：紅薯娃兒、蘿蔔娃兒、磚頭娃兒、石頭娃兒、小嘴娃兒、小手娃兒、小腳娃兒、小腿娃兒、小肚娃兒、雞娃兒、狗娃兒、貓娃兒、牛〔ɣəu⁴²〕娃兒、牲口娃兒，等等。

跟喬全生（2000：8）所描寫的晉語中「娃」作為後綴構成的名詞的特徵（多指幼小動物）相比，中原官話唐河方言中的「娃兒」顯然要更加虛化，派生能力更強。

1.2.9 —拉〔‧la〕

「拉」作後綴，讀輕聲〔‧la〕，加在動詞性語素之後構成動詞，帶有生動形象色彩和隨意義，所構成的詞數量有限。如：踢拉（鞋帶穿不穿）、甩〔ʂai⁵⁴〕拉（訓斥）、喋拉（喋喋不休）、拖拉（行事磨蹭）、滴拉（任由東西弔著或液體往下滴）、嘟拉（抱怨）、吱拉（可著嗓子喊）等。「卜拉、得拉」是分音詞，「拉」

只表音，不表義。

1.2.10　—兌［·tei］

「兌」作構詞後綴，附加在動詞性語素後面構成動詞，帶有俚俗色彩，讀輕聲［·tei］。如：挑兌（有所選擇、偏食）、調兌（調理）、掂兌（讓人不得閒）、擱［kɤ⁴²］兌（不用心招待或看管）、尻兌（愚弄、訓斥）、捶兌（打）、缺兌（騙）、擠兌（逼迫，跟普通話中意思為「許多人到銀行擠著兌現」（《現代漢語詞典》2002：595）的同形詞是否有關聯不得而知）。例如：

（30）在學校可白肯［kʰən²⁴］捨不得花錢，得挑兌著吃。

（31）你這一哄兒都瘦成啥了，叫你媽好好兒給你調兌調兌。

（32）這娃兒可費事了，給人掂兌哩不得了，一時兒也閒不住。

（33）看病這事兒可不能擱兌，沒錢我先借給你。

（34）你這不是尻兌人哩們？叫人家在這兒等你，等了半天你也不來。

（35）再喧皮［syan⁴² · pʰi］調皮搗蛋就捶兌他一頓。

（36）你又缺兌我哩吧？上回就叫你彪［piau²⁴］騙走一包兒煙。

（37）這傢伙就會擠兌人，叫人下不來臺兒令人沒面子。

1.2.11　—巴［·pa］

「巴」是普通話和官話方言比較普遍的一個語綴（見黃伯榮1996，周一民1991），一般附著於單音詞根後面，構成動詞、形容詞、名詞（有時要加子尾）等，也可以作中綴構成名詞，「巴」作後綴或中綴構成的名詞大多是指身體部位。相比之下，唐河方言中「巴」綴詞的並不多，列舉如下：

動詞：結巴（口吃）、啞巴、叉［tʂa⁵⁴］巴（叉開腿）、赤巴（使腳光著）、擠巴、眨巴、岔［tʂʰa³¹²⁻³¹］巴（打斷）

形容詞：利巴（動作敏捷）、揪巴（擔心的感覺）、結巴

名詞：啞巴、尾［i⁵⁴］巴、嘴巴、淋巴、下巴、雞巴（陰莖）、泥巴（泥）、狼巴子（狼）、耳巴子、手巴掌、赤巴腳、結巴頦兒、下巴頦兒、肋巴骨、井巴涼（冰涼的井水）、尖巴橛兒（吝嗇的人）

「結巴」在漢語史上和各方言中都有名詞的用法，在唐河方言中則沒有，而是兼作動詞和形容詞。「結巴、岔巴」等可以AABB式重疊構成狀態形容詞「結結巴巴、岔岔巴巴（斷斷續續）」，可以作謂語、狀語、補語等；「擠巴、

眨巴」可以「圪AB圪AB」式重疊，表示動作的頻繁和持續，詳見本章重疊部分。

「巴」還可以構成雙音後綴，有疊音和非疊音兩種情況。非疊音形式附加在雙音詞根之後，僅見兩例，而且是強制性搭配，即：二屎巴呆（莽撞）、老實巴交，起增勢作用，前者增強消極評價語氣，後者增強同情語氣。

「巴」的疊音形式「巴巴」［·pa pa²⁴］作後綴主要附著在單音形容詞之後，構成狀態形容詞，突出描狀性，加強程度義，如：乾巴巴、緊巴巴、瘦巴巴、窄巴巴、皺巴巴、凶巴巴、可憐巴巴、眼巴巴（該詞詞根為名詞），可以作謂語、補語、定語、狀語等。這裡的「巴巴」是形容詞的疊音後綴，是構詞成分，不是「A巴」的ABB式的構形重疊。

此外，「巴」還可以作為構形語綴後附於動詞，表示一定的語法意義，見下文附加構形部分。

1.2.12 —斥［·tʂʰ↓］

「斥」是記音字，作為後綴，附著在詞根後面構成動詞，如：龐斥［pʰaŋ²⁴⁻³³ ·tʂʰ↓］（訓斥）、耳斥［l̩⁵⁴ ·tʂʰ↓］（搭理）、意斥［i³¹²⁻³¹ ·tʂʰ↓］（不情願）、坷斥［kʰɯ²⁴⁻³³ ·tʂʰ↓］（不情願），這些動詞詞根的語源還不明了，其中「龐斥、耳斥」也可簡化為單音節「龐、耳」，意思不變。這類動詞帶有一定的消極意義，往往作謂語。例如：

（38）班主任今兒哩叫他龐斥了一頓。

（39）都十二點了，再不睡可兒你爸又龐你哩。

（40）那傢伙是個傷勢貨，你就白耳斥他。

（41）老剛家光搗［tau⁵⁴］雞毛撥弄是非，都沒人耳她了。

（42）跟大哥借錢哩時候兒，大嫂有點意斥，大哥給她龐斥了一頓。

（43）不就是借你電腦使使們，你就坷斥了半天，真是哩！

1.2.13 —勢［·ʂ↓］

「勢」作後綴，附加在形容詞性詞根後面構成形容詞，用來表示小孩子的一些秉性特徵，一般用來作謂語，如：濟勢（形容小孩子調皮搗蛋）、興勢（形容小孩子愛挑起事端）、瘋勢（形容小孩子打打鬧鬧）、輕勢（形容小孩子愛撒嬌）、猴勢（取猴子上躥下跳的特徵來形容小孩子的爬上爬下）。李如龍先

生在指導本書該部分內容時指出，這類形容詞所體現的是一種情勢，情勢即情狀，閩東方言有「勢況」，意即情狀，「勢」也用作後綴，因此唐河方言中的這個「勢」可能就是本字。

1.2.14　—濟［‧tsi］

「濟」是記音字，作為後綴，附著在動詞詞根或形容詞詞根後面，構成動詞或形容詞，含有貶義。如：

動詞：諞濟（炫耀、誇飾）、糟濟（浪費）、戳濟（招惹）、喵濟（「死」的戲謔說法）、避濟（忌諱）、貶濟（貶低）

形容詞：鑽濟（聰明，貶義）、麥濟（髒）

其中動詞「貶濟」也可能是「貶低」的音變，因為唐河方言中副詞「高低」（義為「一定、務必」）有兩讀：［kau⁵⁴‧ti］或［kau⁵⁴‧tsi］，二者是自由變體。

1.2.15　—叉［‧tʂʰa］

「叉」作為後綴可能來自於「夜叉」。「夜叉」本是佛經用語，是梵文 Yakṣa 的音譯詞形之一，在中國傳統文化中指的是食人鬼，而且有男女性別之分，後來義有引申，但男的一般叫夜叉，女的有夜叉女、女夜叉或母夜叉等叫法（見李新業 2010）。

在唐河方言中「夜叉」是形容詞，專用來形容年輕女性性格過於外向活潑、打扮前衛等，還衍生出名詞「夜叉精兒」來指稱這種女孩兒，都含有蔑視、看不起、嘲弄等貶義。這裡的語綴「叉」，可能就是「夜叉」的「叉」後綴化的產物。

「叉」一般附加在形容詞詞根之後構成形容詞，大多表示對人的性格的主觀評價，帶有貶義。如：夜叉（過於活潑、前衛）、鬼叉（炫耀）、愣叉（炫耀或興奮的樣子）、興叉（興奮的樣子）、蛆［tsʰy²⁴⁻³³］叉（精明）、瘋叉、瓤叉（柔軟、身體弱、不夠斤兩），等等。由於「鬼叉」又兼作動詞，「叉」又派生出構成動詞的後綴，用來表示對人的主觀消極評價。如：鬼叉（炫耀）、諞叉（炫耀）、撇［pʰiɛ⁵⁴］叉（面部做出要哭將哭的表情）、坷叉（讓人感到厭煩；消化不良）。

1.2.16　—氣［‧tɕʰi］

「氣」作後綴，一般附著在形容詞詞根後面構成形容詞，分兩種情況：一

是用來評價人的性格或風格，如：客〔kʰai⁴²〕氣（形容穿著過於正式或相貌過人，意思與普通話的同形詞不同）、活氣（形容待人處事靈活）、闊氣（形容出手闊綽或衣著高貴）、神氣（形容驕傲的神情）、磨氣（形容磨磨蹭蹭）、毒氣（兇狠）、小氣（吝嗇）、土氣（形容性格或衣著傳統）；一是描述自己或別人的心情、感受，如：清氣（形容無事清淨的狀態）、美氣（舒服）、臊〔sau³¹²⁻³¹〕氣（倒楣）、絲氣（即形容食物放久變質而發餿的味道，「絲」記音，本字未明）。

還有一個名詞詞根「眼」附加後綴「氣」構成的形容詞「眼氣」，意為「羨慕、嫉妒」，也可活用作動詞，使動用法。例如：

（44）小紅她媽給小紅買了個新裙子，叫小潔眼氣哩著急。

（45）你不就是得了個二等獎們，至於一天到晚兒在那兒眼氣我？

1.2.17　—個〔‧kɤ〕

「個」沒有意義，只是用來湊足音節，可以構成「年是個（去年）、前年個（前年）、大前年個」等時間詞；「個」還可以用在疑問詞「抓〔tʂua⁴²〕、誰」的後面，意思不變。「抓」加不加「個」存在些許功能上的差異，詳見第二章第二節合音部分；「誰個」是新野方言的一個特徵性的用法，唐河方言只有跟新野縣相鄰的個別鄉鎮有此用法，不普遍。

1.2.18　—起〔‧tɕʰi〕

李如龍先生在指導本書該部分內容時指出，「起」作為構詞後綴，可能來自「起始」之義的「起」的虛化。一般附加在時間詞詞根或方位詞詞根之後，構成時間詞和方位詞，在時間詞上含有「……的時候」的意思，在方位詞上含有「……上」或「靠近……的地方」的意思。如：

時間詞：早起／清早起（早上），白兒起／大天白兒起（白天），麥口兒起（割麥的季節），年跟兒起（年終時節）

方位詞：<u>底下</u>起（底部）、<u>地下</u>起（地上）、梢兒起（梢部）、邊兒起、跟兒起、頂兒起、頭兒起、尖兒起

「起」所構成的方位詞中有一部分可以通過詞根重疊表示「最靠近……的地方」的意思，重疊式與基式之間有量上的變化，詳見本章第一節重疊構形部分。

1.2.19　一廂 [siaŋ²⁴]、一下兒 [xər²⁴]、一<u>不是</u> [pei²⁴]

這三個是唐河方言中比較特別的後綴，這裡略加描寫。它們是表示方位的定位黏著語素，僅能也必須附著在指示代詞「這、那」的後面表示方位的近指或遠指。這三個語素都有「邊」的意思，「廂」是對古詞的繼承；「下兒」[xər²⁴] 是保留了古音；「<u>不是</u>」[pei²⁴] 則是合音和語用法的語法化（由「不是」在一定語境裏詞化）的產物，詳見第二章第二節合音部分。

1.2.20　一面兒 [miər²⁴]

「面兒」在唐河方言中是表示方位的類後綴，意義較實，但只能後置，可附加在方位詞詞根後面，構成方位詞，如：上面兒、下面兒、外面兒、裏面兒、東面兒、南面兒、西面兒、背面兒、後面兒、背面兒、這面兒、那面兒、一面兒、二面兒（正面和背面；雙方。此二義「二」不能換作「兩」，表示「頁碼」的「面」[mian³¹²] 則可配「兩」不可配「二」，「兩面」即兩頁）等，其中「東面兒、南面兒、西面兒、北面兒、後面兒」等可以專用來表示村莊裏的部位。

1.2.21　一半闡兒 [pan³¹²⁻³¹ tʂər⁴²]

「半闡兒」即「事物的量的一半」的意思，作名詞，一般指稱實物；也可以作類後綴附著在方位詞「東、南、西、北」之後，用來指稱這些方位，使方位的表達更具體，一般對舉而用，即「東半闡兒」對應「西半闡兒」，「南半闡兒」對應「北半闡兒」。這幾個方位詞可以跟「東面兒、西面兒、南面兒、北面兒」一樣專用來指稱村莊裏的相應部位。

唐河方言中還有兩個跟「半闡兒」有關的特徵詞：一半闡兒、旁旁闡兒。「一半闡兒」泛指「別處」；「旁旁闡兒」是謙敬詞，義為「外人、生分的人」，一般用在否定句或反問句中。例如：

（46）A：這貨是哪來哩？我從來沒見過。

　　　　B：一半闡兒哩吧。我也沒見過。

（47）A：這錢還你，你查查數數吧。

　　　　B：不查了，又不是旁旁闡兒哩，查啥查？

（48）今黑在這兒吃飯吧，啥是旁旁闡兒哩，白客氣了。

1.2.22 ─哩［‧li］

普通話中的結構助詞「的、得、地」在唐河方言中由於語音的類同而統一為一個形式：「哩」［‧li］。朱德熙（1982：31）將普通話的後綴「的」分為兩類，即副詞後綴和狀態形容詞後綴，而將附加在名詞、人稱代詞、形容詞、動詞以及各類詞組之後組成名詞性結構的「的」歸為助詞。趙元任（1979：131）指出「『送信的』、『要飯的』的『的』像是表示行為主體的名詞的後綴」，但因為「的」所依附的成分大多數情況是短語，轉而將其定性為短語的後附，即助詞；又指出助詞「的」構成的「V（─O）─的」表示經常性的行為者，相當於古代漢語的「者」（1979：152）。

就唐河方言來說，屬於「V─O─哩」（必須有 O）的成分中有相當一部分是用來表示從事某一職業的一類人，亦即「經常性的行為者」，方言中沒有普通話中那樣的專門的職業詞語，而只能用「V─O─哩」所指稱的這類人的具體的行為來表示。因此「哩」在這裡是名詞化的標記，將陳述形式轉化為指稱形式。趙元任（1979：153）指出北京話中這種表行為者的「的」後可「加一個像『人』之類的字眼，可是有時候引起意義變動，從專門意義變成一般意義」，唐河方言中的「V─O─哩」本身就可以表示一般的類的意義，如：剃頭哩（理髮師傅）、開車哩（司機）、唱戲哩（戲曲演員）、做飯哩（廚師）、賣衣裳哩（售貨員）、修車哩（修車師傅）、賣當哩（跑江湖騙錢的人）。這種「哩」我們覺得看作名詞的後綴比較合理。

唐河方言中也存在大量的其他的只能表示臨時的「專門意義」的「V─O─哩」，這種「哩」應當看作結構助詞。例如：

（49）剛剛兒跟你說話哩是誰？

（50）戴眼鏡哩是王老師。

「哩」還有其他構詞特徵，詳見第四章第四節結構助詞部分。

1.2.23 性質形容詞＋多音節後綴

即形容詞的生動形式，主要有 Axy、Axyy、Axx、Axyz 四種形式，其中 A是詞根語素，基式 A 是帶有消極意義的性質形容詞，x、y、z 表示虛化的語綴或純表音後綴。

Axy 表示「稍微、有點兒」的程度意義，Axyy 是 Axy 後一音節疊音之後的

形式，表示的程度義要比 Axy 加深，有「很」的程度意義，整體上都有一種消極評價意味。如下表：

表 3-1　後綴-xy 及其疊音形式-xyy 構成的形容詞

-xy	Axy 例詞	Axyy 例詞
一卜拉 pu^{33} la^{24}	稀卜拉，酸卜拉	稀卜拉拉，酸卜拉拉
一卜唧 pu^{33} tsi^{24}	憨卜唧，水卜唧	憨卜唧唧，水卜唧唧
一卜棱 pu^{33} ləŋ^{24}	稀卜棱，酸卜棱	稀卜棱棱，酸卜棱棱
一卜差 pu^{33} tsʰa^{24}	冷卜差，酸卜差	冷卜差差，酸卜差差

Axy 式還有很多後一音節不送音的，如：濕圪黏、可憐卜拉、二求巴呆、爛眼子巴差、眼屎卜差、感冒卜差、冷噤卜差（後四例中基式 A 不是性質形容詞，但加後綴之後也有了描狀性，跟其他有 Axy 相同的功能）。

Axyz 式如：憨卜拉唧、暈卜拉唧、稀卜棱噔、黑卜出溜、急哩巴叉、黑骨隆咚，等等，表義上跟 Axy 一樣，也是表達「稍微、有點兒」的程度意義和消極的評價意義。

Axx 式是單音性質形容詞附加疊音後綴，整體上比基式 A 在性狀的程度上更強，並附帶某種形象色彩或感情色彩，語音上有的疊音後綴後一音節或兩個音節需要兒化，第一音節讀輕聲，第二音節讀 24 或 42 調。如：光禿禿、亮堂堂、白濃濃、白花花、乾崩崩、甜濃濃、黑洞洞、水津津、汗津津、濕漉漉、脆崩崩、髒麥麥、瘦氣氣、香噴噴、濃啪啪、濃巴巴、澀巴巴、稀溜溜、麥唧唧、黑麻麻兒、光紐兒紐兒，等等。

上述四種加綴形容詞形式，其語法功能有別於基式，而與狀態形容詞相同，不能受程度副詞修飾，也不能加程度補語，可以作謂語、補語和定語，但要後加助詞「哩」。例如：

（51）下米哩時候兒兒水多了，飯稀卜拉哩，就著饃將就著吃吧。

（52）這饃泡哩水卜唧唧哩，咋還能吃啊？

（53）去廈門沒玩幾天可給你曬哩黑卜出溜哩，那兒哩日頭可真毒。

（54）白濃濃哩布衫兒叫你穿哩髒麥麥哩，你咋鎮窩囊哩？

傳統的漢語語法書一般都將性質形容詞的加綴現象看作構詞手段，即構成狀態形容詞；但這類後綴為基式增添了某種語法意義（主要是程度義的改變），

從這個角度看似應看作構形手段。這種矛盾就像漢語性質形容詞的 AA 式重疊和 AABB 式重疊是屬於構詞還是構形的問題一樣，在實際分析中不太容易分清楚。如何處理這種矛盾？劉丹青（2008：286）提出了比較合理的觀點：「實踐中允許存在構詞和構形的模糊地帶」。我們在論述時一般還按傳統的觀點，將其視為構詞手段，性質形容詞通過這些手段變為狀態形容詞。

2. 附加構形

2.1　前　綴

唐河方言構形前綴「圪」來自分音詞中的表音字詞頭「圪」，跟晉語的「圪」綴是同源成分，詳見第二章第二節「圪」綴部分。

2.2　後　綴

2.2.1　—哩勁兒　[·li·tɕiər]

「勁」在唐河方言中是一個比較能產的語素，不管是單獨成詞、構成合成詞還是作構形成分，一般都要兒化。單獨成詞的常見場合如：醒過來勁兒（酒醒、暈後清醒）、吃媽兒哩勁兒（比喻用盡全身力氣）、瓦住勁兒（努力）、得著（某人）哩勁兒（在某人的支持下）；構成的合成詞：得勁（舒服）、格勁兒（努力、盡力）、對勁兒（合乎情理；對脾氣、關係好）、吃 [tʂʰʅ⁴²] 勁兒（用力）、直勁兒（最終）。以上兩種情況是比較實義的用法。

「勁兒」作為構形語綴有兩種表現：

一是可以附著在形容詞後面，表示描述對象在某一性狀上達到比較深的程度，被描述的主體和「形＋勁兒」之間往往有指示代詞「那／這（個）」連接，賦予整個結構指稱意義，在句子中作話題主語，有前置話題標記「看／瞅」等；可以有後續述謂成分，來補充說明這種程度，也正是有來自動詞的話題標記，後續述謂成分一般可以省略，雖然給人一種語義未足的感覺，但那種程度意義通常是可以意會的。這個「勁兒」在組合中輕讀。例如：

（55）幾個月沒洗澡了？看你脖子那個髒勁兒，跟黑車軸樣哩。

（56）瞅這娃兒那不主貴勁兒，到哪兒都想撈摸 [lau⁴²·mo] _{順手捎帶點兒} 東西。

（57）不就是給你買了個新布衫兒們，看你那個美勁兒。

（58）多好哩手錶你都給它弄沒影兒了，看你這癮症_{馬虎}勁兒！

　　一是跟結構助詞「哩」跨層結合詞化為「哩勁兒」，音［·li·tɕiər］，通常附著在述謂性成分（可以是動詞性成分，也可以是隱含著述謂性的名詞或代詞）後面，一般作對話中的後續句或者因果複句中的原因小句，用來說明或推測導致某種結果或狀態的原因。例如：

（59）頭有點兒暈，總不羌_{難道}是吃感冒藥哩勁兒？

（60）電視這一哄兒光呲啦啦響，叫老豪兒來看看是哪兒哩勁兒。

（61）A：我跟他老是佮不好_{關係不融洽}，你說是咋回事兒哩？

　　　　B：我看他人還不錯啊。是不是你哩勁兒啊？

「哩勁兒」的這種用法我們將專門進行討論，詳見本章第三節的內容。

2.2.2　—叫［tɕiau³¹²］、—響［ɕiaŋ⁵⁴］

「叫」和「響」是擬聲詞 AA 式重疊的輔助構形手段〔註5〕，與擬聲詞單音後附「下子、一聲」存在意義上的對立：擬聲詞重疊後附「叫、響」含有聲音的持續反覆之義（詳見本章第一節重疊構形部分），功能接近狀態形容詞，通常作謂語和補語；擬聲詞後附「下子、一聲」含有短暫、一響而過的之義，一般做狀語。例如：

（62）a. 小壞貨給狗娃兒踢哩嗷嗷兒叫。

　　　 b. 狗娃兒嗷兒一聲躥出去了。

（63）a. 是誰給門敲哩咚咚響？

　　　 b. 老趙咚下子給門炸［tʂa³¹²⁻³¹］踹開了。

（64）a. 貓娃兒看見我就喵喵叫。

　　　 b. 貓娃兒喵一聲躥出去了。

2.2.3　—抓［·tʂua］、—巴［·pa］

　　唐河方言中少數幾個動詞後附「抓」（記音字）或「巴」，依然是動詞，詞彙意義不變，增加了隨意義和動作形象意義。就目前調查所得，能後附「抓」的動詞只有「洗、搓、收」等；能後附「巴」的動詞只有「切、剁」等。這類動詞加綴形式不能單說，是黏著的，必須重疊或附加「下兒/下子」才能單說。詳見本章第一節重疊構形部分。

〔註5〕施其生（1997：81）稱汕頭方言中的同類成分為「擬聲標記」。

2.2.4 —們〔・mən〕

唐河方言中「們」字跟普通話一樣，可以加在人稱代詞和指人名詞後面表示複數、有定或集體的意義（劉丹青 2008：334）。

張斌（2003：37）在討論了數這一語法範疇的特徵和漢語「們」的有無與名詞單複數意義的表達之間的關係後指出：「認為『們』表複數，這是單純從意義上說的，不是指語法上與單數對立的複數。」劉丹青（2008：333、334）認為：「在現代漢語中，『們』是語法化程度較高的與數有關的標記，表示超過一個個體的名詞。雖然它有『超過1』的意義，但其語義性質和句法表現與英語的複數相差很大。……很多情況下複數意義可以不加甚至不允許加『們』，而加『們』的時候又不只是表示複數（還同時表示有定），甚至主要表示集體而非複數，尤其關鍵的是，不加『們』的形式在很多情況下不是單數義，而是複數，這就使漢語中難以建立起語法形式上的單—複數的對立（哪怕僅在指人名詞上）。漢語實際上僅在人稱代詞上有接近單—複數的對立。至於名詞後『們』所表範疇的確切性質，還可以進一步討論。」可見人們對於漢語「們」字是否可以作為「數」這一語法範疇的形式表徵還是存在疑問的。

儘管如此，就其語音表現（輕聲）和附著在人稱代詞及指人名詞之後的定位黏著屬性，我們不妨把唐河方言中的「們」字看作一個語綴，至少它的主要功能是專門用來表達了多數（雙數以上）的意義。唐河方言中「們」的組合特徵如下：

代詞＋們：俺們、咱們、你們、他們、誰們（＝誰家）

指人名詞＋們：人們、娃兒們、女娃兒們、老師們、小剛們（小剛家）

需要指出的是，在唐河縣北部鄉村，第二人稱代詞多用「恁」〔nən⁵⁴〕，兼表單複數義，複數也可說「恁們」，不表尊稱；南部通常用「你」表單數義，用「你們」表複數義。

疑問代詞「誰」本身可以指單數（哪個人），也可以指複數（哪些人）；「誰們」有含有複數的意義，但並不是「哪些人」的意思，而是指表示領屬的「誰的」和「誰家」的意思，人稱代詞後附「們」也可以表示「家」的方所意義。例如：

（65）這是誰們哩娃兒？在這兒哭了半天也沒人管。（誰的、誰家）

（66）這幾家兒誰們種哩有核桃樹？（誰家）

（67）今黑在俺們吃飯吧，都做中了。（我家）

（68）你要是不還我錢，我就賴到你們不走了。（你家）

普通話單數第一人稱「我」可以有複數形式「我們」，唐河方言也有「我」，但是沒有「我們」，同樣的意思由「俺們」（排除式）和「咱們」（包括式）分擔。「咱」也可不加「們」單獨表示複數意義。「俺們」和「咱（們）」用在表示勸止的祈使句中，可以表示第二人稱的意義，例如：

（69）A：小剛，走，跟我一路兒去摘桃吃去。

　　　B：俺們才不去哩，叫人劃［kʰai⁴²］捉住就烹［pʰəŋ²⁴］麻煩了。（B勸止小剛）

（70）A：小潔，跟我一路兒上城裏去吧，給你買好吃哩。

　　　B：咱（們）不去，招呼著給你賣了。（B勸止小潔）

該類語境裏一般有三人或三人以上，假設有三人a、b、c，上面兩例中發話者（提建議者）都是a，對話者（勸止者）都是b，A都是a針對c說的話，那麼例（69）B中前一句是b針對a說的，例（70）B是針對c說的，但意思都是勸c別去，「俺們」和「咱（們）」的語義都指向c。例中的c是單數，也可以是複數。

指人名詞中，若是姓或名加「們」，則有兩種意思，一表集體意義，即連類複數（見蔣紹愚、曹廣順主編2005：85），泛指跟該人一類的人；一表「家」的方所義。例如：

（71）老王們都收工了，你咋還在這兒哩？

（72）我叫鑰匙忘到老王們了。

例（71）中「老王們」指的是老王和工友們，相當於「老王他們」；例（72）中「老王們」指的是老王的家裏。

「們」引申出「家」的方所意義不難理解，因為「們」是表示複數意義的，而「家」本身也是一個含有集體意義的名詞，上文例（65）（66）（67）（68）後也可加上「家裏」而意思不變，在經濟原則和省力原則的促動下，人們更傾向於在語流中脫落「家裏」，它的意思則保留到了「們」字上，這在當地人的語感裏是非常認同的。

此外，「們」還可以作為構詞詞綴附著在親屬稱謂名詞後面構成一些名詞，

主要有以下兩種情況：

一是「（親屬稱謂詞＋們）＋兒」，表示一種身份稱謂，如：

爺們兒 [iɛ⁴² · mər]：大老～，指成年男性，帶有粗俗輕蔑口氣

娘們兒 [nia²⁴⁻³³ · mər]：臭～，指成年女性，帶有粗俗輕蔑口氣

哥們兒 [kɤ⁵⁴ · mər]：稱呼同齡男性，帶俚俗色彩

姐們兒 [tsiɛ⁵⁴ · mər]：稱呼同齡女性，帶俚俗色彩

一是「（親屬稱謂＋兒）＋們」，表示親屬關係，如：

爺兒們 [iər⁴² · mən]：指父親和子女們

娘兒們 [niɜr⁴² · mən]：指母親和子女

弟兒們 [tiər³¹²⁻³¹ · mən]：指兄弟間（同齡男性之間，也說「兄兒 [ɕyɜr²⁴⁻³³]們」）

姐兒們 [tsiɜr⁵⁴ · mən]：指姐妹間（同齡女性之間）

姊妹們 [tsʅ⁵⁴ · mei · mən]：指兄弟姐妹間（不兒化）

上述含有兒化的名詞基本都沒有對應的非兒化形式。「爺們」是一個常見的詈詞，用於言者自稱，指通過拔高自己的輩份來辱罵別人，相當於詈詞「老子」的用法，「們」在這裡肯定不是複數的用法，而是表達了一定的語用意義。我們推測：「爺」本是對祖父的稱呼，對平輩或晚輩稱「爺」是自降輩分，罵人時「爺」加「們」字我們不妨認為是通過衍音來凸顯言者拔高自己輩份以達到辱人的效果。

同形字「們」及其重疊形式「們們」後附於「恁／鎮／多」表示所修飾的性狀的程度遞陞的語法意義，這可能是一種通過衍音而形成的一種後綴，詳見第二章的內容。

2.2.5 —倆

「倆」原本是數量詞「兩個」的合音，唐河方言通常只用「倆」來表示「兩個」的意思，很少用「兩個」。「倆」可以用在人稱代詞複數形式之後，如「你／我／他們倆」，人稱代詞複數形式和「倆」之間是同位關係；也可以用在人稱代詞單數形式之後，這時的「倆」很像北京話的雙數標記「倆」。

劉丹青（2008：372）指出北京話的「倆」已經成為一個雙數標記，理由是「『我們四個』、『我們一百個人』不能說『我四個』、『我一百個人』，而『我們倆』可以說成『我倆』，還有『你倆、他倆』等；另外『我們倆』可以還原為『我

們兩個』，而『我倆』不能還原為『我兩個』；甚至『倆』和來源相仿的『仨』表現也不同，『我們仨』不能說『我仨』。」由此得出「我倆」已不是自由組合，而是正在成為融合中的雙數代詞，「倆」不同於「兩個」，已成為一個雙數標記，其他的「代詞＋數量詞語」組合仍是自由的組合。劉文（2008：370）還指出北京口語中的雙數形式代詞的使用是可選的，即「我倆、你倆、他倆」和「我們（倆）、你們（倆）、他們（倆）」都可以說，第一人稱雙數用「我們」或「我們倆」表示，其中「我們」是用複數形式取代雙數形式，「我們倆」是複數形式「我們」跟表示「我們」的「倆」構成的同位語，而「我倆」則不能照此分析為同位語，因為「我」無法構成表兩個人的單位，因而「我倆」只能分析為整合的雙數形式。

　　拿唐河方言來看，「兩個」的數量意義一般只用合音形式「倆」，第一人稱單數用「我、俺」表示，複數用「俺（們）、咱（們）」表示，相應地，第一人稱雙數用「俺／咱倆」或「俺／咱們倆」表示；因此不存在北京話中「倆」還原為「兩個」的情況，也不存在整合的雙數形式；而且雙數形式代詞也是可選的，即「俺／咱倆、你倆、他倆」和「俺／咱們（倆）、你們（倆）、他們（倆）」兩種表達皆可。這樣看來，唐河方言和北京話的相同點和不同點都讓我們更加確定唐河方言中的「倆」也應該看作雙數標記，即表示雙數的後綴。如果這種分析成立的話，唐河方言中的「三個」的合音形式「仨」似乎也可以看作三數標記了，因為「仨」跟「倆」有相同的形式上和功能上的表現。不過，僅就唐河方言單點的語料以及跟北京話的比較還不足以成立「雙數」和「三數」的語法範疇，只能說是一種「假說」，還需要更多的方言調查和語言事實來檢驗。即使「倆」和「仨」可以看作「雙數」和「三數」的標記，它們跟「們」相比，功能上也比較受限制，不能進入 2.2.4 例（65）～（72）中「們」的位置。

　　「倆」和「仨」也可以像「們」那樣作為構詞後綴構成名詞，不過表現相對單一，只有表示親屬關係的「（親屬稱謂＋兒）＋倆／仨」，下面只以「倆」為例，除了「兩口倆」中「倆」不能換為「仨」外，其他都可以。例如：

爺兒倆 [iɚ^{42} lia^{54}]：父親和（一個）子女

娘兒倆 [niɚ^{42} lia^{54}]：母親和（一個）子女

爺孫兒倆 [iɛ^{42} suɚ$^{24-33}$ lia^{54}]：爺爺和（一個）孫子或孫女

奶孫兒倆 [nai^{54} suɚ$^{24-33}$ lia^{54}]：奶奶和（一個）孫子或孫女

弟兒倆〔tiər³¹²⁻³¹ lia⁵⁴〕：兄弟兩個（也說「哥兒倆」，如猜枚時說「哥兒倆好」）

姊妹倆〔tsʅ⁵⁴・mei lia⁵⁴〕：（不兒化）姐妹兩個

妯娌倆〔tʂu⁵⁴・li lia⁵⁴〕：（不兒化）妯娌兩個

兩口兒倆〔liaŋ⁵⁴・kʰəur lia⁵⁴〕夫妻兩個

2.2.6 「哩很」類後附成分

趙元任（1979：133）提到北京話中有一種無限能產的後綴「的慌（-de・huang~de・heng）」，用在不如意的動詞之後表示高度，如：累的慌、暈的慌、麻的慌、癢癢的慌，等等。唐河方言中存在著很多同類現象，如（A 表示謂詞，包括動詞和形容詞）：A 哩很（A 哩很哩很）、A 哩不吃勁、A 哩慌、A 哩著急、A 哩厲害（A 哩厲害 A）、A 哩惡哩很、A 哩格勁（A 哩格勁哩很）。

這類成分後附於動詞或形容詞，表示程度深，從形式上看整個格式是中補結構，後附成分是程度補語，但這些後附成分已經失去了本義，有虛化為表程度義的專用後綴的傾向，不過還帶有明顯的分析性，勉強可以稱為類後綴，能產性較強，這裡僅作一般性的描寫。

「吃勁」兼作動詞和副詞，作動詞時是個離合詞，意思是「用力」，音〔tʂʰʅ⁴² tɕin³¹²〕；在「A 哩不吃勁」中「不吃勁」是反語用法，用否定形式表示肯定意義，即程度加深，已經凝固為一個專用成分，「吃勁」音〔tʂʰʅ⁴²・tɕin〕。「A 哩不吃勁」的意思是「這麼 A」，如：憨哩不使勁、壞哩不使勁、乖〔kuai⁵⁴〕壞哩不使勁、骨動不聽話哩不使勁。這裡的 A 是表示人的秉性特徵的消極意義的形容詞。

「慌」本是形容詞，意思是「慌張」，音〔xuaŋ²⁴〕。「A 哩慌」中「慌」讀輕聲，音〔・xuaŋ〕，已經失去了原義，意義變得空靈，專用來表示程度深，如：疼哩慌、癢哩慌、悶哩慌、想哩慌。A 包括表示消極意義的形容詞和心理動詞。

「著急」〔tʂuo²⁴⁻³³・tɕi〕在唐河方言中一般不單用，常見於「A 哩著急」，意義空靈，用法跟「慌」一樣，專用來表示程度深，如：疼哩著急、癢哩著急、悶哩著急、想哩著急。A 包括表示消極意義的形容詞和心理動詞。

「厲害」本是形容詞，意思是能力、本領強。在「A 哩厲害」中，「厲害」也失去了原義，意義空靈，用法跟「慌」一樣，專用來表示程度深，如：疼哩厲害、癢哩厲害、悶哩厲害、想哩厲害。A 包括表示消極意義的形容詞和心理

動詞。其中 A 還可以復現於末尾構成拷貝結構「A 哩厲害 A」，加強語氣，表示程度更深，詳見本章第一節重疊構形部分。

「佮勁」[kɤ⁴² tɕin³¹²] 可能來自於「加勁」[tɕia⁴² tɕin³¹²] 的語音弱化，本身可以作副詞，要兒化為「佮勁兒」[kɤ⁴² tɕiər³¹²]，義為「用力、吃勁」，如：佮勁兒幹、佮勁兒吃。「A 哩佮勁」是反語用法，用肯定形式表示否定意義，用表示程度深的「佮勁」加感歎語氣來表達相反的禁止（喝止）的意思，義即「別 A」，「佮勁兒」音 [kɤ⁴²‧tɕiər]，如：哭哩佮勁！、吵哩佮勁！、爭哩佮勁！。「A 哩佮勁哩很」則意義的正向表達，表示程度深的肯定意義，如：幹哩佮勁哩很、哭哩佮勁哩很、寫哩佮勁哩很；「A 哩佮勁哩很」還可以用「A 哩可佮勁」來替換，意思不變。「A 哩佮勁」中 A 是消極意義的動詞，「A 哩佮勁哩很」則不限。

「惡 [ɤ²⁴⁻³³] 哩很」本是中補結構，意為「很凶、很厲害」，在「A 哩惡哩很」中則失去了原義，凝固成為一個表程度深的後附成分，A 為動詞。如：學哩惡哩很、鬧哩惡哩很、打哩惡哩很。

唐河方言中的「很」只能作補語，表示程度深，是個唯補詞，「A 哩很」中 A 可以是積極意義的形容詞，也可以是消極意義的形容詞，還可以是心理動詞。如：好哩很、快哩很、惡哩很、壞哩很、想哩很。相比之下，上面幾種後附成分要比「很」多了一層形象色彩，更有表現力，表義較為生動，而「很」則僅僅表達出程度深的意義。「A 哩很」還可以向後拷貝，構成「A 哩很哩很」，程度更深，詳見本章第一節重疊構形部分。

2.3 餘 論

從語言共性的角度來看，漢語傳統研究中所說的動態助詞「著、了、過」等，也都是附著在動詞等語言單位上表達一定的語法意義，而不改變語言單位原有詞彙意義，都是構形語綴。

呂叔湘（1979：45）指出：「有些助詞『詞』的資格不牢靠。比如動詞後邊的『了』和『著』，贊成把它們作為動詞後綴的恐怕比贊成作為單詞的多。『的（地）』能夠保留『詞』的資格，全靠用在短語（包括主謂短語）後邊的例子（發給你們的文件｜領導交給我們的工作）；有人就主張把『的』分成兩個，一個是助詞，一個是後綴（我的，布的，現成的）。大概除語氣詞外，都在不同程度上有能否保留『詞』的資格的問題。」劉丹青（2008：289）通過語言的類型比較

指出「助詞和詞綴的區分只是一個程度問題」，「漢語中的一些後加在名詞上的成分也存在兩可處理的情況，如表示指人名詞複數或集體的『們』，有些書稱為『助詞』，有些書稱為『後綴』。從其附著性及與代詞的統一處理看（代詞『你們、我們、他們』的『們』較一致地看作後綴而非助詞），名詞後的『們』更適合看作後綴，但它也有加在短語後的機會，如『哥哥姐姐弟弟妹妹們』、『優秀教師們』……因此，用助詞表達的名詞範疇可以看成形態現象，屬於一定程度的分析性形態」；劉文同時又指出「詞綴一般只能加在詞內，而助詞可以加在整個短語上」。固守印歐語的形態是詞的內部要素這樣的認識並將其套用於漢語的研究中，可能是人們把漢語的「著、了、過」這類可以附加在短語甚至小句形式上的虛成分看作助詞而非語綴的一個重要原因，如果根據漢語的語言事實將形態不再侷限於詞內，而是擴展到詞組、小句等句法單位上，允許「詞組形態」（漢語句子的構造原則跟詞組的構造原則基本一致）這個概念存在的話，就不會存在同類現象在歸類上的兩可和糾結了。

由於傳統語法將「著、了、過」等虛成分歸入助詞並有了系統化的描寫和分析模式，就單點的語法研究以及便於跟其他方言作比較來說，傳統模式不失為一種可取而有效的方法，因此我們將相關的虛成分放入第三章第四節助詞部分加以討論。

第三節　後綴「哩勁兒」和「那個勁兒」及其來源與演變 [註6]

在包括唐河方言在內的中原官話區的一些方言（南陽、洛陽、安陽、開封、許昌、周口、漯河、平頂山等地）中，普遍存在著與「勁兒」相關的兩種句法格式：「VP 的勁兒」和「NP 那個勁兒」，前者主要用於已然語境，說明或推測導致某種結果或狀態的原因、緣故，VP 一般為動詞性短語，也可以是代詞（人稱、疑問代詞等）或名詞等（這些體詞性成分在相關語境裏含有述謂性），例如：

（1）A：屋裏咋鎮這麼潮哩？

　　　B：下雨的勁兒。

[註 6] 普通話中的結構助詞「的、得、地」在中原官話中一般都讀［·li］，記作「哩」。本節為討論方便，文中方言用例一律記作「的」，文獻用例皆按原文。「個」可有可無，有些地方也可用量詞「號、股」等替換。

（2）你這頭疼啊，估約摸兒估計是這一哄子熬夜的勁兒。

（3）肚子疼不虧你！還不是你自己的勁兒？不叫你井巴涼你非要喝。

後者既可用於已然語境，也可用於將然語境，表示對量（物量、時量、動量等）的不確定和估測，表示大概、可能的意思，NP 主要是帶數量成分的短語，例如：

（4）這捆兒菜也就是半斤那個勁兒。

（5）騎車兒哩話，二十分鐘那個勁兒。

（6）他個子不是太高，一米六幾那勁兒。

同時在中原官話中和普通話中，「樣」（包括「樣子／樣兒」）可以替換這兩種格式中的「勁兒」，即構成「VP 的樣」和「NP 那個樣」，這兩種格式的句法制約和語義表現都與上面第二種格式相同，而異於第一種格式，可以替換（4）～（6）的「那（個）勁兒」。

由於「VP 的勁兒」和「NP 那個勁兒」是方言內部的創新，僅靠方言口語語料尚不足以考證其歷時發展的線索。「VP 的樣」和「NP 那個樣」是共同語和中原官話共有的現象，共同語有豐富的文獻語料。因此，我們先從共同語的文獻語料入手，通過深入挖掘，從語法化、主觀化、語義和韻律結構的變動等方面論證「VP 的樣」的發展脈絡，再探討它對「NP 那個樣」和「NP 那個勁兒」的產生所起的類推作用，然後根據中原官話的語言事實對「VP 的勁兒」的產生進行嘗試性的論證。

1.「VP 的樣」與「VP 那個樣」

1.1 「樣」和子綴、兒綴的來源以及「樣」附加子綴和兒綴的形成

要考察「VP 的樣」與「VP 那個樣」的來源，需要先理清「樣」和子綴、兒綴的來源以及「樣」附加子綴和兒綴的形成。

《說文》：樣，栩實，從木羕聲，徐兩切。後假借用來表示「式樣、模樣」之義，《廣韻》：樣，式樣，餘亮切。此義較早用例見於唐代文獻，例如[註7]：

（7）博士得見真容，歡喜悲泣，方知先所作不是也。便改本樣，長短大小，容貌彷彿。（入唐求法巡禮行記）

〔註 7〕文獻中更早一例「譬如有人於大冶邊，自作模樣，方圓大小自稱願，彼金汁流入我模，以成形象。」出自《寶藏論》，或謂後世偽託後秦僧肇所作，作為例證不足取。

（8）貨用金、銀等錢，模樣異於諸國。（大唐西域記）

（9）今為不孝子，世間多此樣。買肉自家噇，抹觜道我暢。（寒山詩）

「子」綴在唐五代已得到廣泛的運用，宋元以後更常見（蔣紹愚、曹廣順主編 2005：91）。作為漢語詞彙複音化的一種手段，具有很強的類推能力。這個時期，「樣子」作為一個詞已經出現在文獻中。例如：

（10）於時眾中召出一僧，當阻而立。師指云：「這個便是樣子也，還有人得相似摩？」眾皆無對。（祖堂集）

（11）浮山遠禪師嘗指以謂人曰，後學行腳樣子也，辭遠謁南嶽芭蕉庵主谷泉，三至三遭逐，猶謁之。（禪林僧寶傳）

（12）渾儀可取，蓋天不可用。試令主蓋天者做一樣子，如何做？只似個雨傘，不知如何與地相附著。若渾天，須做得個渾天來。（朱子語類）

「兒」在唐代也開始成為一個詞綴，在名詞後多表小稱和愛稱，宋元以後，「兒」綴可不表示小稱或愛稱而單純作名詞後綴用法越來越多（蔣紹愚、曹廣順主編 2005：95）。「樣」加「兒」綴在元代已有用例。例如：

（13）你將樣子來我看。你來，假如明日這樣兒上的顏色，但有些兒不像時，你便替我再染。（朴通事）

（14）若不是襯殘紅，芳徑軟，怎顯得步香塵底樣兒淺。（西廂記）

1.2 「VP 的樣」的產生和演變

由結構助詞「的」插在修飾語和「樣子／樣兒」中間的用例最早見於元代語料。例如：

（15）咳，相公脈息尺脈較沉，傷著冷物的樣子，感冒風寒。（朴通事）

（16）俺姐姐天生的一個夫人的樣兒。（西廂記）

這兩個例子可以概括為格式：VP／NP 的樣（「樣」包括「樣子」和「樣兒」，下同）。例中的「樣子／樣兒」顯然是中心語，意義實在，即「模樣」的意思，是整個結構語義重心的所在。

按照朱德熙（1983：16）提出的謂詞性成分名詞化的自指和轉指這對概念，格式「VP／NP 的樣」中，「的」是表示自指的名詞化標記；NP 雖然是名詞性短語，但在此格式中其功能是描述性的，起謂詞性的作用，也就是說該結構的定語具有述謂性，這樣，這個格式可以簡化為：VP 的樣。

根據呂叔湘（1943，1990：122～131），現代漢語「的」的來源路徑可以概括為：之／者→者→底→的，這一路徑當包括自指的功能在內。循此演變路徑上溯，我們也找到「之、底」與「VP 的樣」格式類似的用例，例如：

（17）今五臺諸寺造文殊菩薩像，皆此聖像之樣，然皆百中只得一分也云云。（入唐求法巡禮行記）

（18）華嚴論曰：唯寂唯默，是心造如來之樣。不著不戀，是路入法界之轍。（禪林僧寶傳）

（19）七月甲戌命淮南浙西浙東江西荊南造甲以進仍付之樣。（冊府元龜）

（20）後生初學，且看小學之書，那是做人底樣子。（朱子語類）

（21）本自不生，今亦無滅，是死不得底樣子。當處出生，隨處滅盡，是活生受底規模。（五燈會元）

（22）上曰。悟後值得如此快活。師云。這個便是䂂地折曝地斷底樣子。（古尊宿語錄）

另有「者」一例「備具禮儀，告於山川神祇，礫白梟烏猿以為背義者樣。」出現在清代作品《海國春秋》中，當是文人擬古就雅之用。

江藍生指出：「結構助詞『底』最早見於唐代」（2005：388），「元代白話資料如元刊雜劇三十種中始見自指助詞『底』作『的』。」（2005：390）這正與上引諸例詞彙替換的時代相合，說明了「之」「底」「的」之間的繼承關係。因此，我們也把「之、者、底」納入格式「VP 的樣」有關的溯源過程。

呂叔湘（1943，1990：126）指出，「在唐宋時代，區別性加語之後用『底』，描寫性加語之後用『地』。」我們所描述的格式在文獻中也發現了「地」的用例，例如：

（23）今公只就一線上窺見天理，便說天理只恁地樣子，便要去通那萬事，不知如何得。（朱子語類）

（24）你道是怎地樣這般靈感？原來子孫堂兩傍，各設下淨室十數間，中設床帳，凡祈嗣的，須要壯年無病的婦女，齋戒七日，親到寺中拜禱，向佛討筶。（醒世恒言）

（25）只一句話，把個諸城縣武大令嚇得做聲不得，當時就露出賠天路地樣子來。（文明小史）

這從一個側面也說明了該結構中定語的述謂性。

上述這類例子中，「VP 的樣」作為一個分析性的名詞性偏正結構，VP 是修飾語，「樣子／樣兒」是中心語，表達的仍然是「式樣、模樣」或其引申義「情形、狀態、態度」的意思，尚未有脫離本義的演變。

大概到元明時期，也就是「VP 的樣」格式中「的」開始替換「底」的年代開始，「樣子／樣兒」有了新的演變方向，即因對情況的不確定而進行估測的意味。這種現象都出現在用「的」的例子中。例如：

（26）連吆喝，遞吆喝，這個枷再不見松。只見越加重得來，漸漸的站不住的樣子。（三寶太監西洋記）

（27）元帥今日統領十萬雄兵，出在十萬餘里之外，若但以形貌取人，只怕諸將之心，都有些冷冷兒的樣子。」（三寶太監西洋記）

（28）店主，你看那子孫陵替的，家門敗壞的，多是前人積來的樣子。（東度記）

（29）（天灝）走入裏面房間，見床帳俱全，只是灰塵沾染，久無人住的樣子。（七劍十三俠）

這四例中「VP 的樣」格式都可以理解為因對情況的不確定而進行的估測，但又有不同。（26）（28）（29）出現在已然語境，有視覺動詞「見／看」等的制約，表義相對具體，傾向於對現象的客觀描述；（27）的情況極少見，是將然的假設語境，用以委婉地表達不滿的情緒，有很強的主觀性。

「樣」本是對事物模樣的客觀表述，這種表述本身就是人的認知機制的一種加工，當這種表述的主觀性增強時，「樣」就衍生出比況的作用，這種用法提供了一個觀察該格式演變的一個視角，也就是它由此開始具備了「估測」的意義，為其進一步的演變提供了一種必要條件。另一個必要條件是數量成分的進入。例如：

（30）張狼牙道：「外面像是一個神座兒，轉到裏面就不見天地，不見日月星三光，離地獄門也只隔得一張紙的樣子。」（三寶太監西洋記）

此例中，「樣子」前的修飾性成分是名詞性的數量名結構，但隱含著「一張紙那麼厚」的意思，從深層意義上說，仍是描述性的。需要指出的是，從（26）～（30）這些例子可以看出，它們不僅有了「估測」的意義，而且語義表達上也有了微妙的變化，尤其是（30），「隔得」所支配的不可能是一張紙的模樣，而只能

是一張紙那麼厚的距離，「樣子」雖然是偏正結構的中心語，但結構的語義重心已有前移的傾向，也就是說，VP 開始成為「VP 的樣」的語義焦點〔註8〕。

　　這種用法在明代開始有零星用例，到清代尤其是晚清時期得到廣泛的使用。例如：

　　（31）原來下面湊在山坡上的石穴，也有兩三間房屋的樣子，卻是個人肉的作坊，壁上蒙著三四張人皮，掛著二個人頭，幾條人腿。（七劍十三俠）

　　（32）劉雲身量長得高，好像十六七歲的樣子。（三俠劍）

　　（33）這位舅太太雖然已經年過三旬，卻還狠喜歡抹粉塗脂，畫眉掠鬢；衣妝時世，體格風流，看上去也不過像個二十三四的樣兒。（九尾龜）

　　（34）我們相別不到一年，倒像過了好幾十年的樣子。（九尾龜）

　　（35）己生要圖體面，索性加了一個二品頂戴，差不多也花到一萬三四千銀子的樣兒。（九尾龜）

　　這幾例中的數詞短語都是表示概數的格式，顯然有主觀性的估測義，但這並不排除「VP 的樣」格式本身的估測義。其中前三例都可以有兩種理解，（31）可是看作石穴像兩三間房屋的模樣，也可看作石穴有兩三間房屋那麼大；（32）可以看作劉雲有十六七歲的模樣，也可以看作劉雲有十六七歲那麼大；（33）也是如同（32）那樣理解（「個」在清代已有了虛化的用法，這裡的「個」已不是一般的個體量詞，可以看作是襯音助詞）。整體來看，這三例作前一種理解時，「樣子／樣兒」要重讀，是語義的重心，無論從表義還是韻律模式上看，都有些牽強；作後一種理解時，「樣子／樣兒」的帶數量成分的定語要重讀，是語義的重心，這樣更加切合語境和表達的目的。而對於後兩例則只能有一種理解，因為時間和金錢的量在人的認知上都是抽象的概念，（34）是好幾十年那麼久的意思，（35）是一萬三四千那麼多銀子的意思。

　　上述例子說明，至遲在晚清，「VP 的樣」格式已經發生了質的變化，經過重新分析，「的」和「樣」組合凝固化，變成一個意義和功能類似於方位後置詞「左右」的虛成分，作為後綴附加於 VP，固定地表達「估測」義。這一語法化過程的動因是：

〔註 8〕焦點敏感算子「只」關聯語義焦點「一張紙」。關於焦點敏感算子，見劉丹青（2008：239）。

1）句式的主觀化及其「估測」義的產生。在言者對「樣」的認知從視覺的客觀描述轉向心理的主觀評判時產生了不確定性，「VP 的樣」的語言表徵也由具體轉向抽象，在這個主觀化的過程中，「VP 的樣」便產生了一種表「估測」的句式義，如（26）～（29）。需要指出的是，VP 是個非領屬結構，而且具有述謂性（或者說隱含述謂性）。

2）語義重心的轉移，同時伴隨韻律結構的變化。由於「VP 的樣」的「估測」義主要體現在「樣」上，「樣」的本義就逐漸地淡出，意義變得空靈，結構內部的重音也由「樣」移向 VP。「VP 的樣」格式從「之」「底」到「的」的替換過程中，原本是一個偏正結構；隨著「樣」意義的虛化，格式的語義重心開始前移，最終 VP 成為結構的語義重心，如（22）（23）。

3）VP 由帶數量成分的短語充任。在表估測義的「VP 的樣」格式中，除了（30）（31）兩個例子之外，VP 的位置都是數量成分。數量詞雖然是體詞，但也可以作謂語，具有述謂性，因此數量成分可以進入。因為數量是抽象的概念，一般是不會造成歧解的（雖然表示年齡的數量有時會造成歧解，但在具體語境下是可以化解的），這就使該格式可以固定地表達「估測」義，如（32）（34）。

4）句尾的位置有利於後置虛成分的產生，如方位後置詞「前後」「左右」「上下」以及其他後置詞「似的」等。句法位置上，「樣」位於格式的末尾，一般也就是句尾。在上述幾種動因的基礎上，「VP 的樣」經過重新分析，「樣」獲得了新的句法地位，前附於「的」，「的樣」跨層詞彙化成為一個後綴。如（31）～（35）。再如：

（36）況且那年庚子之亂，上海的倌人大家逃避，是在六七月內的事情，你的書中好像是二三月的樣子，你何不將前二集書中這幾段的舛誤之處重新改正，把這一部書成了全璧呢？」（九尾龜）

（37）潘侯爺接過來看時，見果然是一篇帳目，什麼房飯帳多少，家生店多少，綢緞店多少，洋貨店銀樓多少，零零碎碎的一篇帳目，差不多也有三千多塊錢的樣兒。（九尾龜）

（38）原來章秋谷去年十二月在一品香遇著一個少婦，看他的年紀卻差不多已經有二十八九歲的樣兒，卻生得身段玲瓏，丰姿活潑。（九尾龜）

（39）原來那豹後面果有一人飛步追來，而這人的年紀望去至多不過八九歲的樣兒。（八仙得道傳）

（40）彥貞屯軍安豐，列營數十里，聲勢甚為煊赫！一望去好似數十萬大軍的樣子。（宋代宮闈史）

（41）章帝離了她們姐妹兩個一天，竟像分別有了一年之久的樣子，連呼免禮。（漢代宮廷豔史）

兒化現象最晚在清初已經存在。受江藍生（2005）對「VP 的好」句式的詮釋的啟發，我們不妨這樣理解，「樣兒」由「兒」綴向「兒」尾（兒化）的演進推動了格式重新分析的進程；「樣兒」作為一個兒化音節，在格式中已非語義重心，又是單音節，不能構成一個音步，這促使它附著在「的」後，與「的」構成一個跨層音步，從而誘發結構的重新分析。這又推動「VP 的樣」的格式化和凝固化。

這個思路提供了一個觀察問題的視角，但卻無法涵蓋「VP 的樣子」，因為「樣子」並沒有隨著兒化的「樣兒」的出現而淡出「VP 的樣」這一格式，相反，在共同語的書面文獻中，「VP 的樣子」要遠多於「VP 的樣兒」；而在中原官話中，人們更常用「VP 的樣兒」。這裡面有語體風格的差異。

不過，由於在格式「VP 的樣」中，VP 一般是兩個或兩個以上的音節構成的，從韻律上看，往往在 VP 內部形成一個或幾個音步，這促使「的」跟「樣」（包括「樣兒」和「樣子」）也結合成一個雙音節音步「的樣兒」或三音節音步「的樣子」。（關於音步的表現形式，見馮勝利 1998：40〜47）

另外，像（41）那樣進入「VP 的樣」格式的「一年之久」可以不是表示概數的數量結構，這也說明了「估測」義是格式本身的句式義，而不是表概數的數量結構賦予的。在中原官話中，也有很多類似的用例。例如唐河方言：

（42）他英語考的有一百三十分兒的樣兒。

（43）她兒兒子才二十幾歲，她也就是個五十歲的樣兒。

（44）他一個月掙的有三千塊錢的樣兒。

1.3 「VP 的樣」對「NP 那個樣」的類推作用

格式「VP 那個樣」（「樣」包括「樣子」和「樣兒」，下同）在清初的文獻中就已出現，但與我們這裡討論的內容無關，茲不舉例。

　　NP 含數量成分的「NP 那個樣」格式在現代漢語中具有跟「VP 的樣」一樣的語法功能，表達因不確定而進行估測的語義。這個用法在書面文獻中未見，普通話口語中時常出現，在網絡論壇的帖子裏也發現了若干用例。例如：

（45）一個月就七八百那個樣子，不過生活費是沒問題了。

（46）牙齒大量出血，大約幾個月一次，每次持續兩三天那個樣子。

（47）他個子挺高的，一米八五那個樣兒。

（48）那家酒店比較溫馨，設施還行的，一般一天五六十那個樣兒。

　　「NP 那個樣」中的 NP 和「VP 的樣」中的 VP 都是帶數量成分的結構，甚至可以是同形結構，但在各自格式中卻體現著不同的功能。這主要是由「的」和「那樣」功能上的差異造成的。「的」本是一個加在謂詞性成分上面使之由陳述轉化為指稱的、表示自指的名詞化標記，「那個」是指量短語；而數量結構雖是體詞性的，但既有指稱性，又有陳述性，在「VP 的樣」中體現的是陳述性，在「NP 那個樣」中因受指量短語「那個」的同位制約而只能體現指稱性。

　　我們推測，「NP 那個樣」格式的「估測」義是是經由格式「VP 的樣」的功能類推產生的。其成因可以從以下幾個方面理解：

　　1）「VP 的樣」是經過重新分析，「的樣」跨結構凝固成為一個語綴，而在「NP 那個樣」格式中，「那個樣」本來就是一個結合相對緊密的組合，可以作為一個獨立的單位（一個音步），這為類推的發生提供了一種韻律上的可能。

　　2）數量結構功能的二重性。數量結構既有指稱性，又有述謂性。這使得數量結構與「的樣」和「那個樣」的組合不會因為「的」和「那個」本來的功能差異而造成矛盾。

　　3）呂叔湘（1985：198）指出：「……這、那後面的個跟一般量詞顯然有別。……至於這個、那個，初出現的時候，並沒有一字，所以這個個字與其說是量詞（即『一個』、『兩個』的『個』），不如說是性質更近於一個語尾。」在中原官話中，「NP 那個樣」也常常省去「個」說成「NP 那樣」，這與「VP 的樣」在結構和韻律上更為接近；而且普通話中的領屬結構「NP1 的 NP2」和表列舉的「有的」在中原官話中也往往分別說成「NP1 那 NP2」和「有那」。例如唐河方言：

（49）你那作業拿來給我看看。

（50）小剛那字兒寫的可好了。

（51）有那時候兒這兒會刮颱風。

（52）蘋果放時間太長了，有那都壞了。

呂叔湘（1985：209）也指出：「與領屬性的定語同用，這、那無例外的在後。同時，這個領屬性定語之後大多不用的字，尤其是那個定語是三身代詞的時候是這樣；從語言的節奏上看，很像是這、那代替了的字……但大多是有原因的。」呂文（1985：209）舉出兩個說明前者是「避免誤會成同位關係」，後者中的「那一隻手，區別於『這一隻手』，要重讀」。兩個例子為：

（53）你的這位太太實在是太可愛了。（丁西林，妙26）

（54）你的那一隻手是幹嗎的？（老舍，面2）

從中原官話的用例（49）（50）可以看出，若給領屬結構中間插入「的」字，從表達習慣和韻律上來說都很不自然，而表列舉的「有那」之間更不能插入「的」字。「的」與「那」之間的這種微妙的關係，也為類推的發生提供了條件。

在上述這些因素的推動下，「NP 那個樣」便具備了和「VP 的樣」相同的功能和語義：「那個樣」附著在含數量成分 NP 後面，表示因不確定而估測的意義。這是現代漢語中才產生的新現象。

2.「VP 的勁兒」與「NP 那個勁兒」

在中原官話中，「勁」可以進入上述「樣」的兩種格式，構成「VP 的［·li］勁兒」和「NP 那個勁兒」，但這兩個格式功能和語義上都有很大的差異，前者一般作對話中的後續句或者因果複句中的原因小句，用來說明或推測導致某種結果或狀態的原因；後者和「樣」的兩種格式一樣，一般在句中作謂語，表示因不確定而估測的意義。

2.1 「勁」的來源及演變

「勁」（jìng）原本是個形容詞，本義是「強健；有力」。《說文·力部》：「勁，強也，從力巠聲，吉正切」，《廣韻·勁韻》：「勁，勁健也，居正切」。後來衍生出名詞的用法，意思是「力氣」，音 jìn。《廣韻·焮韻》：「𠜱，多力兒，香靳切」，《正字通·力部》：「𠜱，俗勁字」。但在現代漢語的一些方言（如吳語和粵語等）中，「勁」作名詞依然保持後鼻音。

名詞「勁」晚近發展出新的功能，即附在形容詞後表示「模樣兒、情形、狀態、態度、程度」的意義。例如：

（55）蕭銀龍說道：「五哥，你又來了瘋勁啦，咱們管不著人家坐地分贓……」（三俠劍）

（56）你們這班曲辮子的大少爺，專喜對著別人說你自己的闊勁，如何用錢，如何發颿，烏煙瘴氣，鬧得一塌糊塗。（九尾龜）

（57）這一天城裏的街道，居然也打掃乾淨了，只怕從有上海城以來，也不曾有過這個乾淨的勁兒。（二十年目睹之怪現狀）

（58）講到這兩位妃子，果然一般有沉魚落雁之容，閉月羞花之貌。但講到那聰明勁兒和那活潑的性情，自然珍妃越發叫人可痛些；那瑾貴妃卻一味的溫柔忠厚，光緒皇帝也十分寵愛她。（清代宮廷艷史）

（59）劉三一聽：「兄弟，你幫幫場兒，練趟槍讓老頭看看！你瞧他洋洋得意的勁兒，光壓行當，你氣氣他。」（雍正劍俠圖）

這與「樣」的意思出現了交叉，因為「樣」也具備此種意義和功能，上述例子中的「勁」可以用「樣」來替換而意思不變。

2.2 「NP 那個勁」表「估測」義的來源

「勁」跟「樣」的句法功能和語義的趨同，使得「勁」可以替換「NP 那個樣」中的「樣」而構成「NP 那個勁」，完成格式及功能的類推，在 NP 是帶數量成分的結構時，也用來表達「估測」的意義。

「VP 的樣」「NP 那個樣」有文獻用例，而「NP 那個勁兒」（「個」也可以省去）在文獻中尚未見到，還只是中原官話內部的創新。（45）～（48）中的「樣」都可以替換成「勁兒」。再如唐河方言：

（60）那妮兒有十八歲那個勁兒。

（61）等到十點那勁兒你們再來。

（62）他們買那樓房花了十幾萬那個勁兒。

（63）這個學校佔地有五百畝那個勁兒。

（64）A：啥時候的事兒？

B：後半兒兩點那勁兒。

2.3　「VP 的勁兒」表原因的共時描寫與來源分析

「VP 的勁兒」雖然在格式上與「VP 的樣」相同，甚至 VP 形式上也可以是體詞性或謂詞性成分而深層意義是述謂性的，但是在 VP 的具體表徵上和格式的句式義上卻是不相同的。後者的 VP 是帶數量成分的結構，述謂性或顯露或隱含；前者的 VP 可以是動詞性成分，也可以是名詞或代詞（隱含著述謂性）。例如唐河方言：

（65）屋裏太悶了，是不是窗戶關的太嚴的勁兒？

（66）小鍋小型衛星接收器好幾天都沒信號了，不著是哪兒的勁兒。

（67）估約摸兒是天線的勁兒。

（68）A：那個地宅兒的人一輩子只洗三回澡。

　　　B：會不會是他們那兒缺水的勁兒？還是他們懶的洗哩？

（69）A：我肚子疼。

　　　B：不咋一點兒沒事，吃多撐著的勁兒。

用普通話來表達，相應的意思是：（65）「可能是因為窗戶關得太嚴了」；（66）「是哪裏的原因」；（67）「可能是天線出了問題的緣故」；（68）「會不會是他們那裡缺水的緣故」；（69）「因為吃得多撐著了。」可見，「VP 的勁兒」中「的」原本也是表自指的助詞，這說明 VP 也是具有陳述性的成分。

名詞「勁」的本義是「力氣」，後來引申出「狀態」之義；而「VP 的勁兒」格式表達的語義是「說明導致某種結果或狀態的原因」。二者存在意義上的關聯。

這裡也涉及到主觀化的過程。「勁」的本義「力氣」是一種客觀指稱，引申義「狀態」就體現出主觀性，如（55）～（59），都是主觀的評價。而事理的原因往往是主觀認知的結果，根據說話人的語感，現實口語中「VP 的勁兒」一般是用來對原因的估測，如（65）～（68）。需要指出的是，這一格式在中原官話的一些方言中使用頻率很高，有時候也用來表示對原因的認定，如（69）。

「VP 的勁兒」也是現代方言內部的創新，我們目前未能收集到相應的文獻語料和口語語料來歸納其演變的軌跡，其產生原因尚不明朗。從語義的相宜、主觀化以及位於結構末尾這樣一個有利於語法化的句法位置等方面來看，我們推測它可能與「VP 的樣」經歷了相似的語法化過程，即經過重新分析，「的勁

兒」跨層緊密化，成為一個語綴，使「VP 的勁兒」由一個偏正結構格式化、凝固化成為一個表原因的固定形式。目前這還僅僅是一個假設，尚需要進一步發掘語言事實進行驗證。